www.ingramcontent.com/pod-product-compliance
Lightning Source LLC
LaVergne TN
LVHW010758051026
849532LV00007B/2401
9789369086375

سپنوں کے دیس میں

(افسانے)

اختر اورینوی

© Akhtar Orenvi

Sapnou ke des meiN *(Short Stories)*

by: Akhtar Orenvi

Edition: October '2025

Publisher :

Taemeer Publications LLC (Michigan, USA / Hyderabad, India)

ISBN 978-93-6908-637-5

9 789369 086375

کتاب	:	**سپنوں کے دیس میں** (افسانے)
مصنف	:	**اختر اورینوی**
صنف	:	فکشن
ناشر	:	تعمیر پبلی کیشنز (حیدرآباد، انڈیا)
سالِ اشاعت	:	۲۰۲۵ء
صفحات	:	۱۵۶
سرورق ڈیزائن	:	تعمیر ویب ڈیزائن

فہرست

ا

کواڑ کی اوٹ سے

چلتی ہوئی سڑک کی جنوبی جانب ایک چھوٹی سی دکان سے ملحق فٹ پاتھ پر مرمت طلب سائیکلوں کے پیوطں اور سلاخوں کے متوازی دائرے، خطوط اور مکڑی کے جالوں کی سی کمانیاں رہرووں کی نگاہوں کو الجھا لیتیں تھیں۔ دکان کے اندر چھت سے لٹکی ہوئی کوئی سائیکل ہوتی۔ اسی پر ایک پست قد چندلا دکاندار اپنا عمل جراحی کرتا رہتا تھا۔ کاٹھ کے تختوں اور حلقوں سے بنی ہوئی ایک شکستہ وگریزاں سی شئے، جسے حسن تخیل کی پرواز کے کسی اچانک دورے کے وقت ہی الماری کہا جاسکتا تھا، کبوتروں کے ڈربہ کی طرح دیوار سے لگی شاید ازل سے وہیں کھڑی تھی۔ اس ڈربہ نما چیز کے اندر کٹ کے خالی ڈبے، ربڑ کے ٹکڑے، ٹین کے چھوٹے کنٹری، لوہے کے زنگ آلود اوزار، پرانے پرزے، ٹوٹے ہوئے پمپ، ٹائر اور ٹیوب، اپنے زوال وانحطاط کی مختلف منزلوں میں اور سوتی چیتھڑے داغ دھبوں، میل کچیل سے اٹے ہوئے، پڑے رہتے تھے۔ یہ سب چیزیں یوں رکھی رہتی تھیں جیسے مداری کی جھولی میں جنتر منتر کی گڈ مڈ ہو۔ فرش پر کیل کانٹے بکھرے ہوئے اور عرش پر جھول جھکڑ کے تانے بانے، گوشے میں صنادید عجم کے وقت کی لوہے کی بنی ہوئی ایک عبرت خیز کرسی اور دیواروں پر گڈایر، ڈنلاپ، مچلین کے اشتہاری پلیٹ آویزاں۔

چندلا دکان دار ہر وقت اپنے کام میں منہمک نظر آتا۔ وہ گاہکوں سے بڑی نرمی سے باتیں کیا کرتا تھا۔ اس کی آواز میں نمایاں کی اہٹ کے ساتھ مردہ سی خاکساری تھی۔

سائیکل کی دکان کے ہمسائے میں بہت سی ٹھٹھیروں کی دکانیں تھیں۔ ہر وقت کاریگروں کے ہاتھ اوپر اٹھتے اور نیچے گرتے رہتے تھے۔ ٹھائے ٹھائے ہوتی ہی رہتی۔ ننگے بدن سب مشینوں کے لیور کی طرح اپنے ہاتھ اوپر اٹھاتے اور ہتھوڑے کو چوٹ دیئے جاتے، دیئے جاتے، مسلسل، یکساں، دھوتیاں جانگھوں تک اٹھائے، پیٹھ اور پوکھڑے نہیوڑائے، گردن اور آنکھیں جھکائے، ٹھٹھیرے خدا کی جاندار اور حساس مخلوق نہیں معلوم ہوتے تھے، بلکہ کسی بڑے ماہر سائنس انجینیر کے بنائے ہوئے، روبٹ، دکھائی دیتے تھے۔

چندلا سائیکل والا کٹھ پتلی نظر آتا اور اس کی دکان کے اغل بلو قد آدم گڈے ٹھائے ٹھائے، کھٹ کھٹ کئے جاتے۔ پوری فضا پر بے جان سی کیفیت طاری تھی۔ حرکت میکانکی اور سکون بے روح۔

مگر جب چندلے کے بے برگ وگیاہ، سپاٹ اور اداس سر سے غیر مطمئن نظریں پھسل کر دکان دار کے عین متصل الکترے کی رنگی ہوئی سیاہ کواڑ کی اوٹ میں جا پڑتیں تو وہاں دو جاندار، روشن اور گویا ہستیاں دکھائی دیتیں۔ جیسے ریگستان میں پانی کا چشمہ۔ اکتائی ہوئی طبیعت کو سکون سا ہوتا اور مستفسرانہ دل چسپی۔ اس سارے ماحول کی بے رنگی وبے کیفی کو وہی چمکتی ہوئی ہستیاں دور کر سکتی تھیں۔ کوئلے کی کان کے اندر جیسے چمیلی کے پھول کھل جائیں، یا لوہے کے کارخانے کی گھڑ گھڑاہٹ کو خاموش کر کے کوئی بانسری بجانے لگے۔ بس اسی طرح روح افزا اور جذبات خیز احساس ان کے مشاہدہ سے ہوتا تھا۔ وہ دو آنکھیں کتنی افسانہ خواں تھیں: کتنی پر کشش! آتشیں شیشہ کی طرح روح اور دل کی

نور و حرارت کی شعاعوں کی مرتکز کر کے وہ دوسرے دلوں کو بھی برما دیتی تھی۔ اتنی زندہ آنکھیں، اتنی عمیق و تکلم ریز نگاہیں اس یاسکس طور پر لڑھکتی ہوئی بڑی سی گیند، یعنی دنیا کی سطح پر شاذ ونادر ہی نظر آتی ہیں۔

کواڑ کے پٹ سدا نیم وا رہتے اور اندر سے سفید ملگجی ساری کے کچھ حصے دکھائی دیتے۔ پٹ کے پیچھے کوٹھری تاریک معلوم ہوتی اور اس تاریکی سے دوستارے صبح طلوع ہوتے اور شام شام تک وہیں دمکتے رہتے۔ مستقل مظاہر فطرت کی مانند یہ بھی دائمی مظہر حیات تھے۔ سالوں سال کواڑ کی اوٹ سے یہ چمکتے رہے تھے۔ دونسلوں نے دیدۂ انجم کو اسی برج میں کھلا دیکھا تھا۔ روشن دیدے لازوال ٹکٹکی کے ساتھ گزر گاہ کو نصف صدی سے تکتے رہے تھے اور اب تک ابوالہول مصر کی طرح تکتے جاتے تھے۔ راہ گیر ان زندہ آنکھوں کی کرنوں کی قوت محسوس کرتے اور گزر جاتے مگر وہ آنکھیں نگراں ہی رہتیں۔

وہ آنکھیں ایک بوڑھی عورت کی آنکھیں تھیں، جس کے چہرے پر جھریاں پڑگئی تھیں۔ مگر جس کی حیا گلاب کی ایک تازہ پنکھڑی کی طرح بے شکن تھی۔ اس کا گھونگھٹ کبھی نہ چھوٹا اور کواڑ کے پٹ ہمیشہ نیم وا ہی رہے۔ بوڑھی عورت پس پردہ جھانکتی رہتی تھی۔ جوانی اب دور کی گونج بھی نہ رہی تھی۔ شباب کیا، رمق حیات بھی مٹتی جاتی تھی۔ مگر اس نے اپنی آنکھوں کی پتلیوں میں اپنی پامال حسرتوں کو گرہ باندھ کر رکھا تھا۔ انتظار ایک ابدی انتظار میں آنکھیں سرشار رہتیں، اور ان آنکھوں کے سوتے ایک ایسے دل سے ملتے تھے جو وفا، صبر، تمنا اور درد و غم کی ایک کائنات تھا۔

وہ سولہ سال کی تھی تو اس کی شادی ہوئی۔ اس کا شوہر بھی ایک ٹھٹھیرا تھا۔ مگر وہ اس کام سے آزردہ ہی رہا۔ بیس سال کا ہنس مکھ چونچال نوجوان یوں بت بن کر کام کرتے چلے جانے سے گھبراتا تھا، شاید اس کی رگوں میں عام ٹھٹھیروں کی طرح پگھلا ہوا سیسہ

نہیں تھا، بلکہ چھلکتا ہوا پارہ۔

باپ چاہتا تھا کہ صدیوں کی خاندانی روایت کے جمود کے وارث بیٹے کو بھی میخ کی طرح دکان میں ٹھونک دے، تکلے ناچتے رہیں، چرخی چلتی رہے۔ لوہے کی چھینیاں دھاتوں کو کترتی جائیں، ہتھوڑوں کی ٹھائے ٹھائے جاری رہے اور بھاتی پھنکارتی جائے۔ مگر بیٹا رانگا، سیسہ، جستہ، تانبا، پیتل بننے سے انکار کرتا تھا۔ وہ انوکھا تھا، نرالا، بالکل ان گڑھ۔ خاندانی سانچے پر نہ ڈھلنے والا، ننگ خاندان، چھوٹا سا باغی، لڑکپن میں تو مارے باندھے دکھا کی مشین کا پرزہ بنا۔ مگر عنفوان شباب سے ہی سینگ پھوٹتے، زور آور بچھڑے کی طرح رسی توڑ کر بھاگنے لگا۔ لاکھ کھونٹے سے باندھیئے۔ مگر اسے تو کلیل بھاتی تھی۔ موقع ملا اور ترارے بھرنے لگا۔ وہ آزادی کا رسیا بیاہ کے رستے میں باندھا تو گیا پر جکڑا نہ جاسکا۔ شادی کو ابھی سال بھی نہ لگا تھا کہ وہ اپنے شہر کی تنگ دامانی چھوڑ کر کلکتہ بھاگ گیا۔

نوجوان بیوی نے پہلے تو سمجھا کہ ترنگ ہے، من کی موج کا جواز ختم ہوتے ہی وہ واپس آجائے گا۔ ابھی تو وہ ایک دوسرے کو سمجھتے بھی نہ تھے۔ جسم کی مملکت کے انکشاف کی کشش کم بھی ہو جائے گی مگر دل کی اقلیم کے راز ہمیشہ نت نئ دل چسپیاں پیش کرتے رہیں گے۔ اس کی محبت کے بھید تو ان گنت تھے۔ اس کے دل کا ساگر تو اتھاہ تھا۔ ابھی تو وہ پریم کے بے شمار انمول موتی اپنے سوامی کے قدموں میں رول سکتی تھی۔ مگر پردیس سدھارنے والا واپس نہ آیا۔ کلکتے سے خطوط آتے رہے اور روپے بھی، پر وہ خود کبھی نہ آیا۔

ایک معجزہ رونما ہونے والا تھا۔ اس معجزہ کی کرامت پر عورت کو اعتبار تھا، کامیابی کے تصور میں وہ گم تھی۔ اسے یقین کامل تھا کہ اس نے مرد کی روح کو پریم کے جادو کے زور سے اپنے اندر مقید کر لیا ہے اور اب وہ جلد بہت جلد، چند مہینوں کے اندر کشاں

کشاں چلا آئے گا۔ اس کے اندر جادو جاگ رہا تھا، بالیدہ تر ہوا جاتا تھا اور اسی پیمانے سے اس کا اعتماد ـــ وہ حاملہ تھی۔ اس کے جسم کے ذرے ذرے میں ایک عظیم الشان انقلاب ظہور پذیر ہو رہا تھا۔ اس کی رگ رگ میں حیات کی موجیں مچل رہی تھیں۔ عورت نے اپنے جذب و کشش، اپنی محبت، اپنی امید، اپنے شباب و زندگی کے اعتماد کا سرمایہ اسی معجزہ کی پرورش میں صرف کر دیا۔ وہ اپنی حیات سے ایک حیات نو کی تخلیق کر رہی تھی۔

اسے ایک لڑکی پیدا ہوئی۔ عورت کا دل دھک سے رہ گیا۔ ایک شبہہ، ایک جگر خراش شک، اسے توہمات نے آگھیرا۔ شاید اس کا جادو پورا نہیں اترا۔ مرد کا پتلا تیار نہیں ہوا۔ اب جوگ کے اجاگے۔ عورت آس اور نراس کے درمیان گھلتی رہی۔ کلکتے اطلاع بھیجی گئی۔ مگر معجزہ بے اثر نکلا۔ اس کا دل چور چور ہو گیا۔ بنگال کا جادو جیت گیا، وہ ہار گئی۔

اسی طرح کئی سال بیت گئے۔ ایک روز خبر آئی کہ بھگوڑا واپس آ رہا ہے۔ مگر عورت کے لئے وہ بھگوڑا نہیں روٹھا ہوا دیوتا تھا۔ اب وہ آ رہا تھا۔ من مندر کے سب دیئے جلا لئے گئے۔ اور اس کی دہلیز پر دو روشن چراغ پپوٹوں کی اوٹ سے راہ تکنے اور محبت کی شعاعوں کے بلاوے بھیجنے لگے۔ وہ انقلابی گھڑی تھی۔ جب پردیسی کے آنے کی خبر آئی۔ عورت اپنی بیٹی کو لے کر، الکترے سے رنگی ہوئی سیاہ کواڑ کی پٹوں کو نیم وا کر کے بیٹھ گئی۔ چشم براہ، پر امید، بیتاب، وہ دن بھر اسی طرح بیٹھی رہی اور بہت رات گئے تک سڑک کی تاریکیوں کو اپنی نگاہوں سے پرے ہٹاتی اور الٹ پلٹ کرتی رہی۔ آخر راہ گیر کو بھی رات نے نگل لیا۔ ٹمٹمیں کھڑ کھڑائی ہوئی آتیں، اور دل میں رکے رکے انتظار کے ہچکولے پیدا کر دیتیں اور پھر؟ پہیوں کی آخری گردش سیاہی میں گھل جاتی۔ اس کی منتظر آنکھوں کا کاجل آنسوؤں سے دھلا جاتا تھا اور سر کے سیندور کی لکیر زخم کے کٹاؤ سے زیادہ درد خیز تھی۔ اس کا سارا ساج اکارت ہوا جاتا تھا۔ رات بھر وہ سسکیاں لیتی رہی، پر کوئی نہیں آیا۔

صبح تڑکے ٹھٹھیروں کی ہتھوڑوں کی ٹھائے ٹھائے سنائی دینے لگی۔ تب اسے احساس ہوا کہ رات بیت چکی ہے۔

اب یہ اس کا معمول ہو گیا کہ ہر صبح وہ کواڑ کی اوٹ سے راہ تکتی رہتی، ایک ارمان و امید سے لبریز، شاید اس میں اس کی زندگی سکڑ کر بیٹھ گئی تھی، بنی سنوری، گھونگھٹ نکالے، وہ سڑک کو، فضا کو، بھیڑ کو، گاڑیوں کو نظر سے کریدتی رہتی۔ ہزاروں، لاکھوں بار دن بھر سیدھی سڑک پر اس کے کالے لرزاں لرزاں دیدوں کا پہیا چل جاتا۔ لیکن اس کی آنکھوں کی سواری میں بیٹھ کر اس کا اپنا مسافر گھر کے دروازے پر نہ آیا۔ ان گنت بے درد دنوں اور بے شمار بجھے ہوئے کوئلوں جیسی سیاہ راتیں مل مل کر وبال جان سالوں کے گلا گھونٹنے والے لچھے بنا گئیں۔ عورت انتظار کے لمبے، اور بے چھور دھاگوں سے امید و یاس، محبت و نفرت پر سوز اضطراب اور غم جاوداں کے نئے نئے قماش بنتی رہی۔ سورج کی سنہری گرم کرنوں، نرم خرام اور سنکتی ہوئی ہواؤں، زیر لب گنگناتی ہوئی چاندنیوں، امڈتی سر سبز برساتوں، دل آویز جاڑوں اور پاگل گرمیوں نے اس کی بچی کو جوان اور اسے ادھیڑ کر دیا۔ وہ چونتیس سال کی ہو گئی اور اس کی بیٹی سترہ سال کی۔ دنیا بدل گئی لیکن اس کا معمول نہ بدلا۔ الکترے سے رنگی ہوئی کواڑ کی اوٹ سے وہ گھونگھٹ نکالے منتظر ہی رہی۔

عورت کا سسر دھاتوں کو گلاتا، ٹھوکتا ٹھاکتا، ریتتا، مر گیا۔ اس نے شوہر کو خط لکھوایا کہ اس کا باپ گزر چکا اور اس کی بیٹی بیاہ کے قابل ہو گئی ہے۔ پر یہ خط منزل مقصود تک کبھی نہ پہنچا۔ ایک سال کے بعد اچانک آسام کے چائے کے باغات سے شوہر کا خط آیا کہ کلکتہ میں اس کا کاروبار تباہ ہو گیا تھا۔ اسی وجہ سے وہ آسام چلا آیا۔ اس نے لکھا تھا کہ اسے بیٹی کی ذمہ داری کا خیال ہے۔ اس کی شادی کے لئے وہ کافی روپے جمع کر لے تو آئے۔

عورت کے دل میں امید کی ایک نئی پھلجھڑی چھوٹی، مگر کچھ عرصہ میں وہ بھی راکھ بن گئی۔ وہ آخری خط ثابت ہوا۔ پھر کوئی اطلاع نہ آئی اور نہ وہ خود ہی آیا۔

بوڑھے ٹھٹھیرے نے اتنا پس انداز چھوڑا تھا کہ اس کی پوتی کی شادی ہو گئی۔ مگر داماد کو ساس نے گھر میں بسالیا۔ اور اسے ٹھٹھیرا ہونے بھی نہ دیا۔ بلکہ سائیکلوں کی مرمت کی دکان کھلوادی۔ اسے اس پیشے سے نفرت اور خوف ہو گیا تھا۔

بیٹی کی شادی کے بعد اس کے معمول میں کوئی فرق نہ آیا۔ اس کا چندلا داماد زخمی سائیکلوں پر اپنا عمل جراحی کرتا رہتا اور وہ خود الکترے سے رنگی ہوئی سیاہ کواڑ کی اوٹ سے سڑک کو تکتی رہتی، پیہم۔ صرف اتنی تبدیلی ضرور ہوئی کہ اب وہ کاجل اور سیندور نہیں لگاتی، ساج نہیں کرتی تھی، مگر کواڑ کبھی پوری نہ کھلی۔ اور گھونگھٹ کبھی نہ چھوٹا۔ وہ اس فضا کی ایک مستقل، غیر مبدل جزہو کر رہ گئی تھی۔ زمانہ بدلتا جاتا لیکن وہ اٹل تھی۔ اس کی جاگتی ہوئی آنکھیں عمیق اضطراب کے ساتھ رات رات تک تاریکیوں کے پردے چاک کرتی اور اپنے آنے والے مسافر کو ڈھونڈتی رہتیں۔ کوئی موسم ہو، کوئی رت بدلے مگر راہگیر کواڑ کی اوٹ سے دوشدید طور پر زندہ آنکھوں کو نگراں ضرور دیکھتے۔ وہ آنکھیں سڑک کی پیٹھ کے ہر نشیب و فراز سے بڑی یگانگت کے ساتھ واقف ہو گئی تھیں۔ اس کی ریڑھ کی ہڈیاں اور پسلیاں دن بھر ان کے سامنے کڑکتی رہتی تھیں۔ وہ اس کے ہر مہرے سے ہم آغوش ہو ہو کر تھک چکی تھیں مگر پسپانہ ہوئی تھیں۔ سامنے کی نالی سے خس و خاشاک بہہ بہہ کر سالوں سال گزرتے رہے۔ اور اسی طرح آدمیوں کا بے معنی ہجوم سڑک پر رواں دواں رہا۔ سڑک کے کالے بھورے، چتلے کتے، ان کی ٹیڑھی ٹیڑھی دم، محلے کے لوگ باگ، ان کا ناک نقشہ، ان کی بولی ٹھولی، ان کی لڑائیاں، ان کی صلح، ان کا فقر و فاقہ، ان کی خوش حالیاں، شادی بیاہ، پیدائش اور موت، یہ سب اس گھونگھٹ کی

دنیا میں یکساں داخل ہوتے اور پھر زندگی کی یہ ساری تحریکات عورت کے حساس دل میں جذب ہو کر اس کی منتظر آنکھوں میں سلگ اٹھتیں۔ الکترے سے رنگی ہوئی کواڑوں کے سامنے چھوٹے چھوٹے مکانات توڑ دیئے گئے۔ اور ان کے عقب کے گو بھی کے کھیتوں میں فٹ بال کا میدان اور کالج کی عظیم الشان عمارتیں اگ آئیں۔ شہریوں کی صورتیں، ان کا سج دھج، ان کی بول چال بدل گئی۔ "ہندو مسلم بھائی بھائی"! "بھارت آزاد"! اور "انقلاب زندہ باد!" اور لال پیلی ہری جھنڈیوں کے ساتھ آسمانوں کو سر پر اٹھا لینے والے جلوس منتظر عورت کی راہ میں بچھی ہوئی آنکھوں اور تشنہ کانوں میں خراش پیدا کر کے تاریخ کے مقبرے میں دفن ہو گئے۔ سڑک کی کھال ادھڑ گئی مگر افتادہ حالوں کی طرح "اسے روندا جاتا ہی رہا۔ ٹمٹموں اور بگھیوں کی جگہ موٹریں اور لاریاں آگئیں۔ وہ فراٹے بھرتی، دھول اڑاتی، ہوا کے جھکڑ کی مانند دندنانے لگیں۔ مگر جس مسافر کی راہ سالہا سال سے دیکھی جا رہی تھی وہ اس بادپا سواری پر بھی نہ آیا۔ سڑک کی کیچلی بدل گئی، الکترے کی سیاہ تہہ بچھا کر روڑوں اور بالوؤں کو کوٹ دیا گیا، تاکہ وہ فتادگی کا بار آسانی سے اٹھا سکے۔ بجلی کے تار اور قمقموں سے شہر کی پیشانی دمک اٹھی۔ مگر کواڑ کی اوٹ میں وہی دو ازلی چراغ جلتے رہے۔ پرانے رفیق روڑوں اور شناسا کنکریوں کے مٹ جانے سے منتظر عورت کا دل دکھ گیا۔ وہ تو در و دیوار کے ادنیٰ سے داغ دھبے کو بھی مٹنے دینا نہ چاہتی تھی۔ وہ وقت کی رو کو اس گھڑی تک ساکت کر دینا چاہتی تھی جب کوئی روٹھا ہوا پردیسی واپس آ جائے لیکن بے درد زمانہ تیزی سے اس کے جسم کو اور جسم کے ماحول کو بدل رہا تھا۔ وہ اب بوڑھی ہوتی جا رہی تھی۔ کاش بوڑھاپا ایک لانبی ڈگ بڑھا کر ہی اچانک آ جاتا مگر وہ تو رینگتا ہوا آیا تھا، جنت کے سانپ کی طرح، عورت کو ہر آن شکست کھاتی ہوئی جوانی کا تلخ احساس ہوتا رہا تھا۔ جب وہ آئے گا، تو اس کے سامنے کیا تحفہ پیش کرے گی۔ بیٹی کی شادی

کے بعد وہ الم انگیز طور پر تنہا ہو گئی تھی۔ زمانہ اسے صلیب پر چڑھانے والا تھا۔ اور اپنی صلیب وہ خود سے سر پر اٹھائے ہوئے تھی، اکیلی، بے سہارا، ایک ہارتی ہوئی آس کے ساتھ، مجبور۔ سب کچھ بدل رہا تھا۔ لیکن اس کا دل اور اس کی نگاہیں ویسی ہی تھیں، جیسی اس کا شوہر انھیں چھوڑ گیا تھا۔ صرف دیا کی لو کبھی کبھی زیادہ تیز ہو جاتی تھی۔ زلزلے آئے، شہر کانپ کانپ اٹھا، عمارتیں ملیا میٹ ہو کر پھر بنیں، جنگیں چھڑیں، بغاوتیں ہوئیں، شکستہ دل باغیوں نے، بریگیڈ، بنا بنا کر سڑک دل چھلنی کر دیا۔ بجلی کے تار توڑ مروڑ کر سڑک پر بکھیر دیئے گئے۔ دو آنکھیں کواڑ کی اوٹ سے اس ماجرا کو دیکھ کر خوش ہوئیں، کیوں ان ساری جدید چیزوں سے انھیں نرئت تھی۔ یہ بیگانہ تھیں نا۔ ان کی اپنی پرانی چیزوں کو فنا کر کے ان نئی چیزوں نے سر اٹھایا تھا۔ مگر جب اسے راستہ رک جانے کا احساس ہوا، اور جب ریل کے بند ہونے کی خبر ملی تو کواڑ کی اوٹ میں بیٹھی ہوئی عورت کانپ کانپ گئی۔ پھر وہ کیسے آئے گا، جس کے انتظار میں ایک عمر گزر رہی ہے۔ عورت کو مائل بہ تخریب باغیوں سے بے پناہ نفرت ہوئی۔ جیسے وہ اس کا کلیجہ کاٹ رہے ہوں۔ پھر ٹڈی کی طرح فوجی لاریاں آگئیں اور ٹامیوں نے سڑک پر فوجی بریگیڈ لگائے۔ گولیاں چلیں اور بھگدڑ مچی۔ کواڑ کی اوٹ میں دل پھر لرزا۔ کہیں پردیس سے آنے والا گولی کا شکار نہ ہو جائے، کہیں کرنٹے اسے روک نہ لیں۔ ان دنوں ٹھٹھیروں کی سب دکانیں بند رہتیں مگر الکترے سے رنگی ہوئی کواڑ کے پٹ ضرور کھلتے۔ اور اس کی اوٹ میں آنکھوں کا دیا گھونگھٹ تلے جلتا ہی رہتا۔ ان آنکھوں میں باغیوں اور گوروں دونوں سے نفرت کی آگ سلگ رہی تھی۔

سب کچھ گزر گیا۔ تبدیلیاں، زلزلے، بغاوتیں اور ان کے ساتھ نصف صدی مگر کوئی طوفان منتظر آنکھوں کا چراغ گل نہ کر سکا۔ عورت کے چندلے داماد کے بہت سے

لڑکے لڑکیاں ہوئیں۔ لیکن عام بوڑھی عورتوں کی طرح ناتی نتنیوں سے اسے وہ دل چسپی نہ ہوئی جو عموماً ہوتی ہے۔ لڑکے پھڑکے آتے۔ انھیں بھی وہ کواڑ کی اوٹ میں بٹھالیتی۔ مگر تھوڑی دیر کے بعد وہ اکتا کر بھاگ جاتے۔ عورت اپنی ادھیڑ بیٹی سے طعنے سنتی۔ چندلا داماد نکیانکیا کر بگڑتا رہتا پر سب بے اثر۔

پھر ایک واقعہ ہوا۔ جب وہ پینسٹھ سال کی ہوئی تو اس کی نتنی کی شادی ہوئی۔ نتن داماد کے بارے میں اسے خبر ملی وہ کلکتہ میں کماتا ہے۔ کلکتے کے نام سے ایک فوری خوف اس کے دل میں پیدا ہوا مگر جب نتن داماد کا پہلا خط آیا تو اس کی آنکھیں نئی روشنی سے دمک اٹھیں۔ اس کی نتنی کوٹھری میں چھپ کر خط پڑھ رہی تھی۔ وہ دبے پاؤں وہاں پہنچی اور چپ چاپ پلنگ کے نیچے نوعروس کے نزدیک بیٹھ گئی۔ لڑکی ہاتھ میں خط اٹھائے پڑھنے میں منہمک تھی اور کبھی کبھی وہ جملے زور سے ادا کر دیتی۔ دلہن کے نوجوان وفا شعار دل کا چونچال خون محبت اور آرزوؤں کی آنچ سے لو دینے لگتا، اور بوڑھی عورت کی متمنی و نگراں آنکھیں دل کی ویرانی کی آگ سے تابندہ تھیں۔ وہ سمجھ رہی تھی کہ خط اس کے گم شدہ شوہر کا ہے اور وہ اسے اپنی نتنی سے پڑھوا کر سن رہی ہے۔ وہ کھسکتی ہوئی خط پڑھنے والے کے قریب تر ہوتی جاتی تھی۔ جب اس کے ہاتھ دلہن کے پاؤں سے مس کر گئے تو دلہن چونک اٹھی اور شرم سے عرق عرق ہوگئی۔

پھر تو ہر بار یہی ہونے لگا۔ بوڑھی عورت کواڑ کی اوٹ سے ڈاکیہ کا انتظار کرتی رہتی۔ کلکتہ سے آنے والے وہ پیارے لفاف! ڈاکیہ بھی کتنی رومانی ہستی ہے۔ اس کے قدموں سے کتنی بیتاب نگاہیں لپٹی رہتی ہیں، اور اس کی آہٹ سے کتنے دل دھک سے کر اٹھتے ہیں۔

نوجوان دلہن قاصد خوش خرام، کا انتظار کرتی اور کبھی کبھی بے چینی میں وہ

الکترے کی رنگی ہوئی سیاہ کواڑ کی اوٹ میں کھڑی ہو جاتی۔ مگر بوڑھی عورت کا انتظار بادۂ رسا کی طرح تھا، سکر مکمل عطا کرنے والا۔ اور نوجوان لڑکی اس ہرن کی طرح تھی جس کے نافہ میں ابھی ابھی مشک پیدا ہوا ہو۔ لڑکی بیتاب زیادہ تھی، نکہت نوجوانی کے مانند۔ بوڑھی عورت بحر الکاہل کی مثال اتھاہ تھی۔ اسے صرف انتظار تھا۔ مجرد و مطلق و ابدی۔ نو عروس اپنی خود بیں و خود آرا جوانی کی طرح نگراں ہونے کے نتیجے میں پیام یار کا انتظار کھینچتی تھی۔ پورب دیس کلکتہ سے آنے والا محبوب لفاف کبھی کبھار ہی لڑکی کے ہاتھ میں پڑتا۔ یہ جنس گراں مایہ بوڑھی نانی کے ہاتھ لگتی۔ لامتناہی صبر کے ساتھ کواڑ کی اوٹ سے لگا ہوا اور کون بیٹھ سکتا تھا۔ وہ خط لے کر رازدارانہ مگر نشاط ریز انداز میں اپنی نتنی کی کوٹھری میں جاتی اور اس کے ہاتھ خط دے کر امیدوار بیٹھ جاتی۔ نانی کا دبے پاؤں تیزی سے دلہن کی کوٹھری کی طرف جانا اس بات کی علامت ہوتی کہ بنگال کا جادو جاگ گیا ہے۔ لڑکی اگر اپنی کوٹھری میں نہ ہوتی تو نانی کو اس طرف جاتے دیکھ کر فوراً بے تابانہ اس جانب دوڑ پڑتی۔ پہلے تو اسے نانی سے نفرت سی ہوئی، رقابت و حجاب کی پروردہ نفرت، مگر رفتہ رفتہ مصالحت ہو گئی۔ امداد باہمی کی شکل پیدا ہو گئی تھی۔ نانی بے چوک لڑکی کے ہاتھ میں خط لا کر دیتی اور لڑکی سوائے چند جوان فقروں کے سبھی کچھ سنا دیتی تھی۔ بوڑھی عورت خوش ہوتی۔ اسے روحانی اطمینان حاصل ہوتا۔ وہ یوں سمجھتی کہ خط اسی کے نام کا ہے۔ انسان کی نفسی گہرائیوں میں زمان و مکان ڈوب کر تحلیل ہو جاتے ہیں نصف صدی بوڑھی عورت کے دماغی بھولے پن میں فنا ہو گئی۔ کلکتہ سے آنے والا ہر خط اس کے اپنے بسرے ہوئے پردیسی کا خط تھا۔ وہ تو اپنی نواسی سے گویا صرف پڑھوا کر سنتی تھی۔ بوڑھی عورت خط سن کر ایک مدہوش مسرت میں کھو جاتی۔ کئی دنوں تک اس پر یہ عالم طاری رہتا۔ اور ہر روز وہ کواڑ کی اوٹ میں بیٹھی ابدی انتظار میں محو رہتی۔

ایک خط آیا۔ اطلاع تھی کہ دلہن کا دلہا آرہا ہے۔ عروس کا چہرہ گلنار ہو گیا۔ بوڑھی عورت پر سنجیدگی کے بادل منڈلانے لگے۔ پھر اسے ہسٹریا سا ہونے لگا۔ وہ اپنی نواسی سے دن میں کئی کئی بار خط پڑھوا کر سنتی، رہ رہ کر تاریخ اور وقت کے بارے میں پوچھتی اور بھول جاتی۔ اور پھر کواڑ کی اوٹ میں جا بیٹھتی۔ کبھی اس کا چہرہ ایک مردہ چہرے کی طرح پر اسرار بن جاتا، ساکت مگر علاماتی، گہرا اور تاریک، اور کبھی تاثرات و جذبات اس کے چہرے کی سطح پر آکر اپنے تانے بانے بننے لگتے۔ وہ گاہ بیحد شاداں نظر آتی اور گاہے انتہائی رنجیدہ۔

آخر وہ دن آگیا۔ دلہا کلکتہ سے تین بجے شب کی گاڑی سے آنے والا تھا۔ بوڑھی عورت حسب معمول علی الصباح کاروبار شروع ہونے سے بہت پہلے بلاکش انتظار ہو گئی۔ اس کی آنکھوں میں نئی امید چمک رہی تھی، اس کا انتظار ایک تازہ کسمساہٹ لئے ہوئے لرزاں تھا۔ نگاہوں میں البیلے بھاؤ اور رس تھر تھرا رہے تھے۔ اس دن اس نے کھانا بھی نہیں کھایا۔ بس وہ کواڑ کی اوٹ میں لوہے کی میخ کی طرح جڑی رہی۔ دوپہر گزاری اور پھر رات اپنی انجان گہرائیوں کے ساتھ طاری ہو گئی۔ لیکن بوڑھی عورت وہاں سے اٹھانے پر بھی نہیں اٹھی۔ کواڑ کا ایک پٹ اس کے منتظر دیدوں کی طرح بے خواب ہی رہا۔ رات بھیگ گئی، سب لوگ سو رہے اور وہ رات کی تاریکی میں گھل کر اس کی خاموش ابدیت کا جزو بن گئی۔ جب سناٹا چھا گیا تو وہ اچانک اٹھی اور اپنی نتنی کے کمرے میں دبے پاؤں داخل ہوئی۔ نوجوان عورت اپنے ہی بار سے تھکی ہوئی جوانی کی نیند میں ڈوبی ہوئی تھی۔ بوڑھی عورت نے سنگار بکس سے سیندور کی شیشی نکالی اور آئینہ کی مدد سے اپنی مانگ میں سیندور اچھی طرح سے بھر لیا۔ پھر وہ بہ عجلت تمام واپس لوٹی اور کواڑ کی اوٹ سے لگ کر بیٹھ گئی۔ اب وہ زیادہ مطمئن تھی۔ سڑک پر صرف جاڑے کی ہوا چل رہی تھی۔ بوڑھی

عورت کے جذبات موسم سرما کی خشک مگر برچھی کی انی کی طرح تیز ہوا کی مانند تھے۔ پھر بھی وہ سکون جس کی گود میں لامتناہی درد ہو، اپنی تمام سنجیدگیوں کے ساتھ اس پر طاری تھا۔

اس کا نتن داماد آیا، ٹھیک وقت پر آیا۔ لیکن جاڑے کی رات زیادہ بیتنے کی وجہ سے وہ سڑک والے دروازے پر نہ آیا۔ وہاں سے زنانہ دروازہ دور پڑتا تھا۔ اس نے خیال کیا کہ اتنی رات گئے اس طرف دروازہ کھولنے کون آئے گا۔ پہلو کی گلی کی طرف جو دروازہ تھا وہ آنگن میں کھلتا تھا، اور وہاں سے آواز کا اندر پہنچنا آسان تھا۔ چار بجے بھور کو نوجوان دلہن نے آنگن والا دروازہ کھولا، اور آنے والا اندر داخل ہو گیا۔ نوجوان عورت آدھی رات سے بیدار اور نیند کے درمیان لذت انتظار حاصل کر رہی تھی۔ وہ دونوں اپنے کمرے میں چلے گئے جہاں بوڑھی عورت کے کانپتے ہوئے ہاتھوں سے ابتدائے شب میں گرے ہوئے سیندور اب تک بکھرے ہوئے تھے۔

بوڑھی عورت کواڑ کی اوٹ میں بیٹھی ہوئی، انتظار کرتی، انتظار کرتی، انتظار کرتی رہی۔ لیکن کسی نے آواز نہیں دی، کوئی نہیں آیا۔ صرف سرد ہوائیں کھلے ہوئے پٹ کے اندر سنسناتی ہوئی داخل ہوتی رہیں۔ اور نظر و دل کے علاوہ بوڑھی عورت کی ہڈیاں بھی خلش انتظار خوشی سے برداشت کرتی رہیں۔

رات بیت گئی۔ صبح ہوئی۔ سڑک جاگ اٹھی۔ دلہا دلہن جاگ اٹھے، مگر بوڑھی عورت کواڑ کی اوٹ سے لگی بیٹھی رہی۔ سبھوں نے دیکھا۔ منتظر آنکھوں کی چمک اور بڑھ گئی تھی۔ نگاہیں لازوال ہو گئی تھیں اور اس کا انتظار اتھاہ، اٹل، امٹ تھا۔

***

۲

کلیاں اور کانٹے

وہ تعداد میں نو تھیں۔ گوری، سانولی، گوارا اور ناگوار، بعض ان میں دل کش کہی جا سکتی تھیں مگر خوب صورت کوئی نہیں۔ سورج اسی طرف سے طلوع ہوتا تھا جس طرف سے وہ اپنی سفید ساریوں میں ملبوس طیور صبح کے چہچہوں کے ساتھ باکس اور ڈورینڈا کی جھاڑیوں کی اوٹ سے نکلتی دکھائی دیتی تھیں۔ ہر صبح اٹھ کر ادھر آتی تھیں اور ایک ٹوٹے ہوئے تارے کی طرح مشرق افق کی طرف سفر کر جاتی تھیں۔ درجۂ اول کے کوارٹر صحت گاہ کے عام وارڈوں سے قریباً تین فرلانگ پورب جانب تھے۔ ان میں سے کسی ایک کی ڈیوٹی اسی طرف ہوتی تھی اور ڈیوٹیاں بدلتی رہتی تھیں ہر پندرہویں روز۔ عام وارڈ کے بھی دو درجے تھے۔ دوم و سوم۔

درجہ اول کے کوارٹر خاصے بنگلے تھے۔ ان کی اپنی شخصیت تھی۔ وہ اسپتال نہیں گھر معلوم ہوتے تھے۔ ساٹھ روپے ماہوار ان کا کرایا تھا۔ درجہ دوم کے چالیس روپے ماہانہ تھے۔ ایک مریض کو دو کوٹھریاں مل جاتی تھیں۔ ایک اپنے لئے اور ایک تیمار دار کے لئے۔ تیسرے درجے کے معنی تھے ایک وسیع سالا انبا چوڑا کمرہ۔ ایک کمرے میں آٹھ پلنگ ہوتے تھے اور جب حیات کے لعب ولہو کی رفتار میں زیادہ تیزی ہو جاتی تو سل و دق کے جراثیم کے چند اور شکار آجاتے تھے اور کمرے کی آبادی بارہ تیرہ تک پہنچ جاتی تھی۔

درجۂ سوئم کا کرایہ پچیس روپے ماہوار تھا۔ موت اور زندگی کے درمیان بھی انسانیت درجوں میں بٹی ہوئی ہے۔ گھر، اسپتال اور قبرستان ہر جگہ نمبر ایک، نمبر دو تین کی تفریق ہوتی ہے۔ کالوں کا قبرستان، گوروں کا قبرستان، شرفاء کے مدفن اور غریبوں کے گورستان ہر شہر، ہر قصبے اور گاؤں میں پائے جاتے ہیں۔ صحت گاہ اسی کرہ پر قائم تھی اور اسی کے بھلے برے قانون کی پابند۔

ہم ان دنوں دس تھے۔ صحت گاہ کے انتہائی جنوبی طرف تیسرے درجے کے وارڈ میں۔ یہاں سے نرسز کوارٹر سامنے نظر آتا تھا۔ لوہے کے پلنگ پر پڑے ہوئے مریض درختوں اور جھاڑیوں کے درمیان نرسوں کی اقامت گاہ کو اس طرح دیکھتے تھے جیسے فٹ پاتھ پر چلتی ہوئی مزدورنوں کے ترسے ہوئے بچے پرستانی دکانوں میں شیشے کی الماریوں کے اندر کھلونے دیکھتے ہیں۔ وہ نو نرسیں ہم سے شناسا تھیں۔ ان میں سے ہر ایک کی ڈیوٹی ہم لوگوں کے وارڈ میں کبھی نہ کبھی رہ چکی تھی۔ اس کے علاوہ گاہے گاہے کی پارٹیوں اور پکنکوں میں ہم لوگوں کا ساتھ رہتا تھا۔ ہم سب نرسوں کو اچھی طرح جانتے تھے اور وہ ہمیں۔ ہماری گفتگو کا اکثر حصہ انہیں سے متعلق ہوتا تھا۔ ان کی تعریف، ان کی برائیاں، ان کے ناز، ان کی سازشیں، ان کی محبت و نفرت۔

ہم رومان سے تھک کر ٹھیٹھ حقیقت طرازی پر اتر آئے تھے۔ ہمارے گرسنہ جذبات رومانی بیانات کے شربت کو برداشت کرتے کرتے تھک گئے تھے۔ ہمیں مصالحہ دار چٹپٹی چیزوں کی ضرورت ہوتی تھی۔ ہم میں سے اکثر افراد اس وارڈ میں ایک سال گزار چکے تھے۔ اور چند ایسے بھی تھے جن کے تین سال ختم ہوگئے تھے۔ امیدی و نا امیدی کے تین سال، ارمانوں اور محرومیوں کے تین طویل سال۔ ایک دو نووارد تھے۔ یہ نو گرفتار سہمے سہمے، سنجیدہ، اضمحل، متردد، بے بس اور ملتجی سے نظر آتے تھے۔ چند

ہفتوں میں یہ بھڑک عموماً دور ہو جاتی تھی، اور نئے بہت جلد پرانے بن جاتے تھے۔ لیکن ایک دو پرانے بھی ایسے تھے جن کی مستقل مایوسی اور گھبراہٹ کبھی دور نہ ہوئی۔ بہر کیف موت اور بیماری کے درمیان بھی وارڈ کی مجموعی فضا خوش گوار تھی۔ استراحت کے گھنٹوں کے علاوہ وقتوں میں ہم لوگ کھیلتے تھے، ہنستے تھے، جملہ بازیاں ہوتی تھیں، قہقہے لگتے تھے، نرسوں سے لگاوٹ ہوتی تھی، اصلی اور نقلی آہیں کھینچی جاتی تھیں، سرگوشیاں ہوتی تھیں اور رازداریاں بھی۔

ہم دسوں کا ایک خاندان تھا، ایک مذہب۔ ہم ایک دوسرے کے ساتھ خوش ہوتے تھے اور ایک دوسرے کے ساتھ رنج۔ وارڈ میں بوڑھے بھی تھے اور جوان بھی، پر سب ایک رنگ میں رنگے ہوئے تھے۔ کم از کم ایسا نظر آتا تھا۔ ہاں استراحت کے گھنٹوں میں ہماری اجتماعیت ٹوٹ کر بکھر جاتی تھی اور ہم میں سے ہر ایک اپنی دنیا بساتا تھا اور ویران کرتا رہتا تھا۔ رات کے آرام کے علاوہ دن بھر میں تین استراحت کے وقفے ہوتے تھے باضابطہ طور پر نرسیں گھنٹی بجا کر مریضوں کو بارِ بستر ہو جانے پر مجبور کرتی تھیں۔ یہ بھی ایک علاج تھا۔ نیند اور گفتگو ممنوع۔ زندہ لاش کی طرح پڑے رہئے۔ جہاں تک ممکن ہو کم سے کم کروٹ لیجئے اور کچھ مت سوچئے۔ فکر و تردد ایسے مریض کے لئے مہلک ہے۔

"سوچا مت کیجئے۔ اچھے! ہاں۔۔۔ ں!" نرسیں بڑے پیار سے کہتیں مگر بھلا کوئی کیسے نہ سوچے۔ ہم اکیلے پلنگ پر پڑے پڑے سوچتے رہتے تھے۔ زندگی کی سوچ، موت کی سوچ، سل کی سوچ، دق کی سوچ، آرزوؤں کی لاش، ماضی کا ماتم، مستقبل کار دگ اور سب سے بڑھ کر روح کی وہ مہیب کپکپی جو مادہ کے سہارے سے علیٰحدگی کے محض تصور سے ہی طاری ہو جاتی ہے۔ جسم! محسوس، ٹھوس، تپاں، متحرک، خود نگر، خوب صورت اور حقیقی جسم کا اچانک سرد اور بے حس ہو جانا! احساس و ادراک چھٹپٹانے لگتے ہیں۔ فرد

کے وجود کا لا معلوم، تاریخ، بے پایاں، لامکاں، بے زماں وسعتوں میں تحلیل ہو کے فنا ہو جانا، سوچنے والے دماغ، دھڑکتے ہوئے دل، تیرتے ہوئے خون کا تعطل اور لاعلمی کا لرزہ، ناقابل تصور پھیلاؤ۔ یہ کائنات کا سب سے الم ناک سانحہ ہے۔

ہم صحت گاہ کی خاموشیوں میں پھسلتے ہوئے لمحات کو، سرکتی، گھٹتی، ڈوبتی ہوئی زندگی کے انجام کو سوچ کر لرز اٹھتے تھے۔ ہم خیالات کے بوجھ کو فضا میں پھینک کر اپنی قمیصوں کے بٹن یا پلنگ کی پٹی کو پکڑ لیتے تھے، تاکہ معلوم اور شناسا چیزوں کو ہستی کی ٹیک مل جائے۔ ہم گاہ ٹماٹر کے دام اور پیٹی کوٹ کے حاشیے کو تخیل سے چھو کر درد زندگی کی اذیتوں سے پناہ لیتے تھے اور کبھی بے خواب راتوں کی نیند کا کاجل گھول کر احساس کو افیون دینے کی کوشش کرتے۔ مرجھائے ہوئے پھول کی طرح پپوٹے نڈھال ہونے لگتے تو، "اوہ۔۔۔ رے۔۔۔ ے! بڑے صاحب سے کہہ دوں گی، یہ تو سونے لگے ہیں۔" کی آواز سنائی دیتی اور گاہے گاہے گال یا پیشانی پر ایک آشنا سی چپت۔ یہ نجات دہندہ آواز سر سے بوجھ اتار دیتی تھی۔ ہماری آنکھیں مسکراتی ہوئی کھل جاتیں۔

"میں آپ سے مذاق کر رہا تھا مس صاحب! سوتا کون ہے؟ آیئے آپ بھی سو جایئے۔" یہ جواب ملتا اور پھر کئی تسکین دہ رد عمل۔

وہ روز طلوع آفتاب کے بعد کرنوں کی طرح وارڈ میں آتی دکھائی دیتی تھیں۔ پہلے نسائی آوازوں کے گھنگھرو بولنے لگتے تھے۔ ہم چوکنا ہو کر اس طرف دیکھتے، صحت گاہ کی ویرانیوں میں یہ روزانہ کا واقعہ بھی کافی اہمیت رکھتا تھا۔ سفید ساریاں سبز جھاڑیوں سے نکلتیں، جیسے بیلے کے پھول کو نڑھی کے اخضریں پردے سے نکلتے ہیں بگلوں کا پرا قریب تر ہو جاتا اور آوازیں زیادہ واضح۔ پھلجھڑی چھوٹتی اور دو پھول ہم لوگوں کے وارڈ میں آگرتے۔ ہم وسوں مریض انھیں اپنے دامن نظارہ میں لے لیتے۔

جب کسی نرس کی ڈیوٹی درجۂ اول کے کوارٹر سے وارڈ میں بدلتی تو عموماً وہی ہوتا کہ بجا یا بے جا طور پر کردہ و ناکردہ غلطیوں پر ہم لوگوں کی سرزنش یوں کی جاتی، "میں اے وارڈ میں ہی بھلی تھی۔ کیسے اچھے مریض ہیں اے وارڈ کے۔ چھی، اس وارڈ کے مریض تو جان کھا جاتے ہیں۔"

"کیسے اچھے ہیں اے وارڈ والے! اپنے نوکروں سے کام کرا لیتے ہیں بیچارے، اور یہ لوگ تو جوتے سیدھے کرواتے ہیں، جیسے میں ان کی لگائی ہوں۔۔۔" اور کبھی زیادہ دلدوز، "گھر میں کرتے ہوں یہ ٹھاٹھ! شان وکھلانے آئے ہیں! اے وارڈ میں نواب صاحب اپنا منھ تک میلا نہیں کرتے۔"

ہم دسوں مریض مختلف زاویوں سے درجہ اول کے کوارٹر کو معاندانہ دیکھنے لگتے اور کوارٹر کی سرخ اینٹیں طنزیہ ہنسی ہنستی نظر آتیں۔ معمر نواب صاحب کی موٹر، ان کا جوان لڑکا منصف صاحب، دھن راج جی کے بھائی کی توند اور شہوتی چھوٹی چھوٹی آنکھیں، صوبے کے صدر ہسپتال کے سپرنٹنڈنٹ صاحب کا گوراچٹا، چالاک و فتنہ کار نورِ نظر، بیمار و تیمار دار، غرض درجہ اول کی ساری مخلوق سل کے کیڑوں کی طرح محسوس ہوتی جو ہمارے پھیپھڑوں کو چھلنی کر رہی ہے۔ ہم ان سب کو اپنے اندر سے نکال کر تھوک دینا چاہتے تھے۔ تھوکدانی کے کاربولک ایسڈ میں فنا ہونے کے لئے۔ اس روز سینے کے لگاؤ زیادہ خلش پیدا کرتے اور ہم میں سے کئی، نرس ستم گار کے جسم کا جغرافیہ بیان کر کے دل کی بھڑاس اور چھپے ہوئے جنسی ارمان نکالتے تھے۔

ہمارے دلوں میں چور تھا اور ان کے دلوں میں بھی۔ ہمارے اندر کوئی ٹیڑھی سیدھی رگ ضرور تھی جو نرسوں کو ذلیل سمجھنے پر اکساتی رہتی تھی اور نرسیں بھی ہر وقت اپنی شخصیت اور پندار کے تحفظ کے لئے تیار رہتی تھیں۔ ان کے تجربے رنگ رنگ کے

تھے۔ ماضی کے نہاں خانے میں سیکڑوں مریض، بیسیوں ڈاکٹر اور کمپاؤنڈر چھپے ہوئے تھے۔ نرسوں کے دلوں سے ہو کر ایک تار گذرتا تھا جو ان مریضوں اور ڈاکٹروں کو گوندھے ہوئے ہمیں بھی پروتا چلا جاتا تھا۔

تیسرے درجے میں خلوت کا سکون اور مواقع نہ تھے۔ لیکن اجتماع کا تنوع، ہمدردی اور رونق تھی۔ اے وارڈ کے علاوہ اَپر سی وارڈ اور لور سی وارڈ کے درمیان بھی رقابتیں تھیں مگر یہ دوسری رقابت ولولہ انگیز اور عمل پرور تھی۔ یہ اپر اور لور محض زمین کے نشیب و فراز کا فرق تھا۔ پہاڑی علاقوں میں زمین کا اونچ پنچ بہت ہی نظر نواز ہوتا ہے۔ دونوں سی وارڈ تیسرے درجے کے وارڈ تھے۔ دونوں کا اعتبار اور امکانات برابر تھے لیکن ہمارے وارڈ کا ایکہ ساری صحت گاہ میں مشہور تھا۔ ہماری لاگ اور لگاؤ بس سمجھئے متحدہ ہی تھے۔

وارڈ کے انتہائی داہنی طرف اٹھارہ سال کے ایک گورے نازک سے لڑکے کا بڈ تھا۔ اس کے دونوں پھیپھڑوں میں "اے پی" دی جاتی تھی۔ یہ صحت گاہ کا معجزہ تھا اور مثالی نمونے کی حیثیت رکھتا تھا۔ ڈاکٹر مدراسی نے اسے حیرت انگیز طور پر سل کے پنجوں سے چھینا تھا۔ اسے بہت زیادہ آرام کرنے کی ہدایت تھی پھر بھی وہ وارڈ کی دل چسپیوں میں کافی حصہ لیتا تھا۔ وہ نرسوں کا کھلونا تھا۔ ننھا گوپال پندرھویں سال میں سینی ٹوریم آیا تھا۔ اس کے ایک جانب ایک مارواڑی تھا بہت ہی موٹا تازہ، تین من اس کا وزن تھا۔ پر یہ غریب ساڑھے تین سال صحت گاہ میں رہ کر بغیر شفایاب ہوئے ہی چلا گیا۔ اس کے دونوں پھیپھڑوں میں بڑے بڑے غار تھے۔ اس کے بڈ پر ایک مارواڑی ہی آیا۔ یہ اتنا دبلا تھا کہ ہم لوگ اسے مکّھی رام کا بھوت کہتے تھے۔

تیسری ہستی ایک سیاہ رنگ کے مریض کی تھی جو حیا تین کے جنون میں صرف ایک

سیر ٹماٹر دن بھر میں کھا جایا کرتا تھا۔ وہ کم سخن مگر زندہ دل تھا۔ یہ حضرت مرمر کے بچے تھے شاید ان کی صورت دیکھ کر ملک الموت بھاگ کھڑا ہوا تھا۔ چوتھا میں خود تھا۔ صحت گاہ میں اپنی شادی کے سوٹ پہن پہن کر حسرتیں نکالنے والا میرا دوسرا ہمسایہ نقی تھا۔ ایک طرف بھائی حاذق کی سیاہ فامی اور دوسری جانب نقی کا کافوری رنگ، ہم تینوں مل کر اس اشتہار کی تصویر بن جاتے تھے جس کے نیچے لکھا رہتا ہے "اب کالا کوئی نہیں رہے گا۔" نقی حسین تھا اور بے حد جوان معلوم ہوتا تھا۔ شوخ، چونچال، بیباک اور ہنس مکھ۔ اس کی آمد سے لوئر سی وارڈ کا پلہ گراں ہو گیا تھا۔ پہلے اپر سی وارڈ میں گھوش نرسوں کا مرکز ثقل تھا۔ مگر اب ڈیوٹی ختم ہوتے ہی ساری نرسیں اپنے کوارٹر جاتے ہوئے لوئر سی میں چلی آتی تھیں۔ گھڑی دو گھڑی کے لئے کھانے کی میز کے گرد بڑی دل نواز فضا پیدا ہو جاتی تھی۔

چہل سالہ وکیل صاحب کے چست فقرے نرسوں کو بہت بھاتے تھے۔ وارڈ میں دو وکیل صاحبان تھے۔ ایک واڑھی رکھتے اور نقلیں کرتے تھے، دوسرے پیشانی پر چندن کا ٹیکہ لگاتے اور نرسوں سے فحش مذاق کرتے تھے۔ جونیئر وکیل صاحب کی پیشانی پر عبیر کی سرخ بیندی نرسوں کے لئے سرمایہ تفریح تھی۔ ان دونوں بزرگوں کی ٹکینک ایک سی تھی۔ یہ پہلے بے وقوف بن کر اور جملے سہ کر اپنا حق جما لیتے تھے اور پھر معصومانہ انداز میں مذاق کا جواب دیتے تھے۔ ان دونوں کا نشانہ بے خطا تھا۔ مگر ایک کی فطرت میں ایمائی طنز زیادہ تھا اور دوسرے میں واقعیت نمایاں۔

نقی کے بائیں پہلو میں ایک نوجوان مِصرجی تھے۔ گورا رنگ جس پر سرخی کی چھوٹ تھی۔ مصرجی بہت جذباتی اور رقیق القلب تھے۔ جسمانی طور پر جو بھی رہے ہوں مگر ذہنی طور پر بالکل کنوارے تھے، اچھوت کنیا کی طرح۔ اور مصرجی کو ایک پھیپھڑے میں

"اے پی" دی جاتی تھی۔ مصرجی کہنہ مریض تھے۔ "اے پی" کا کورس ختم ہو چکا تھا۔ ان کے مریض پھیپھڑے کو فرینک نرو کی جراحت کے ذریعہ معطل کر دیا گیا تھا۔ میں اور مصرجی میڈیکل کالج کے طالب العلم رہ چکے تھے۔ تختے کی طرح چت لیٹے یسوع مسیح سے لو لگائے رہتے تھے۔ کوئی جنبش نہیں، کسی قسم کے آثار حیات نہیں۔ وہ جب ضرورتاً چلنے پھرنے پر مجبور ہو جاتے تھے تو یوں چلتے تھے کہ "زیر قدمت ہزار جان است۔" اصولاً وہ اپنے سل زدہ پھیپھڑوں کو کم سے کم حرکت اور زیادہ سے زیادہ آرام دینا چاہتے تھے۔ ان کے نزدیک گفتگو بھی زیانِ حیات تھی۔ ہر وقت، ہر روز، ہر سال یونہی زندگی گذارتے تھے جیسے سسرال میں نئی دلہن۔ صحت گاہ میں انھیں ڈھائی سال ہو چکے تھے۔

دسویں ہستی ایک بنگالی مسلمان لڑکے کی تھی۔ سولہ سترہ سال اس کی عمر ہو گی۔ موٹا، گول مٹول سا، گردن ندارد۔ یہ لڑکا غلام ربانی بھی پربھو بابو کا مرید تھا۔ کم سخن، کم آمیز مگر بسیار خور و بسیار خواب۔ اسے ہم لوگ مرغ کہتے تھے اور پربھو بابو کو پطرس ولی۔ "مرغ" وضو کے علاوہ غسل بھی کرتا تھا۔

یہ دسوں مختلف طبائع کے لوگ تھے۔ ایک انوکھی ہمدردی کے ذریعہ ایک دوسرے سے وابستہ و پیوستہ سے تھے۔ نرسوں سے مذاق کے وقت پطرس ولی بھی ایک دو مسکراہٹیں ضرور ارزاں کر دیا کرتے تھے۔ ویسے بھی وہ ہمارے رومانوں سے کافی دل چسپی لیا کرتے تھے کیتھرن اور ایشری کی آواز سنتے ہی "مرغ" بھی بانگ دینے لگتا تھا۔ یہ دو نرسیں جانِ سینی ٹوریم تھیں۔ ایشری بیس سال کی صندلی رنگ و دراز قد، چھوٹی مگر مسکراتی ہوئی آنکھوں والی لڑکی تھی۔ وہ چلتی تھی جیسے اسپ تازی "قدم چلتا" ہے۔ وہ اس کی گردن اور سینے کا "کون ہوتا ہے حریف مے مرد افگن عشق" قسم کا خم۔ ایشری ملنسار، دل نواز اور مجسم سپردگی تھی۔ وہ نسیم خوش خرام کی مثال آزاد و ہمہ گیر تھی۔

ایشری کیتھرن کو کٹو بوا کہتی تھی۔

کیتھرن پچیس سالہ بھرپور جوان عورت تھی۔ سانولا رنگ جراحاتِ جفا پر نمک ریز، اس کے پھیلے اور گداز کولھے، اس کی گول کمر، اس کی مثالی ہندی چال، مست ہاتھی کی طرح وہ یوں افقِ نظر میں داخل ہوتی جیسے سمندری سفر کے بعد جہاز ہچکولے کھاتا ہوا ساحل کی طرف آتا دکھائی دیتا ہے۔ اس کے بھاری کولھوں کے محور پر بالائی جسم جھوم سا جاتا تھا، جیسے پھل دار شاخ موٹے تنے پر لچک سی جائے، پر اس کے کولھے پیش و پس ڈگمگا کے متانت سے آگے بڑھتے جاتے تھے۔ وہ داہنے ہاتھ سے ہلکا سا اشارہ کر کے ساری کے پلو میں تناؤ پیدا کرتی اور چھوڑ دیتی تھی۔ آنچل کی لپٹن میں اس کے سینے ابھر آتے تھے اور پلو لہرانے لگتا تھا۔ کیتھرن عموماً متین سے رہتی تھی مگر اچانک طور پر وہ شوخ و سحر کار بن جاتی تھی اور پھر سنجیدہ۔ بجلی کا چنچل پن اور امنڈتے ہوئے کالے، موج در موج بادل کی گمبھیرتا، یہ دونوں ایک دوسرے کو نمایاں کر کے قاتل تر بناتی تھیں۔ اس کی فطرت میں بحرالکاہل کی گہرائی تھی۔

ان دو کے علاوہ سات اور تھیں۔ ایک جوڑا تھا مارتھا اور فیبی۔ مارتھا مردانہ وار لانبی چپٹی سی عورت تھی۔ ہنسوڑ اور بے جھجک۔ فیبی اس کے زیر حکومت تھی۔ نرس کوارٹر کے ایک ہی کمرے میں دونوں رہتی تھیں۔ وہاں دو پلنگ کے کمرے تھے۔ فیبی تو فلاں مریض سے گھل مل کر کیوں ملی؟ فلاں نے تجھ سے چھیڑ کیوں کی؟ اس جوڑے کے "نصف بہتر" حصے پر ہر وقت پہرہ تھا۔ مارتھا ہاں مصر جی سے خوش تھی۔ شرمیلی اچھوت کنیا سے مصر جی۔

ایک جوڑا دو چچازاد بہنوں کا تھا سلومی اور فلورنس۔ دونوں گوری گوری، گداز، مائل بہ فربہی عورتیں تھیں مگر لڑکیاں کہے جانے پر مصر۔ سلومی اخلاقاً یا ضرورتاً لڑکی کہی

اور سمجھی جا سکتی تھی لیکن فلورنس تو بہت ہی بلند اخلاقی اور اشد ضرورت کے باوجود عورت سے لڑکی نہیں بن سکتی تھی۔ میگی اور دلاری کالی کالی چپٹی ناکوں والی نرسیں تھیں۔ خوش اخلاق، کرم فرما، ہر دل عزیز، ایثار پسند میگی ادھیڑ عمر کی تھی اور دلاری جوان۔ اس کے چھوٹا ناگپوری سینوں کی سنگینی، ناک کے چپٹے پن کا اس حد تک کفارہ ضرور ادا کر دیتی تھی کہ اس کی پیشانی کے محاذ سے نظریں پھسل کر صدر میں ٹھوس سہارے کے بل پر تھم جاتی تھیں۔

نویں تھی ڈولی۔ وہ سراپا ڈولی تھی۔ چھوٹا سا کھلونا۔ شریر آنکھیں مٹکانے اور چیں چیں کرنے والی گڑیا۔ گہرا سانولا رنگ، بوٹا سا قد، پاجی آنکھیں، کھلنڈری بے باک، لڑ پڑنے والی اور لڑ کر ہنس دینے والی۔ یہ سب سے کم عمر تھی۔ اٹھارہ انیس سال کی ہو گی۔ کبھی تو یہ بد صورت دکھتی تھی اور کبھی گوارا حد تک بھولی۔

صحت گاہ ایک ویرانے میں تھی۔ سب سے نزدیک کا گاؤں ڈیڑھ میل پر تھا، اور سب سے نزدیک کا شہر اٹھارہ میل پر۔ صحت گاہ کی بس اپنی ایک چھوٹی سی دنیا تھی الگ تھلگ۔ دو ڈاکٹر، ایک کمپاؤنڈر، ایک ڈریسر، ایک ایکسرے بابو، دو کلرک، نو نرسیں، ایک میٹرن اور ایک سسٹر، آٹھ وارڈ بوائے، چند مہترانیاں اور پچاس کے لگ بھگ سل و دق کے مریض مع اپنے باورچیوں اور چند تیمارداروں کے۔ وارڈوں کے چاروں طرف باغ، جنگل اور سرخ سرخ مورم کے بڑے بڑے ٹیلے تھے۔ کچھ دور پر چھوٹی چھوٹی مگر پر شور پہاڑی ندیاں تھیں۔ جاڑوں اور گرمیوں میں یہ ندیاں مریضوں کے آنسوؤں کی طرح خشک ہو جاتی تھیں۔

ایک روز میں اور نقی ایکسرے کے لئے نرس ڈولی کے ساتھ جا رہے تھے۔ ڈولی صبح سے غمگین اور چڑچڑی تھی۔ بڑے صاحب نے اسے ڈانٹا تھا۔ راستے میں اس نے دور سے

بڑے صاحب کو دیکھا۔ کہنے لگی، "بڑا بنتا ہے۔ ایکسرے کرنے کے بہانے ڈارک روم میں خود جو چاہے کر گزرے اور دوسروں سے جلتا ہے۔" ڈولی نے غصے کی بدخیالی میں یہ جملے ادا کئے۔ ہم لوگوں کی موجودگی کے احساس نے اسے چونکا دیا۔ پردہ داری کے بغیر رومان رہتا ہے نہ کشش۔ وہ کہہ چلی، "نرسیں اگر دیسی ہوتیں تو نہ جانے کیا ہو جاتا۔ خدا باپ ہم لوگوں کو بچا لیتا ہے"

بات یہ تھی کہ بڑے صاحب کے جذبۂ اجارہ داری کے باوجود نرسوں کی انفرادیت ہمیشہ سرکشی پر تلی رہتی تھی۔ مہینے میں ایک روز نرسوں کو ڈے آف ملتا تھا۔ وہ تنہا یا دو تین کی ٹولی بنا کر شہر چلی جاتی تھیں مگر اجنبی شہر میں دل کی پیاس کا بجھنا، بلاؤز یا پیٹی کوٹ کی لیس خریدنا تو ہے نہیں۔ نرسیں عموماً وہاں سے دل کا بوجھ اٹھائے ہوئے واپس آتیں بلکہ سنیما دیکھنے کے بعد آرزوؤں کی خاکستر کے اندر چنگاریاں اور سلگ اٹھتیں۔ کوارٹر میں دو نرسوں کی ٹولیاں تھیں۔ یہ ٹولیاں زیادہ تر زندگی کی ٹھیٹھ حقیقتوں اور مطالبوں پر جانب دارانہ تبصرہ کیا کرتی تھیں۔ فاش صداقتوں کو آنکھوں میں ڈال کر دیکھتی تھی۔ جب سب مل بیٹھتیں تو پھر مریضوں، ڈاکٹروں اور ڈے آف کی باتیں، طعنہ وطنز، چھیڑ چھاڑ اور کبھی جھومر کے گیت،

آگے آگے میں چلی اور پیچھے پیچھے سیاں
سروتا کاہے بھول آئے پیارے نندویا

اور غزلیں۔

اے عشق عطا کر دے وہ کیف کا پیمانہ

سیاں تو خیر دور کی بات تھی مگر کیف کے پیمانے کی تلاش جاری رہتی۔ ہر نرس کی کئی کئی داستانیں تھیں مگر ان سے ان کی طبیعت کبھی سیر نہ ہوئی۔ جوانی، عورت، بیوی اور ماں

ہمیشہ ان میں جاگتی رہتی تھیں اور نہ جانے کتنے جانے اور ان جانے روپ بدل کر ان کے جذبوں پر چھا جاتی تھیں۔ سطح کے نیچے نا آسودگی اور بیزاری پوشیدہ رہتی تھی۔ ارادی اور غیر ارادی قوتوں نے انھیں زندگی کی اس منزل میں لا ڈالا تھا جہاں لطافت مٹی نہ تھی روپوش ہوگئی تھی۔ کچھ عجیب بات معلوم ہوگی مگر ایسا بھی ہوتا تھا کہ کسی نرس نے مریض کے بلغم میں سل کے کیڑوں کے پائے جانے کے باوجود اس کے لئے اپنے لب و رخسار ارزاں کر دیے اور یہ مسلول سل کے کیڑوں کو مکمل طور پر اپنے دل و دماغ میں ہضم کر جاتے تھے۔

"مثبت" مریض گہنا سانپ سے زیادہ خطرناک سمجھے جاتے ہیں مگر یہ دیویاں بس گھول کر پی جاتی تھیں۔ کون جانے محبت کے امرت میں ملا کر یا آتش بداماں ہوس کی آگ میں بجھا کر۔ مریض تو جراثیم کو تمنائے حیات کی رو میں بہا دیتے تھے۔ وہ اتنی بار ٹی بی ٹی بی کا درد کرتے تھے کہ ٹی بی بے حقیقت ہو جاتی تھی۔ جیسے ملا کی تسبیح پر گھومتے گھومتے خدا بے حقیقت ہو جاتا ہے۔ ایک بار بھائی حاذق نے "اسپیوٹم فلاسک" میں سخت کھانسی کے بعد بلغم پھینکتے ہوئے مصرجی سے مسکراتے ہوئے کہا تھا، "بھائی! تم بی بی اور فے بی (فیبی) دونوں سے لطف اٹھاتے ہو، میں صرف ٹی بی سے لطف اندوز ہوتا ہوں۔" میں نے کہا تھا میگی بھی تو ہم قافیہ ہے۔ اپنی غزل کے لئے آپ اسے استعمال کیجئے۔ بھائی حاذق ہنسنے لگے اور انھیں زور سے تکلیف وہ کھانسی آگئی۔

ہم لوگ کرسمس، عید اور ہولی سب تہوار منایا کرتے تھے اور یوں اور مریضوں کے علاوہ ذی فراش مریض بھی اپنے دکھ درد کو بھلا کر غم غلط کر لیا کرتے تھے۔ نقی کو صحت گاہ میں آئے ہوئے ساتواں مہینہ تھا اور مجھے پانچواں کہ کرسمس آگیا۔ اس عرصے کے اندر میں اور نقی بہت قریب ہو چکے تھے۔ عورتوں کے وارڈ والیاں ہمیں "سارس کا

جوڑا" کہتی تھیں۔ زنانہ وارڈ ہم لوگوں کے وارڈ کے پہلو میں تھا۔ معصوم سے مصر جی گاہے گاہے وہاں برج یا کیرم کھیلنے کے لئے بلا لئے جاتے تھے۔ مسز شنکر اور مسز اکرام نے ایک دو دفعہ سارس کے جوڑے کو بلوا بھی بھیجا مگر ہم لوگوں نے تاب مقابلہ نہ پاکر بلاوے کو ٹال دیا مگر جب ہم لوگ ڈرامہ کھیلتے تھے تو پھر زیور اور کپڑے مانگنے کی تقریب سے جنس لطیف سے ملاقاتیں ہو ہی جاتیں تھیں کرسمس کے موقعہ پر بھی ہم لوگوں نے ڈرامہ کھیلا۔ نرسوں نے بھی شرکت کی مگر یہ کرسمس کے جذبات میں طوفان برپا کرتا ہوا آیا۔

نقی لوئر سی وارڈ میں سب سے خوب صورت اور زندہ دل نوجوان تھا۔ اس کی شوخ حسین آنکھیں چشمہ شیریں کی طرح تھیں۔ صنف نازک کے لئے دل کی پیاس بجھانے کا نہایت ہی شاداب ذریعہ۔ ہر نرس نے اس کی لانبی اور گھنی پلکوں کے نخلستان میں پناہ لینی چاہی مگر ایشری کی جرأتوں کے سامنے بقیہ سب عقبی زمین کی آرائش بن کر رہ گئیں، ہاں ننھی ڈولی اس طرح وابستہ رہی جیسے ہندوستان کے ساتھ لنکا۔ ڈولی گلہری تھی۔ ہر درخت پر چڑھ کر پھل کترنے والی مگر چوری چوری یہ لے اور وہ بھاگ۔

ایشری بے حد جذباتی تھی۔ اس کے جذبات کی رو میں ماضی، حال اور مستقبل سب بہہ جاتے تھے۔ اس پر محبت کے دورے پڑتے تھے۔ دو تین ماہ سے زیادہ وہ شدت کے ساتھ کسی کو نہیں چاہتی تھی مگر نقی نے اسے رام کر لیا تھا۔ محبت کے دورے کے وقت بھی وہ کسی کے جذباتی مطالبے کو رد نہیں کر سکتی تھی۔ اے وارڈ کے منصف صاحب اس پر مرنے لگے تھے۔ ایشری نے ان کا دل بھی نہیں توڑا اور دل دہی کے لئے وہ انتہائی بخششوں سے کام بھی لے لیا کرتی تھی۔

"مجھ سے کسی کا کڑھنا دیکھا نہیں جاتا نقی اور ایک تم ہو۔" ایشری نے میرے سامنے ایک بار جھوے کے سائے میں کہا تھا۔ وہ اپنے سارے قصے ہم لوگوں سے کہہ دیتی

تھی۔ اس کا کوئی راز نہ تھا۔ کیتھرن ایشری کی ضد تھی۔ وہ مجسم راز رہنے کی کوشش کرتی تھی۔ اس کی فتوحات پس پردہ ہوا کرتی تھیں۔ اپنے کو وہ نہایت پارسا ثابت کرنا چاہتی تھی مگر نقاب وحجاب کا اتنا گوشہ وہ چٹکیوں سے اراوتاً ضرور اٹھادیتی تھی کہ اس کی محبوبیت اور گراں مائیگی ارمان انگیز طور پر ظاہر ہو جائیں۔ کیتھرن نے بھی نقی کو اپنا شکار بنانا چاہا مگر نقی اس کی آہستہ خرامی اور رازدارانہ انداز کی فطرتاً تاب لا ہی نہیں سکتا تھا۔ وہ محبت میں جری تھا۔ بے باک ایشری کی ذات میں اس کو وہ ٹائپ مل گیا جو جذبات کے کھیل میں ہر رکاوٹ کو گناہ سمجھتا ہے۔

یہ سب کچھ ہو چکا تھا جب میں سینی ٹوریم آیا۔ ایک مہینے کے اندر ہی میں اور نقی گھل مل گئے تھے۔ ایشری میرے سامنے بھی نقی سے بے تکلف باتیں کرتی تھی مگر کیتھرن نے جب ایک روز میرا بستر درست کرتے ہوئے چپ چاپ اوڑھنے والی چادر کے اندر میرے ہاتھوں میں گلاب کا پھول دے کر آہستہ سے کہا، "ڈارلنگ" اور میں نے اس سانحہ کا تذکرہ نقی سے کر دیا تو کیتھرن نے مجھ سے شکوے کئے۔ "آپ تو بڑے ناسمجھ ہیں، دیکھئے نقی مجھے بھابھی کہنے لگا ہے۔ میں یہ باتیں پسند نہیں کرتی۔ میری بھی تو عزت ہے۔ وہ تو آپ سے۔۔۔" کیتھرن نے اپنی سنجیدہ شیریں لوچدار آواز میں شکایت کی اور بات کو مکمل کرتے کرتے دانستہ رک کر ہنسنے لگی۔

کرسمس کی تیاریاں خوب ہوئیں۔ ہم مریضوں نے رنگ برنگ کے کاغذوں کے زنجیرے اور جھنڈیاں بنائیں۔ ساری صحت گاہ کی آرائش کی گئی۔ چوبیس دسمبر کو ہر جگہ خوشی تھم تھم کر ابلنے کے لئے بے چین ہو رہی تھی۔ نرسیں نوخیز ہرنیوں کی طرح کللیں کرتی پھرتی تھیں۔ اسی روز بڑے صاحب نے بھی رقابت اور فرض کی زنجیریں ڈھیلی کر دی تھیں۔ شام کو نرسیں وارڈ میں جھرمٹ بنا کر صرف یہ پیام دینے آئیں کہ وہ لوگ

کرسمس کا نغمہ شب گاتی ہوئی صبح کاذب کے وقت ہی وارڈ میں آئیں گی۔ سب لوگ ان کی پذیرائی کے لئے تیار رہیں۔ وہ سب کی سب وردی برطرف کئے حسین و آرزو خیز ساڑیوں میں لپٹی، جذبات کے بوجھ سے لڑکھڑاتی فضا میں رقص مستانہ کرتی ہوئی معلوم ہو رہی تھیں۔

ایشری طوفان و سیلاب تھی۔ کیتھرن نے اپنی فطرت کا نقاب الٹ دیا تھا۔ وہ بھی کرسمس ایو پر بے محابا تھی اور کون اس شام کو متحرک سپردگی نہ تھا۔ لوئر سی وارڈ میں کہر بائی لہر ڈور گئی۔ معمر وکیل صاحب (جنھیں ہم لوگ پیر مغاں کہتے تھے) سے لے کر غلام ربانی تک لوگ تلاطم محسوسات میں ڈانواڈول ہو رہے تھے۔ ہمارے ہاتھ اٹھے نہ تھے لیکن ہمارے جذبات آغوش وا کئے ہوئے تھے۔ اف! سی وارڈ کے ممکنات اور مواقع کتنے محدود تھے۔ ہمارے دل میں اپنی جیبیں اڑائے وارڈ کی خلوتیں، انفرادی شان میں آسودہ کھٹک رہی تھی۔

"نرسیں بڑے صاحب کے یہاں 'کرسمس ٹری' بنانے جا رہی ہیں، جاگتے رہنا۔ ہاں!" ایک لوچدار آواز فضا میں لہرا کر دلوں میں اتر گئی۔

"اوہ۔۔۔رے۔۔۔ے! نہیں کیسے جاگیں گے بوا تم بھی تو جان کے بنتی ہو۔ بلا آج رات نیند ہی کب آئے گی انھیں۔ ذرا مصرجی کو تو دیکھو۔۔۔" ایک رہزن تمکین ہوش نے دکھتی ہوئی رگ چھولی۔ پھر جلوۂ برق فنا قسم کا قہقہہ ترنم بار ہوا، اور فیبی کو چھیڑتی ہوئی سب نرسیں یوں چلی گئیں جیسے آتش بازی چھوٹ کے رہ گئی ہو۔

وہ رات قیامت خیز تھی۔ نرسوں کے چلے جانے کے بعد ہم سب لوگ یک بہ یک محزوں ہو گئے۔ بیس دسمبر کو گیارہواں مریض ہم لوگوں کے وارڈ میں داخل ہوا۔ بائیس کو وہ بہت ہی درد و کرب کے عالم میں جاں بحق ہو گیا اس کا پھیپھڑا اپھٹ گیا تھا۔ ہم دسوں

کی نظریں خالی بڈ پر جا کر ہم آغوش ہوئیں۔ خاموش ماتم کی حالت میں پر بیتی آپ بیتی بنی جا رہی تھی۔ کچھ دیر تک ہم سب ہمدردانہ انداز میں چپ چپ سے رہے۔ ہم اس اندوہ بلا سے پناہ چاہ رہے تھے اور انتقاماً ہم سارے جہاں کی خوشیوں کو چھین کر اپنے دل میں جمع کر لینے کی تمنا کر رہے تھے۔ پیر مغاں مغرب کی نماز پڑھنے چلے گئے۔ وہاں سے انھوں نے کچھ سکون مستعار لیا اور سلام پھیرتے ہی آخر شب کی امیدوں کے تذکرے چھیڑ دیے۔ ہم سب لوگ ٹوٹ کر ان تصورات سے لطف لینے لگے۔ نمبر گیارہ کے جسم کو پھر سے جلا کر ہم نے ذرات فضا میں بکھیر دیے اور اس کی روح خیالات کی انتہائی گہرائیوں میں دفن کر دی۔ اس شام کو ہم نے استراحت کے گھنٹے میں بھی بلند آواز میں گفتگو کی۔ بے ہنسی کی ہنسی ہنسے اور نرسوں کا اتنے پہلو اور زاویوں سے تجزیہ کیا کہ ان کے جسم تحلیل ہو کر ہم میں سما گئے اور ہم ان میں۔

نصف شب ہی سے نرس کوارٹر بیدار ہو گیا تھا۔ گیتوں اور ہنسیوں کی آوازیں ہماری مضطرب نیندوں کو اور بے کل کر رہی تھیں۔ ابھی رات ہی تھی کہ کرسمس کا حسین "نغمہ شب" اچانک طور پر لوئرسی وارڈ کے بہت قریب سامعہ نواز ہوا۔ ہم غنودگی اور نیند کے درمیان سے آنکھیں ملتے ہوئے اٹھ بیٹھے۔ ہم میں سے اکثر نے جلد جلد اپنے الجھے ہوئے بال درست کر لئے۔ نرسیں ہارمونیم پر کرسمس کیرل گاتی، چہلیں کرتی لڑکھڑاتی چلی آ رہی تھیں۔ وہ آ گئیں چیت کی سنکتی ہوئی ہواؤں کی طرح، شباب کی امنگوں کی مثال کچھ دیر کے لئے۔ نغمے رک گئے۔ خندۂ بے باک تھم گئے اور فضا سکر و مستی سے لبریز ہو کر چھلکنے لگی۔ ولولہ بداماں خاموشی کا ترنم، زندہ سکوت کی ابدی لے، آغوشِ وجود میں تھرتھرا رہی تھی۔ اس کے قبل کہ کوئی بڑھ کر بجلی کا بٹن دبائے بہت سی حسرتیں پوری ہو گئیں، بہت سی آرزوئیں جوان ہوئیں، کئی ارمان پیدا ہوئے اور ان گنت ناکردہ گناہ

حسرت کی داد لینے کے لئے دردناک مضحکہ کا سامان بن گئے۔

آج انفعال خود جرأت رندانہ پر تلا ہوا تھا۔ باہر سطح مرتفع پر چلنے والی تیز ہوائیں سرد، بوڑھے، خاموش، گہرے نیلے آسمان کے سائے میں الھڑ دوشیزاؤں کی طرح لغزیدہ تھیں۔ پورب کے دروازے کھلے ہوئے تھے۔ میں نے تاروں کی چند آوارہ شعاعوں کی مدھم روشنی میں مائل انحطاط فلورنس کو اپنے بہت قریب پایا اور جب کسی نے بھک سے روشنی جلادی تو میں نے دیکھا کہ ڈولی اور نقی کے درمیان ایک سکنڈ میں تھوڑی سی دوری پیدا ہوئی۔ اس کے علاوہ بھی کئی قماش بنے اور بکھرے۔ نغمے پھر بلند ہوئے۔ ہارمونیم ایشیری بجا رہی تھی اور سلومی نے فادر کرسمس کا سوانگ بھرا تھا۔ سرخ پیجامہ، سرخ عبا، نیلی اونچی خرطومی ٹوپی اور سفید لانبی داڑھی۔ ہم سب لوگ اسے دیکھ کر بے تحاشا قہقہے لگانے لگے۔ "پیر مغاں" نے بڑھ کر فادر کرسمس سے معانقہ کیا۔ اس پر ایک گونجتا ہوا قہقہہ لگا۔

والان کے کھلے ہوئے حصے میں ایک حلقہ ڈال دیا گیا۔ رقص اور نغمے شروع ہوئے۔ نرسیں اپنا بہترین لباس زیب تن کئے ہوئے مور کی طرح ناچ رہی تھیں۔ باری باری اور گاہ جھومر ڈال کر گا رہی تھیں۔ ان کے بے پناہ سپردگی ہم لوگوں کو مدہوش کر رہی تھی۔ گاتے گاتے ان کے حشر خیز اشارے، ناچتے ناچتے ان کے شانوں پر ذرا آسودگی حاصل کر لینا، موت اور حیات کی سرحدیں ملا رہا تھا۔ پیر مغاں نے ایشری کے گلے سے بندھا ہوا ہارمونیم اتار کر اپنے گلے میں ڈال لیا۔ میں نے اور نقی نے ہارمونیم کو سہارا دیا۔ ہمیں اس گھڑی بھی مجروح پھیپھڑوں پر وزن پڑ جانے کی مضرت بھولی نہ تھی۔ معمر وکیل صاحب نے جھوم جھوم کر خوب ولولہ خیز گت بجائی اور رات کی پریاں مجسم غزل الغزلات بنی ہوئی خدائے محبت کے جلوؤں کے خیر مقدم میں عرض نغمہ اور گذارش رقص پیش کرتی

رہیں۔

کرسمس کے بعد حجاب اٹھ گئے تھے۔ صبح کی شرمیلی سرخی بڑے دن کے بعد روز روشن کی تنویر بن گئی۔ ہم مریضوں کے جذبات کی جڑیں صحت گاہ کی زمین میں زیادہ پیوست ہوگئیں۔ ایسا محسوس ہوتا تھا کہ بوڑھے کرسمس نے سینی ٹوریم کی بالائی سطح کھرچ کر معجزانہ طور پر ایک نئی دنیا بنادی ہے، جس میں اسپتال کی تلخ حقیقتوں کے ساتھ گھریلو فضا کی لطافت اور ہمدردی بھی ہے۔ ہم لوگوں نے پیر مغاں کی شادی تفریحاً فادر کرسمس سے کردی جو صبح ہوتے ہی چولا بدل کر "مدر کرسمس" تھی۔ "پیر مغاں" اسے "میری گھر میں" کے اصول سے "میری وارڈ میں" کہنے لگے۔ ایشری باضابطہ طور پر میری سالی بن گئی اور کیتھرن نقی کی بھابھی تھی۔ اس نوع کی اور بھی کئی رشتہ داریاں قائم ہوگئی تھیں۔ ہم لوگ ان رشتہ داریوں کو یوں استعمال کرتے تھے جیسے لنگڑے بیسا کھیاں استعمال کرتے ہیں ہمارے یہ ذہنی سہارے فریب کی بنا پر قائم تھے۔ مگر زندگی میں کبھی ایسا بھی ہوتا ہے کہ فریب حقیقت سے زیادہ حقیقی بن جاتا ہے۔ ہم لوگ کشتی شکستہ پرسند باد جہازی یا رابن سن کروسو کی طرح صحت گاہ کے صحرائی جزیرے میں بیٹھے سنسار سے الگ تھلگ، انتظار کی دبی ہوئی آگ سینوں میں لئے بری بھلی اپنی ایک چھوٹی سے دنیا بنارہے تھے۔ انسانیت کے دل میں کتنی لاانتہا حسرت تعمیر بھری ہوئی ہے۔

یوں تو پہلے بھی نرسیں ہم لوگوں کے لئے ڈے آف میں شہر سے پھل اور میوے لے آتی تھیں مگر کرسمس کے تحفوں کی رنگینی و دل آویزی سے ایک نئے دور کی ابتدا ہوئی۔ پہلے پھل اور میووں نے رومانی لطافتوں کی شکل اختیار کی۔ جذبے کی حدت نے انھیں حریری رومالوں اور عطر وسینٹ میں تبدیل کر دیا۔ حقیقت کی ایک سیال صورت رومان ہے جیسے برف سے پانی اور پانی سے بھاپ بن جاتی ہے مگر کچھ دنوں کے بعد رومال

اور سینٹ تناسخ کے چکر میں پڑ کر بیسنی روٹی اور پوڈنگ بن گئے۔ استمرار حیات کے لئے روز مرہ کی واقعیت کا وسیلہ لازمی ہے۔

گوپال بہت خوش تھا اکثر کہتا، "نقی بھائی! وارڈ میں بہت جی لگتا ہے۔ ایسا لگتا ہے کہ میری بیماری اچھی ہو گئی۔۔۔ تب بھائی انور ہم پھر جا کر اسکول میں نام لکھوا سکیں گے نا؟" اس کی آنکھوں میں زندگی کی آرزوئیں جھلکنے لگتیں۔ وہ ذرا نڈھال ہو کر کہہ چلتا، "مگر پوڈنگ اور بیسنی روٹی اور کٹوبوا کے گیت، طبیعت بہت گھبرائے گی یہاں سے جا کے، ہے نا؟ پھر ہم سل کے مریضوں سے کون گھل مل کرے گا۔ سانپ سے کون کھیلے گا؟ ایشری بھابی اور کٹوبوا کا پریم کہاں ملے گا؟" نادان اور پر ارمان گوپال پر رقت سی طاری ہو گئی۔

لوئر سی وارڈ میں تعلقات میں اجتماعیت کا رنگ چوکھا تھا۔ پر بھو بابو اپنی صوفیت اور گوپال اپنے کومل ارمانوں کے باوجود دوسرے وارڈوں سے، ہم سب لوگوں سے زیادہ رقابت کرتے تھے۔ وہ سل و دق کے ہلاہل میں نسائی لطافتوں کا امرت انڈیل کر سمیت کو گوارا بنانے کے لئے بے چین تھے۔ پر بھو بابو کو اپنے بڑے سے کنبے کی ذمہ داریاں یاد آتی تھیں۔ یسوع مسیح کی محبت، برج اور کیرم کے کھیل، نرسوں کا لوچ، جو بھی زخم پر مرہم کا پھاہا رکھ دے، جس سے بھی غم غلط ہو جائے۔ ایک روز گوپال برہم برہم سا ٹہل کر واپس آیا۔ اب اسے چند فرلانگ چلنے پھرنے کی اجازت مل گئی تھی اور سیر کے بعد اس کی حرارت کا درجہ بڑھتا نہ تھا۔ ان دنوں وہ بہت مسرور تھا۔ اسے امید تھی کہ رفتہ رفتہ اسے بھائی حاذق کی طرح ایک میل سیر کی اجازت مل جائے گی۔

گوپال کو بیزار اور برہم دیکھ کر مجھے اور نقی کو سخت تعجب ہوا۔ ہم لوگ بھی دو میل کی سیر کے بعد پلنگ پر لیٹ کر تھرمامیٹر لگا رہے تھے۔ اس کے بعد فوراً شام کی استراحت کا گھنٹہ شروع ہو گیا۔ ڈولی کی ڈیوٹی تھی اس بک بک کرنے والی لڑکی نے ہم لوگوں کو باتیں

کرنے نہیں دیں۔ گوپال کا نازک سا چہرہ تمتمارہا تھا۔ وہ کچھ کہنے کے لئے بے چین تھا اور ہم لوگ سننے کے لئے مگر قہر مریض بر جان مریض، ایک گھنٹہ ہم لوگوں نے عجب الجھن میں گذارا۔ ٹن ٹن ٹن! گھنٹی بجی اور گوپال جھٹ اٹھ کر میرے اور نقی کے پلنگ کے درمیان آ کھڑا ہوا۔ ہم بھی اٹھ بیٹھے۔

"کٹو بوا آبزرویشن وارڈ میں مہندر بابو سے۔۔۔" گوپال رک گیا۔ اس کا چہرہ اور سرخ ہو گیا، "مہندر بابو نے کٹو کے گال میں۔۔۔" اب کے اس نے بوا نہیں کہا۔ "انور بھائی کیتھرن سے مت بولئے۔" گوپال بہت خفا تھا۔ اس کی آنکھیں پرنم ہو گئیں۔ ایک گھنٹے کے بعد ڈیوٹی سے فراغت ہو گئی تو کیتھرن ہم لوگوں کے وارڈ میں آئی۔ کچھ شرمائی ہوئی خفیف وہ سیدھے میرے پاس آئی۔

"انور بابو! مجھے ٹائی باندھنے نہیں آتی۔ ڈرامے میں میرا مردانہ پارٹ ہے۔ میں آپ سے ہی تو ٹائی کا ناٹ بندھواؤں گی۔" یہ کہہ کر وہ مسکرائی، لچکی اور دزدیدہ نگاہوں سے اس نے گوپال کو بھانپا۔ کیتھرن نے بھی کار خیر کرتے وقت غالباً گوپال کو دیکھ لیا تھا۔ یہ جملے آزمائشی تھے۔ جن کے اندر احساس لغزش نے مشتبہ پذیرائی کو امید افزا بنانے کے لئے نوازش اور شیرینی کی آمیزش کر دی تھی۔ میں نے کوئی جواب نہ دیا۔ اس نے کچھ اور چھیڑا تو میں ایک کتاب اٹھائے پڑھنے لگا۔ کیتھرن چلی گئی۔ اس کے اندر نسائی پندار کافی تھا اور پھر راز کو وہ شرمندۂ عریانی کرنا کب گوارا کر سکتی۔ ہم لوگوں میں بات چیت بند ہو گئی۔ ایک روز ہلکی ہلکی بارش ہو رہی تھی۔ ایشری دوسرے وارڈ جاتے ہوئے میرے پاس آئی اور چپ چاپ سے صرف یہ کہہ گئی، "کٹو بوا کا آج ڈے آف ہے۔ وہ شہر نہیں گئیں اپنے کمرے میں چادر سے منہ لپیٹے رو رہی ہیں۔"

ان دنوں ایشری بھی اے وارڈ کے مصنف صاحب سے خوب پینگیں بڑھا رہی

تھی۔ میں نے اور نقی نے یہ مشورہ کیا کہ کیتھرن اور ایشری، ان دونوں لات اور منات کو کشید گی کا مزہ چکھایا جائے۔ اپنے فیصلے سے ہم نے اہل وارڈ کو بھی مطلع کر دیا۔ پر بھو بابو اور پیر مغاں نے صاد کیا۔ طے یہ ہوا کہ میں صرف کیتھرن سے مراسم ترک کر دوں اور نقی صرف ایشری سے۔ دوسرے مریض حسب سابق میل جول جاری رکھیں ورنہ نرسیں وارڈ ہی سے گریز کر جائیں گی۔ یہ چپ چپ ایک ہفتے تک جاری رہی۔ ایک روز شام کی سیر سے پہلے اسٹور روم سے نقی محجوب سے ہنسی ہنستا ہوا نکلا اور مجھے علیٰحدہ لے جا کر کہنے لگا، "سیلاب کو مضبوط دیوار روک سکتی ہے مگر سیلاب بھی کہیں رک پاتا ہے، چلو کشید گی ہو چکی۔" ایشری کی شخصیت کی طوفان وشی نقی کی شعلہ مزاجی کو پنکھا جھل گئی۔ میں نے اسے بہت برا بھلا کہا۔ وہ ایک قہقہہ لگاتے ہوئے بس اتنا بولا، "منصب بھی کیا یاد کرے گا۔" میں نے جواب دیا، "مگر تم ایشری کو اپنا تو نہ سکے۔"

"تو کیا تم نے چپ رہ کر کیتھرن کو اپنا لیا؟" وہ تنک کر بولا اور پھر کامیابی کی ہنسی ہنسنے لگا۔ میں نے واقعیت کا ٹھوس پن اور جذبات پروری کی نامرادی کا زہر محسوس کیا۔ بات یہ ہے کہ گوپال کی رپورٹ میرے احساس کی بالائی سطح سے کافی نیچے اتر گئی تھی۔ کرسمس نے ہم لوگوں کی توقعات کو بہت آگے بڑھا دیا تھا اور توقعات کا قیام خلش نامرادی میں بس بھر دیتا ہے۔ فرق یہ تھا کہ نقی حقیقت پسند تھا اور میں ذرا مثالی بلندیوں پر اڑ کر غیر معمولی لذت حاصل کرنے کا عادی۔

دو تین روز کے بعد میں اور نقی رات کے کھانے سے فارغ ہو کر وارڈ کے صحن کے ایک گوشے میں یوکلپٹس کے درخت کے نیچے بیٹھے ہوئے تھے۔ چاندنی رات تھی مگر ابر کے سفید سفید ٹکڑے چاند کو پیار کرتے ہوئے نیلے آسمان میں تیر جاتے تھے۔ باد شمال یوں چل رہی تھی جیسے آسودگی کے بعد خیالات ماضی کی رنگین و آباد وسعتوں میں لطف

پرواز حاصل کرتے ہیں۔ ہم لوگ ذرا سنجیدہ حالات میں ایک دوسرے کے مستقبل کے متعلق ہمدردانہ سوچ بچار کر رہے تھے۔ کیف بار ماحول میں کبھی طبیعت بڑی سنجیدہ اور گداز ہو جاتی ہے۔ اچانک خوش گوار ہنسی کا نغمہ ہوا کے فرش پر رقص کر گیا۔ "پاگلوں کو دیکھو۔" کیتھرن کی لوچدار آواز عین عقب سے آئی۔ "پاگلوں سے بھی بڑے پاگل، بالکل باؤلے۔ اچھا یہ سارس کا جوڑا کیا کر رہا ہے چاند سے پریم ہو رہا ہے؟" یہ ایشری کی شوخ بولی ٹھولی تھی۔ میں نے کہا، "آؤ ایشری تم سے پریم کریں!"

"واہ! میں کیوں آؤں؟ وہ۔۔۔ رے۔۔۔ ے! دیکھونا، کٹوبوا تمہیں منانے آئی ہیں۔" میں خاموش رہا۔ کیتھرن میرے پاس گھاس پر بیٹھ گئی۔

"دیکھو آج بڑے صاحب نے میرے بازو میں کولو کیلیسم کا انجکشن دیا ہے۔ چھی کتنا پھول گیا ہے بہت بے درد ہے انور بابو۔۔۔" اس نے مترحم نظروں سے مجھے دیکھ کر کہا۔ میں بیگانہ سا بنا رہا۔ وہ کہہ چلی، "ارے ہم نرسوں کی زندگی کیا، غیروں کے لئے سب کچھ کرو مگر کبھی کوئی اپنا نہ ہو۔ اور ہمارا اپنا کون بیٹھا ہوا ہے؟ ننھی تو یتیم ہے نا اور میں۔۔۔ میرا ایک بوڑھا باپ اور ایک سوتیلا بھائی ہے۔ ہو بھی جائے ٹی بی، مر جائیں گے تو کون دو آنسو بہانے والا آئے گا بڑے صاحب کہتے تھے کہ کیتھرن کے لنگس بہت کمزور ہیں۔۔۔ اسی لئے تو یہ نگوڑی سوئیاں چبھوتے ہیں۔ چل ننھی کوارٹر! فوراً اسینک دے اسے۔۔۔" وہ ایشیری سے مخاطب ہو کر اٹھنے لگی۔ نقی نے بڑھ کر کیتھرن کا بازو عیادتاً مس کیا۔ اس نے ناز سے ہاتھ کھینچتے ہوئے کہا، "جس ڈالی پر میں گھائل پرندے کی طرح گھونسلا بنانے آئی تھی وہ ڈالی اکڑی ہوئی ہے تو پھر دوسری شاخ کیوں میری پوچھ کرے۔"

اب بیگانگی جرم تھی۔ تیر ہدف پر لگا۔ پرسش نے سکوت کی مہر توڑ دی۔ اس روز ہم لوگ کچھ دیر تک اپنی اور نرسوں کی زندگیوں کے متعلق باتیں کرتے رہے۔ میں نے

گوپال والی اطلاع سے گریز ہی کرنا چاہا لیکن چلتے چلتے کیتھرن نے ایشری سے کہا، "سنتی ہے ننھی؟ میں مہندر کے حلق میں "منڈلس پینٹ لگا رہی تھی، نہ جانے اس نے کیا کیا انور بابو سے کہہ دیا۔ بڑا خراب ہے۔ میں تو اسی وقت ڈری تھی۔ یہ مریض بھی عجیب ہوتے ہیں۔ نرسوں کی عزت ان کے نزدیک کوڑی کی بھی نہیں۔ بات کا بتنگر بنانا خوب جانیں۔"

ایشری نے ہنستے ہوئے کہا، "اتنا جلتے ہیں تو پھر شادی کیوں نہیں کر لیتے۔" دونوں ہنستی ہوئی چل دیں۔ باد شمال ان کے جانے کے بعد ذرا دیر تک ان کی ہنسی کی لہریں ہم تک پہنچاتی رہی۔ اس واقعہ کے تیسرے روز "پیر مغاں" صحت گاہ سے چل دیے۔ وہ صحت یاب ہو چکے تھے۔ ایک سال کے بعد بڑے صاحب نے انھیں پریکٹس کی اجازت بھی دے دی تھی۔ رخصت کے وقت نرس سلومی نے مذاقیہ طور پر رونے کی نقل کی۔ "پیر مغاں" بھی ہنستے ہوئے "اپنی وارڈ میں" سے رخصت ہوئے مگر جب وہ ہم لوگوں سے رخصت ہونے لگے تو ان کی آنکھوں سے آنسو چھلک رہے تھے۔ کتنے درد آگیں اور کتنے تفریحی دن ہم لوگوں نے ساتھ گذارے تھے۔ بڑے وکیل صاحب بڑے زندہ دل شخص تھے اور غم گسار، ہفتوں وارڈ سونا سا رہا۔

ہم لوگوں نے چھوٹے وکیل صاحب کو پیر مغاں منتخب کیا اور صحت گاہ اپنے زخم و مرہم کے ساتھ اسی طرح چلتا رہا۔ ایک مہینے کے بعد پربھو بابو کو بھی جانے کا پروانہ مل گیا۔ وہ احتیاطاً ابھی سینی ٹوریم سے جانا نہیں چاہتے تھے مگر مریضوں کی کثرت ہو رہی تھی اور جگہ محدود۔ ان کو جانا ہی پڑا۔ ہائے اس گرفتار کا آزاد ہونا جس کے بازو ٹوٹے ہوئے ہوں۔ پربھو بابو ساڑھے تین سال کے بعد گھر جاتے ہوئے جھجک محسوس کر رہے تھے۔ جانے پھر وہاں پھیپھڑے کیسے رہیں۔ وہ رخصت کے روز بہت دیر تک بائبل پڑھتے رہے

اور روتے رہے۔ سیر کی انھیں اجازت تو تھی لیکن اسٹیشن جاتے ہوئے ان کے پاؤں ڈگمگانے لگے۔ صحت گاہ میں صرف ایک ہی رکشا تھا۔ وہ صرف ذی فراش مریضوں کو وارڈ سے ایکس رے روم لے جایا کرتا تھا۔ پربھو بابو کی پر شکستگی دیکھ کر نرس کو رکشا منگوانا پڑا۔ ان کو صحت گاہ سے اچھے ہو کر جانے کی مسرت تھی مگر اس مسرت کے آنسو کے ساتھ انجان مستقبل کا خوف بھی انھیں رلا رہا تھا۔ ایک دفعہ مجروح ہو کر گرفتار ہونے کے بعد وہ فضا میں پرواز کرنے سے ڈرتے تھے۔

ہم لوگ اسٹیشن تک انھیں پہنچانے گئے اور سہارا دے کر گاڑی پر چڑھایا۔ ہم سب لوگوں پر رقت طاری تھی۔ واپس آکر ہم لوگوں نے دیکھا کہ نرس دلاری رہ رہ کر روئے دیتی ہے۔ وہ پربھو بابو کو باپ کی طرح چاہتی تھی۔

ہم لوگوں کے وارڈ کے سبھی پرانے مریض اچھے ہو گئے تھے۔ مگر سینی ٹوریم کا اچھا ہونا بہت ہی لچک دار حالت ہے۔ کبھی غم دل کو کھاتا ہے اور کبھی دل غم کو۔ پہلے سل کے کیڑے ہمارے پھیپھڑوں کو کھا رہے تھے اور اب ہمارے پھیپھڑے ان کیڑوں کو کھا رہے تھے۔ محاذ کا رخ کب پلٹ جائے یہ کابوس ہم لوگوں کے خیالات پر سوار تھا۔ ہم لوگوں نے اس خلش سے نجات پانے کے لئے تواتر کے ساتھ تمثیل و اداکاری کا سلسلہ جاری کیا۔ نرسوں نے اس کھیل میں بھی ہماری بہت مدد کی۔ کیتھرن اور ایشری نے ان دنوں میں ہم لوگوں پر الطاف و کرم کی بارش کر دی اور ان دونوں کی سیرت کا ایک خاص پہلو اجاگر ہو کر ہو کر ہمارے سامنے آیا۔ اس کی ابتدا تو اس چاندنی رات ہی کو ہو گئی تھی۔ میں نے کیتھرن سے زندگی کے سنجیدہ مسئلوں کے متعلق گفتگو کی طرح ڈالی۔ وہ اپنے ماضی سے بیزار مستقبل کی طرف سنبھل سنبھل کر قدم اٹھانا چاہتی تھی۔

"انور بابو تیرہ سال کے سن سے میں مشن اسکول میں پڑھنے لگی۔ وہاں کی لڑکیاں

نرس بننے کو بہت اچھا سمجھتی تھیں۔ وہ آزادی کو پسند کرتی تھیں۔ میں نادان تھی۔ میں نادان تھی۔ میں نے چمک دمک کی طرف رخ کیا۔ بہت برا ہوا انور بابو۔" کیتھرن نے ایک بار کہا۔

"آپ نہ ہوتیں تو یہ مریض اچھے کیسے ہوتے؟" میں بولا۔

"تو کیا ہماری اپنی زندگی کوئی نہیں؟ دوسروں کے لئے اچھی بنو، پر دوسرے ہمیں اچھا نہ سمجھیں انور بابو! ہم صرف نرسیں تو نہیں عورت بھی تو ہیں اور یہ مرد! بس جسم کے بھوکے ہیں۔ سب کچھ ان کے سامنے پیش کر دو، سب کچھ، اور ادنیٰ سی عزت بھی نہ دیں۔" کیتھرن بیزاری سے کہہ اٹھی۔

"سب تو ایسے نہیں ہوتے۔"

"کون! سب مرد ایک جیسے ہوتے ہیں، سب عورتیں ایک جیسی مگر ہماری مٹھاس ہماری زندگیوں کو تلخ کر دیتی ہے اور مٹھاس کے لالچی مرد شہد کی مکھی کی طرح ڈنک مارتے ہیں اور اڑ جاتے ہیں۔ انور بابو جب تک صحت ہے کام کرتی ہوں اور اس کے بعد کیا ہوگا؟ شادی کرلوں گی۔ کرلوں؟" کیتھرن ہنسنے لگی۔

"ضرور کرلیجئے!"

"کرادونا؟" اسے کرادیجئے کہنا تھا۔ اس نے مجھے ہمیشہ آپ کہا اور میں نے اسے آپ ہی سے مخاطب کیا۔ اس "کرادونا" کی بے تکلفی میں 'یوں ہوتا تو کیا ہوتا' کی حسرت پوشیدہ تھی۔

"ہم سل کے مریض آپ کی کیا مدد کرسکتے ہیں؟" میں نے یہ ٹھس سا جواب دیا۔

"تم نرسوں کو نہیں سمجھے انور بابو۔" اب کے بھی ستم تھا۔ کیتھرن بڑی عمیق نظروں سے مجھے دیکھنے لگی۔ زندگی اور تقدیر کی گتھیاں پرپیچ و خار دار راستوں کی طرح

سامنے آگئیں۔ کیتھرن اس نوع کی درد آشنا بات چیت کی پیاسی تھی۔ لیکن ایشری ان سنجیدہ باتوں کی تاب بھی نہیں لا سکتی تھی۔ جب اس طرح کی باتیں چھڑ جاتیں تو ایشری اکتا جاتی۔ عین اسی وقت وہ ہمارا منہ چڑا دیتی یا پہلو میں چٹکی بھر لیتی۔ وہ صرف گرم جوشی کی قائل تھی۔ حال اس کے لئے سب کچھ تھا۔ اپنی شاد کامیوں اور محرومیوں کے ساتھ نقی نے ایک بار ایشری سے کہا، "تم شادی کیوں نہیں کر لیتیں۔" ایشری نے جواب دیا، "کتنے مردوں سے شادی کروں؟ سب ہی تو شکنجے میں جکڑ کر اپنی من مانی مرادیں جی بھر کر پوری کرنی چاہتے ہیں۔"

نرس سلومی کو تجسس اور ادھر کی بات ادھر کرنے کی بہت عادت تھی۔ اس نے ایک روز کیتھرن کے سارے پوست کندہ حالات مجھے سنائے اور حال کے لگاؤ سے بھی آگاہ کیا۔ کیتھرن نے آج تک کسی کو کچھ تحفہ نہ دیا تھا، وہ صرف لینے کی عادی تھی۔ مہندر، گھوش، وہ ہڈیوں کی ٹی بی والا ذی فراش مریض پریش چندرا سبھوں کو باری باری اس نے اپنا پروانہ بنایا تھا۔ کلرک، کمپاؤنڈر، ایکسرے بابو یہ سبھی اس کے گھائل رہ چکے تھے۔ پر وہ راز داری کی قائل تھی اور داد دستد کے بعد ایسا کٹ کر جدا ہوتی تھی کہ کسی کو بھنک تک نہ لگے۔ مہندر سے اب تک کچھ سلسلہ تھا۔ وہ ایک صاحب ثروت کا لڑکا تھا۔ مجھے حیرت ہوئی کہ کیتھرن نے اپنا اصول بدل کیسے ڈالا۔ اس نے مجھے بہت سے تحفے دیے تھے اور کبھی کسی چیز کا مطالبہ نہیں کیا اور ایشری کا تو یہ عالم تھا کہ نقی پر اپنا سارا مشاہرہ صرف کر سکتی تھی۔ اس نے مختلف اوقات میں اونی سوئٹر، چائے کا طشت، گرم پائتابے، مفلر وغیرہ تحفے نقی کو دیے تھے۔ ایک بار وہ نقی کا سوٹ بنوانے پر مصر تھی مگر نقی نے انکار کر دیا۔ ایشری کئی دنوں تک روٹھی رہی۔ اس نے شکایتاً کہا، "آخر نرس میگی سین گپتا کو اپنا نصف مشاہرہ کیسے دے دیتی ہے؟"

ہم لوگ حیرت زدہ رہ گئے۔ اڑتیس سالہ میگی اور سین گپتا! سین گپتا بیس سال کا ایک گورا چٹا بنگالی لڑکا تھا۔ بہت ہی غریب۔ وہ مریض دوستوں کی مدد سے اور نہ جانے کیسے سینی ٹوریم کا خرچ چلا رہا تھا۔ یہ نیا انکشاف تھا کہ میگی اس کی مدد کرتی ہے۔ میگی کی الفت میں ماں اور بیوی کی محبت کا امتزاج تھا۔ وہ سین گپتا کی مربی بننے میں اپنے مادرانہ جذبات کی تسکین چاہتی تھی نیز حیات کی منزلیں طے کرتے ہوئے وہ کسی مرد کو اتنا قریب کر لینا چاہتی تھی کہ اسے اپنا سہارا، اپنا جذباتی ٹیک سمجھ سکے۔ ایشری نے بتایا کہ جب نرسیں اسے سین گپتا کے بارے میں چھیڑتی ہیں تو وہ خوش ہوتی ہے۔ شاید اس کی نسائیت تذکرۂ التفات ہی سے وجد کرنے لگتی ہے مگر اس کی جنسیت میں عجلت کا کوئی پہلو نہ تھا۔ اس نے سین گپتا کی حماقتوں کو ہمیشہ یوں رد کیا، جیسے ماں بیمار بچے کو کھانے سے روکتی ہے مگر ایشری اور میگی میں آکاش اور پاتال کا فرق تھا۔ ایشری مردوں سے اس طرح برتاؤ کرتی تھی جیسے وہ زندہ ساریاں اور بولتے ہوئے بلاؤز ہیں۔ آج اس کو سینے سے لگا لیا کل اس کو اپنے گرد لپیٹ لیا۔ اسے سب ساریاں عزیز تھیں۔ نقی اس کی سب سے پیاری ساری کی طرح تھا۔ میگی گھریلو چکی کی طرح اٹل اور ایک محور کے گرد گھومنے والی تھی۔

مہینہ دو مہینہ پر سینی ٹوریم کا ڈاکٹر نرسوں کا ایکسرے اسکرین بھی کر لیا کرتا تھا۔ نرس ڈولی نے مجھے رازدارانہ طور پر بتایا تھا کہ میگی اور نرس سوشیلا کے پھیپھڑوں میں داغ پائے گئے۔ یہ نئی نرس سوشیلا، سلومی کی جگہ پر بلائی گئی تھی کیونکہ سلومی نوکری سے استعفا دے کر ایک موٹر ڈرائیور سے شادی کرنے دلی جا رہی تھی۔ نئی نرس دوسری صحت گاہوں میں بھی کام کر چکی تھی اور بیمار پڑ کر عرصے سے گھر پر تھی لیکن مسلسل گھر پر اِنے گنے لوگ ہی رہ سکتے ہیں۔ اونچے خاندان کے لوگ، بڑے لوگ۔ خلقت تو بائبل

کی بد دعا کی شکار رہتی ہے۔ "تیرے لئے اس زمین پر لعنتیں ہیں، اپنی زندگی کے سارے دن تجھے غم و اندوہ کے ساتھ غذا ملے گی۔ تپتے چہرے کے پسینے میں شرابور ہو کر تو روٹیاں کھائے گا۔"

سلومی چلی گئی۔ اب وہ پھر نو کی نو تھیں۔ سوشیلا کو بھائی حاذق سے دل چسپی ہو چلی تھی۔ دونوں ہم رنگ تھے مگر بھائی حاذق اس سے پناہ مانگتے تھے۔ تاہم ہم لوگوں کی شہ پر سوشیلا کو ایسے ایسے مغالطے ہوئے کہ کیا کہیئے۔ سوشیلا کے اظہار خلوص کا انداز نرالا تھا۔ وہ اپنے محبوب کو پیٹنے کی عادی تھی۔ بھائی حاذق ٹمپریچر چارٹ پر ٹپا کرتے تھے۔ چپت کھاتے تھے۔ کبھی سوشیلا کی چٹکیوں کی مسلن سے بلبلا اٹھتے اور ہم لوگوں کے نام پر صبر کرتے تھے۔ وہ تو خیریت تھی کہ مریض تھے ورنہ وہ شہید ناز ہو ہی چکے تھے۔ یہ حسن زنگار ترک ستم گار سے بہت آگے بڑھا ہوا تھا۔ بھائی حاذق رد بلا کی دعائیں پڑھا کرتے تھے مگر یہ بھوت ان کی سر پر سوار ہی رہا۔ آخر وہ خود ہی سینی ٹوریم سے چل دیے۔ لوئر سی وارڈ سے صرف وہی شخص تھے جو مسکراتے ہوئے رخصت ہوئے۔ شاید ان کی نگاہیں ہمیشہ اپنی ڈاک خانے کی کلر کی پر جمی رہی تھیں اور جو تھوڑا بہت وارڈ سے انھیں لگاؤ تھا وہ سوشیلا کی بے پناہ دلنوازیوں نے ہرن کر دیا تھا۔

بھائی حاذق کے بعد غلام ربانی بھی چلا گیا اور مصر جی بھی مگر مصر جی یوں گئے جیسے کوئی سفر پر جاتا ہے۔ وہ لوگوں سے رخصت بھی ہوئے، نرسوں سے مل مل کر روئے بھی مگر ان کے انداز میں ایک ایسی بات تھی جس سے ظاہر ہوتا تھا کہ فرقت کے دن زیادہ نہیں۔ سینی ٹوریم کا ڈاکٹر نسبتاً اچھے مریضوں کو لوئر سی وارڈ میں جگہ دیتا تھا۔ کچھ تو یہ وجہ تھی اور کچھ یہاں کی خوش باشانہ روایات کا اثر کہ ذی فراش مریض ایک دو ماہ میں چلتے پھرتے، ہنستے کھیلتے آدمی بن جاتے تھے۔ زندگی سے دل چسپی ضامنِ حیات ہے۔ ارادہ

زیست بقا کا سب سے زبردست سامان ہے۔ بددل، اکتائے ہوئے فکر مند مریض اپنی قبر کھودتے ہیں۔ اپر سی وارڈ کے پنڈت گنیش اور فصیح کی حالت کچھ ایسی خراب نہ تھی لیکن ان میں حیات کی امنگ باقی نہ تھی۔ ان کا ارادۂ بقا فکر مندیوں کی آغوش میں سویا ہوا تھا اور اس حسین کرہ کے نیرنگ حیات نہ ان کے نیکیوں کو اکساتے تھے اور نہ بدیوں کو۔ ان کے لئے نہ ثواب میں لذت تھی اور نہ گناہ میں کیف۔ جب خدا اور شیطان دونوں مر جائیں تو پھر موت اور عدم بھی ایک وہمی لاشئے ہو جاتا ہے۔ زندگی کا پرتو تک کہاں!

وارڈ میں جو نئے مریض بھی آئے سوائے ایک کے، سب صحت کی طرف قدم اٹھا رہے تھے مگر ابھی وہ ہم لوگوں سے بہت گھلے ملے نہ تھے۔ ہم لوگ صرف پانچ پرانے مریض رہ گئے تھے۔ نقی، میں، چھوٹے وکیل صاحب، گوپال اور مارواڑی۔ ہم لوگوں میں اب اضطرابی کیفیت کی جھلک دکھائی دیتی تھی۔ صحت کی قربت نے زندگی کی توقعات اور مطالبوں کو بڑھا کر اپنی محرومیوں اور نامرادیوں کے احساس کو تلخ بنا دیا تھا۔ آپس میں تو نہیں مگر دوسرے وارڈوں سے ہم لوگوں کی رقابت بہت بڑھ گئی تھی اور نرسوں سے ہم لوگ بے جا طور پر الجھ پڑتے تھے۔ آج مارتھا سے لڑائی ہوئی کل فیبی کو ڈانٹ بتائی گئی۔ آخر میں ان نرسوں کی باری آتی جو ہم لوگوں سے زیادہ قریب ہوگئی تھیں یا جنھیں قریب ہونے کا مغالطہ تھا۔ ان نرسوں کی آپس میں بڑی رقابتیں تھیں ورنہ نوبت یہاں تک پہنچ جاتی کہ پوری صحت گاہ میں ہم لوگوں کا ایک ہمدرد بھی نہ رہ جاتا۔ ہاں ایشری کو کسی سے رقابت نہ تھی لیکن وہ کبھی اتنی سنجیدہ ہو ہی نہیں سکتی تھی کہ اپنی یا دوسری نرسوں کی تضحیک کے بارے میں سوچنا گوارا بھی کرے۔ بس وہ اتنا کہتی، "چپ کرو۔" پھر چل دیتی اور سب کچھ بھول جاتی۔

سینی ٹوریم میں بھی شہنشاہ معظم کی جبلی منائی گئی۔ مٹی، پانی، آگ، ہوا، اربعہ عناصر

پر بادشاہ کی حکومت ہے۔ وارڈوں کے درمیان تزئین و آرائش کا مقابلہ ہوا۔ لوئر سی وارڈ اول آیا۔ ہم لوگوں کی خوشی کو مت پوچھئے۔ جب خوش ہونے کی بڑی بڑی باتیں نہ ہوں تو پھر کچھ تو خوش ہونے کو چاہیئے۔ کبھی انسان غم منا کر بھی غم غلط کرتا ہے۔ اور یہ تو خوشی ہی تھی۔ نرسوں نے بھی خوشیاں منائیں اور نرس ڈولی تو اس روز کھلی جاتی تھی۔ نہ جانے کیوں چند ہفتوں سے ڈولی بے حد ہنسوڑ اور چونچال ہو گئی تھی۔ جبلی کے قبل وہ ایک مہینہ کی رخصت پر گھر گئی۔ وہاں سے آئی تو اس کا عجب حال تھا۔ ہنسی ہنسی میں وہ ناگفتنی باتوں کا تذکرہ کر ڈالتی تھی۔ اب کے اس نے اپنے گھر کی کرسچن کالونی کے قریب مویشیوں کا اختلاط دیکھا تھا۔ وہ اس بات تک کا تذکرہ کرتی اور ہنس پڑتی تھی۔

عین جبلی کے روز دس بجے دن کو کرن کے پھیپھڑوں سے شدت کے ساتھ خون آنے لگا۔ وہ ہمارے وارڈ کے پہلو کے وارڈ کا مریض تھا۔ بہت بلند پیشانی، لانبے لانبے بال اور وحشت ناک چھوٹی آنکھیں اور بیزار و باغی جذبات سے تلملایا ہوا چہرہ، لانبا قد، دوہر ابدن مگر بیماری سے ڈھیلا۔ وقفے وقفے سے اسے دن بھر خون آتا۔ رہا شام کو سارے سینی ٹوریم میں چراغاں کیا گیا۔ پارٹی ہوئی، ریڈیو بجا، کھیل کود ہوا، نرسوں نے گانے گائے۔ غرض بڑی تفریح رہی اور یہ ہوا کہ کرن کی اچانک علالت کے سبب ڈولی کی نائٹ ڈیوٹی ہوگئی۔ ہم لوگ شہنشاہ معظم سے وفاداری کا ثبوت دے کر اور اپنی جی بہلا کر وارڈ واپس آئے تو پہلو کے وارڈ سے اطلاع ملی کہ کرن اب تک خون تھوک رہا ہے۔ ہم سب لوگ افسردہ ہوگئے مگر ڈولی ادھر سے ہنستی ہوئی آئی اور چھیڑ چھاڑ کرنے لگی۔ آج وہ مذاق پر تلی ہوئی تھی۔ ہم لوگوں نے بھی کرن کو بھول جانے کے خیال سے اس کی حسرتوں کی خوب داد دی اور ویسے بھی ہم لوگ ان جاں فشار خون فشانیوں کے عادی بھی ہوگئے تھے۔

ابھی اندھیرا ہی تھا کہ مسہری کے پردے کے اندر اپنا بالائی جسم داخل کر کے کسی نے مجھے جگایا۔ میں چونک اٹھا۔ ڈولی نے میرے منھ پر ہاتھ رکھ دیا۔ میں کچی نیند کی غنودگی میں ڈوبا ہوا تھا۔ ڈولی کی سانس تیز اور گرم تھی۔ وہ بے قرار سی معلوم ہوئی۔ اس نے میرے لب شرارت سے اپنی چٹکیوں میں مسل دیے۔ میری نیند غائب ہوگئی۔ مجھے عجیب سے گھبراہٹ ہونے لگی۔ میں نے یک بہ یک محسوس کیا کہ کرن کے سر کی بلا میرے سر پر سوار ہو رہی ہے مگر ڈولی اس رات کو جذبات کی ایک سیاہ آندھی تھی۔ روحِ تاریکی تھی۔ اس آندھی میں کون جانے میرا کیا حشر ہوتا مگر ہوا یہ کہ بغل کے بڈ پر شاید وکیل صاحب جاگ پڑے اور انھوں نے کچھ سمجھ کر مسلسل کروٹیں لینی شروع کیں۔ لوہے کا اسپرنگ دار بڈ ردِ بلا کے لئے طلسم کا بول ثابت ہوا۔

صبح کے آٹھ بجتے بجتے سینی ٹوریم میں یہ خبر مشہور ہوگئی کہ بھور کو اے وارڈ کے چوبے جی نے ڈولی کا سارا زہر دور کر دیا۔ برہمن تھے نا، بس پی کر بھی آنند ہی ہوئے۔ کتنی حریص دل چسپی سے ہم سب لوگوں نے اس کرامت کا تذکرہ سنا۔ بات یہ ہے کہ ناگن کی دم پکڑ کر اسے فضا میں چرخ دینے کی گدگدی تو سب کو ہوتی ہے مگر ڈسے جانے کا خوف اور نہ جانے کتنے قسم کے خیالی بچھو تصور میں رینگ رینگ کر سہا دیتے ہیں۔

ہم سب لوگوں نے اپنی نیتوں پر پردہ ڈالنے کے لئے چوبے جی اور ڈولی دونوں پر لعنتیں بھیجیں۔ اس واقعہ کے بعد سے ہمارے وارڈ کے اکثر مریض ڈولی سے لڑ پڑنے لگے۔ ان کے دلوں کا بھوت انہیں انتقام کے لئے اکساتا تھا۔ آخر ایک دن میری ڈولی سے سخت لڑائی ہوگئی۔ اس نے ایک نئے مریض خان صاحب کو بس اتنا کہا تھا، کہاں چلا جاتا ہے خان؟ میں حلق میں پینٹ لگانے کے لئے کب سے کھڑی ہوں۔ خان بگڑ گیا تھا۔ میں نے خان کی پاسداری کی۔ بات بڑھ گئی اور بڑھی تو اتنی کہ میں نے ڈولی کو کیا نہیں کہہ

ڈالا۔ میں غصے سے کانپ رہا تھا اور وہ لڑتے لڑتے سسکیاں لے کر رونے لگی۔ ایک دوسرے کے خلاف رپورٹیں ہوئیں اور یہ ہوا کہ سلسلہ کلام قطعی بند۔ ایشری اور کیتھرن نے بات کو سلجھانا چاہا لیکن گرہ نہ کھلی۔

مجھے گیارہ ماہ سینی ٹوریم میں ہوگئے تھے اور نقی کو ایک سال سے کچھ زیادہ۔ ہم دونوں اکتا گئے مگر گرمیاں درپیش تھیں اور اس موسم میں سینی ٹوریم سے جانا مناسب نہ تھا۔ کرن کے خون تھوکنے سے ہم لوگ اور گھبرا گئے تھے۔ وہ چلتا پھرتا مریض کہ اچانک اس پر مرض نے حملہ کا اعادہ کیا۔ کرن عجیب طرح ہماری زندگی میں داخل ہوگیا تھا۔ جبلی کے بعد ایک ہفتے تک اسے خون آتا رہا۔ ایک ماہ ہوا تھا کہ وہ سینی ٹوریم میں آیا تھا۔ دو ہفتے ذی فراش رہنے کے بعد اسے سیر کی اجازت مل گئی تھی۔ وہ کچھ پاگلوں کی طرح دکھائی دیتا تھا۔ اکثر چپ رہتا اور گاہے معمولی سی بات پر ہنسنے لگتا۔ وہ اپنے لباس کی طرف سے بے پرواہ تھا۔ وہ کبھی کبھی ایسی باتوں سے چڑ جاتا جو پرسش دوستانہ کے تحت آتیں۔

اس کا کوئی ماموں برما سے روپیے بھیجتا تھا لیکن اس نے اپنے ماموں کو خط لکھنے سے منع کر دیا تھا۔ اس کا اور کوئی دنیا میں تھا بھی یا نہیں، ایک راز تھا۔ وہ اپنے ماموں کو گالی دیتا تھا۔ کہتا، "اس نے مجھے مرنے کیوں نہ دیا۔ ناحق میرا علاج کرا کے مجھ میں زندگی کا لالچ پیدا کر دیا، اور اب مسلسل خوف، جینے کی مصیبت، گرنے کا ڈر، سل کے مریض کا علاج، سینی ٹوریم سے جا کر ہم لوگ کیا کریں گے؟ آرام اور غذا، ہونہہ! آرام! استراحت کے گھنٹے! اصول! پروگرام! انڈے! دودھ! مکھن! چوزے! پھل! ہوا اور مکان۔ اور کچھ فکر نہیں گدھے کے بچے ڈاکٹر! جیسے بیماری کے پہلے ہمارے پیٹ بھر ہی تو رہے تھے۔ سب نوجوانوں کو سل کے کیڑے کا انجکشن دے کر مار ڈالنا سماج اور حکومت کا فرض ہے

کہ بیماروں کا علاج کرانا۔"

اس کی آنکھیں شعلہ بار ہونے لگتیں اور وہ پاگلوں کی طرح بکنے لگتا، "جب میں خون تھوک رہا تھا تو اسے روکا کیوں گیا؟ میں دو گھنٹے میں مر چکا ہوتا اور اب کیسے مروں؟ خدا اور شیطان نے مل کر انسان کا جگر چھلنی کر دیا یہ احمق انسان خدا اور انسان کے درمیان بٹ گیا ہے اور زندگی نہ خدا کسے پاس ہے اور نہ شیطان کے پاس۔ یہ ہے ٹاٹا کے پاس، فورڈ کے پاس، برلا کے پاس، جو خدا اور شیطان دونوں سے طاقت ور اور زیادہ خطرناک ہیں۔ مگر نوع انسان اس قابل ہے کہ اس کے ہر فرد کو ہلاک کر دیا جائے۔"

کرن کلکتہ یونیورسٹی کا ایم اے تھا۔ وہ زندگی کے ماضی پر ایمان رکھتا نہ مستقبل پر۔ اس میں عدمیت کی روح حلول کر گئی تھی لیکن کبھی کبھی غیر معمولی طور پر وہ بڑی محبت سے گفتگو کرتا بچوں کی طرح، اور باتیں کرتے کرتے اس پر رقت سی طاری ہو جاتی۔ وہ حیات کی آغوش کے کسی کھوئے ہوئے سر چشمے کو ڈھونڈتا تھا۔ اب کے جو کرن کو خون آنا شروع ہوا تو ہم لوگ اس کی بیمار پرسی کو گئے۔ ایسی حالات میں بولنے کی سخت ممانعت ہوتی ہے مگر ہم لوگوں کو دیکھ کر وہ زور زور سے بولنے لگا اور پلنگ پر اٹھ کر بیٹھ گیا۔ یہ اصولاً زہر تھا۔ کہنے لگا، "اب کے آسانی سے مر سکوں گا۔"

وہ دیر تک بکتا رہا۔ صبح کو نرس دلاری اور کیتھرن کی اس روز ڈیوٹی تھی۔ دلاری دوڑی ہوئی آئی کہ اسے لٹائے۔ ہم لوگوں نے بھی بہتیرا سمجھایا مگر وہ چیختا رہا۔ اسے دو دفعہ خون کی ابکائی بھی آئی۔ کرن نرسوں سے بہت چڑتا تھا مگر اس روز جب کیتھرن نے اسے آخر اپنے خاص انداز سے کہا، "کرن بابو!" تو وہ فوراً لیٹ گیا اور کیتھرن کو حسرت سے دیکھنے لگا۔ خدا جانے ان دو لفظوں میں نرس نے کتنی مٹھاس، شکایت، تادیب اور خلوص گھول دیا تھا کہ کرن رام ہو گیا۔

استراحت کے گھنٹوں کے علاوہ میں اور نقی اس کی تیمار داری کرتے تھے۔ اسے برف کے ٹکڑے دینا، پھل کا عرق پلوانا اور چپ چاپ اس کے پاس بیٹھے رہنا۔ جریان خون کے دورے کے وقت وہ بادۂ لاہو ہو جاتا اور اس پر بحرانی حالت سی طاری ہو جاتی۔ وہ اٹھ جاتا اور پلنگ چھوڑ کر دوڑنے کی کوشش کرنے لگتا۔ یہ عجیب بات تھی کہ وہ یا تو میری بات ایک حد تک سنتا یا کیتھرن کی مان لیتا۔ کیتھرن نے مجھ سے دوپہر کو آ کر کہا، "انور بابو! میں ہر وقت تو نہیں رہوں گی۔ پاگل ہے بالکل، آپ کا خیال کچھ کرتا ہے، رسٹ پیریڈ کے بعد کرن کو دیکھ لیا کیجئے گا۔" مجھے اسی وقت کرن سے بجلی کے کوندے کی طرح کی رقابت محسوس ہوئی۔ میں نے کیتھرن کے لہجے اور تیور میں کچھ محسوس کیا۔ بہر حال میں وہی کرتا رہا جو کیتھرن نے کہا تھا۔ پتہ نہیں یہ کیتھرن کا پاس تھا یا کرن کا خیال۔ کیتھرن کرن کے لئے غیر معمولی توجہ کا عملی اظہار کر رہی تھی۔

تیسرے روز کرن پر بیماری کا شدید حملہ ہوا۔ بڑے ڈاکٹر نے اے بی وی ہارس سیرم کیلسیم ایٹسین مورفیا اور کونگورڈ کے انجکشن دیے مگر خون نہ تھما۔ رات کو حالت نازک ہوگئی۔ میں اور نقی کرن کے پاس تھے۔ اس نے یک بہ یک جیلی کھانے کی خواہش ظاہر کی۔ اسے سوائے رقیق غذا کے اور کسی چیز کی اجازت نہ تھی مگر ایسی رقت اور لجاجت سے اس نے جیلی مانگی کہ ہم لوگ اسے منہ مانگی چیز دینے پر تیار ہوگئے۔ وارڈ میں جیلی نہ ملی۔ اسی درمیان میں پھر اس کے منہ سے خون آیا۔ میرے دل میں یہ خواہش سفید کاغذ پر سیاہ روشنائی کی طرح پھیل گئی کہ کرن کا خون نہ تھمے اور وہ ختم ہو جائے۔ پھر یک بہ یک جیسے کسی نے اس روشنائی کو جاذب سے اٹھا لیا ہو۔ اب بھی ایک کالا سا دھبہ موجود تھا۔ میں نے اس داغ کو اپنی انسانیت کی نگاہ سے چھپانے کے لئے فوراً اپنے پیسوں سے کرن کے لئے اسٹور سے جیلی منگوائی اور اپنے ہاتھوں سے اسے کھلایا۔ وہ بے پایاں ممنونیت کی

نظر سے مجھے دیکھ کر بس اتنا کہہ کر لیٹ گیا اور آنکھیں بند کر لیں، "تم خدا سے بہتر ہو۔"

ایک ہفتے کے بعد کرن اچھا ہو گیا۔ سبھوں کو حیرت ہوئی اور کیتھرن کو حیرت کے ساتھ ناقابل بیان نوعیت کی مسرت بھی۔ وہ اپنے کو کرن کا فرشتہ حفاظت محسوس کرنے لگی تھی۔ مجھے کرن سے پوشیدہ نفرت ہونے لگی۔ میں کیتھرن پر فقرے کسنے لگا۔ وہ قسمیں کھاتی اور صرف کہتی، "وہ پاگل ہے بیچارہ کرن۔" اس بیچارہ سے مجھے چڑ تھی مگر حالات نے مجھ پر یہ ثابت کر دیا کہ وہ کرن کو یوں چاہتی ہے جیسے کوئی نادان مگر شریر بچے کو پیار کرے۔ پھر بھی میرے دل میں عجیب سی کھوٹ تھی۔ کرن اچھا ہو کر کیتھرن سے ، مجھ سے اور ڈاکٹر سے شدید نفرت کرنے لگا، پر جیلی کو یاد کر کے اب بھی وہ میرا مخلصانہ شکریہ ادا کرتا تھا۔ کہتا تھا، "وہ میری جان بچانے کی کوشش نہ تھی تمہاری خالص محبت تھی۔ حیوانی، بے عقل، آزاد، مہیب مگر پیاری اور اندھی محبت۔ پر میں تمہیں اس محبت کے طفیل میں بھی معاف نہیں کر سکتا۔ تم اور کیتھرن۔" اس نفرت کے باوجود کیتھرن کرن کو چاہتی رہی۔ وہ اس کے لئے کڑھتی رہی۔ کہتی، "ایسے پاگل مریض کہیں اچھے ہوئے ہیں۔"

نہ میں سمجھ سکا اور نہ کیتھرن کو اپنی اصلیت معلوم تھی کہ وہ کرن کی مجنونانہ بے بسی کی وجہ سے اس کی طرف کھنچی تھی، یا اس کی بے پناہ پرشور ذہنی قوت کے سبب۔ وہ اب بھی میرے پاس آ آ کر زندگی، مستقبل، محبت، ملازمت کی پریشانیاں اور اپنی خیالی شادی کے متعلق گفتگو کرتی تھی۔ اسے میری اور کرن دونوں کی جذباتی احتیاج تھی پر وہ اس کا تجزیہ نہ کر پائی اور میں نفرت کے کیچڑ میں کیڑے کی طرح تلملاتا رہا۔

گرمیوں میں سل کے مریضوں کی اور کثرت ہونے لگی۔ بہت سی درخواستیں سیٹ کی کمی کی بنا پر واپس کر دی گئیں لیکن کچھ ایسی قوتیں بھی ہیں جن کی درخواستیں رد نہیں

کی جا سکتیں۔ یہاں ڈاکٹر کی شش و پنج کا مسئلہ نہیں بلکہ خالص اثر و رسوخ اور زر کا مسئلہ تھا۔ ایسے طبقے کے چند لوگوں کو جگہ کی ضرورت تھی جس کے افراد دوسرے طبقات کے سر آنکھوں پر بٹھائے جاتے ہیں۔ اے وارڈ میں جگہ نہ تھی اور وہاں کسے ہٹایا جاتا؟ وہاں والوں کی رگوں میں بھی تو خون تھا۔ تو طے یہ ہوا کہ فوری طور پر سی وارڈ میں جگہ خالی کی جائے اور پھر موقع ملنے پر ان بیش قیمت ہستیوں کو اے وارڈ میں منتقل کر دیا جائے۔ گوپال، نقی اور جونیر وکیل صاحب کو بہ یک قلم ڈسچارج کر دیا گیا۔ میں نے کچھ ایسی گھبراہٹ محسوس کی، بس ارادہ ہوا کہ سپرنٹنڈنٹ سے کہوں کہ میرا نام بھی کاٹ دے مگر جون کے مہینے میں سینی ٹوریم چھوڑنے کے خوف سے لرز گیا اور خود حفاظتی کی حس میرے دوسرے احساسات پر غالب آگئی۔

گوپال اضطراب میں ڈاکٹر کے جانے کے بعد ٹہلنے لگا۔ وہ پہلے بہت خوش ہوا۔ پھر اس پر حیرانی اور تذبذب طاری ہوا۔ آخر کار وہ رونے لگا۔ وہ میرے پاس آیا اور مجھ سے لپٹ گیا، "انور بھائی! تم بھی چلو نا، گھر جائیں ہم انور بھائی؟ وہاں اے پی کون دے گا؟ جاڑے میں جاتے یہاں سے۔ ساڑھے تین برس اسی وارڈ میں رہے۔ ڈھائی سال تو اس بڈ پر ہو گئے۔ گوپال نے اپنے خاص گوشے کی طرف اشارہ کیا۔ اس کی آنکھیں امڈ آئیں۔

"پھر ہم سب لوگ، نقی بھائی، آپ، پیر مغاں، مصر جی، بھائی حاذق، پربھو بابو، انور بھائی، ہم پانچوں آدمی، چلئے شہر کے کنارے کرایہ کا مکان لے کر رہیں۔" اس نے اس پروگرام کی دقت کو محسوس کیا اور مجبوری کے احساس سے پھوٹ پھوٹ کر رونے لگا۔ میں، نقی اور وکیل صاحب سب بے چین تھے۔ میری اور نقی کی رفاقت سینی ٹوریم میں مثال کے طور پر مشہور تھی۔ میرا دل بھی بھر آیا۔ ہم سب لوگ ملے جلے، واضح اور مبہم جذبات کے نوع در نوع اثرات کے تصادم کے بوجھ کے نیچے دبے ہوئے آنسو بہا رہے

تھے جیسے کسی بھاری چٹان کے نیچے سے پانی کا سوتا رس رہا ہو۔

نرسوں نے بھی اس خبر کو بے چینی سے سنا۔ ایشری تو اس اچانک حادثے سے بدحواس ہو گئی۔ یہ تینوں مریض دوسرے روز جا رہے تھے۔ ہم لوگ دن بھر باتیں کرتے رہے۔ دکھ، درد، امید و ناامیدی، خوشی اور موت، رفاقت اور غم گساری، بیماری اور صحت کی باتیں۔ ہم لوگوں میں وعدے وعید ہوئے کہ ایک دوسرے کو خط لکھیں گے۔ لوئر سی وارڈ کے خاندان کا بقیہ حصہ بھی بکھر رہا تھا۔ مریض صحت پا کر جا رہے تھے مگر اس ناقابل بیان مسرت کے ساتھ شکست رفاقت کا عجیب غم بھی تھا۔ سینی ٹوریم کی رفاقت بھی میدان جنگ کی رفاقت سے کم نہیں۔ کیسے کیسے قاتل لمحات کا ہم لوگوں نے مل جل کر مقابلہ کیا تھا! کتنی ناامیدیوں کو ہم نے شکست دی تھی، کتنے ارمان، کتنی حسرتوں کو ہم سب نے ساتھ پالا تھا! مسرت اور فریب کی گھڑیاں، بے آسرا شامیں، تاریک صبحیں، دلداریاں، غم گساریاں، ہمدردیاں سب یاد آ رہی تھیں۔ موت سے ہم لوگوں نے لڑائی جیتی تھی۔ وقتی ہی سہی، فتح کے احساس سے بالیدگی حاصل ہوتی ہے۔ کاش اس سیاہ بھیانک عفریت کے آئندہ حملوں کے وقت بھی ہم سب لوگ ایک ساتھ رہتے۔ آہ زمانہ ہر دانے کو علیٰحدہ علیٰحدہ کر کے اپنی چکی میں پیس لیتا ہے۔

ڈیوٹی سے فارغ ہو کر ایشری نقی سے ملنے آئی۔ سبھی نرسیں آئیں۔ ایشری سب کے چلے جانے کے بعد بھی دیر تک ٹھہری رہی۔ وارڈ کے صحن میں ہم لوگ ساتھ بیٹھے۔ وہ نقی کے ہاتھ کو اپنے ہاتھوں میں لئے روتی جاتی اور باتیں کرتی جاتی تھی، جیسے نقی کے ہاتھ کبوتر کا ایک جوڑا ہوں جسے کسی بچے کے ہاتھ سے چھین لئے جانے کی دھمکی دی جا رہی ہو۔ وہ ہاتھوں کو اس طرح دبائے ہوئے تھی کہ انھیں کبھی نہ چھوڑے گی۔ اس نے رخصت ہوتے وقت نہایت بے باک خلوص کے ساتھ کہا، "اگر مجھے خیال ہوتا کہ تم جون

ہی میں چلے جارہے ہو تو میں دعا کرتی کہ ابھی بیمار ہی رہو۔ میں تمھیں بیمار دیکھ سکتی ہوں مگر تم سے بچھڑنے کی تاب نہیں لاسکتی۔"

وہ تینوں چلے گئے۔ مارواڑی اور میں رہ گیا۔ نومریض اور تھے پھر بھی ہم لوگ سخت تنہائی محسوس کر رہے تھے۔ میرا جی تو بالکل نہیں لگ رہا تھا۔ بیزار، اکتایا ہوا، اور کچھ خائف۔ تنہائی میں بیماری کا بوجھ محسوس ہو رہا تھا اور اس کا خوف دامن گیر۔ کیتھرن نے میری بڑی دلدہی کی لیکن نہ جانے کیوں ان دنوں اسے دیکھ کر یہ محسوس کرتا تھا کہ میں دنیا میں یکاوتنہا ہوں۔ مجھے یہ شدید احساس ہو رہا تھا کہ ہر فرد کی زندگی ایک علیٰحدہ کال کوٹھری ہے جس کے اندر کوئی دوسرا نہیں آسکتا۔ دور سے وقتی طور پر اس کے اندر جھانک کر دیکھا جاسکتا ہے۔ دو قیدیوں کا مل جانا محال ہے۔ آنی جانی دلچسپی ممکن ہے مگر اور زیادہ دردناک۔ ہم ایک دوسرے کی روح میں جھانک کر دیکھتے۔ اس سے نفرت یا محبت کرتے گذر جاتے ہیں۔ ہماری روحیں مل نہیں سکتیں۔ ایک ہو جانا فریب ہے سراسر فریب۔ مجھے ایسا معلوم ہو رہا تھا کہ کیتھرن نے دو دن کے لئے میری باطنی زندگی میں جھانکا اور اب کسی دوسری روح کی کھڑیوں کے پٹ کھول رہی ہے۔ سچ ہے کوئی جنگلے سے لگا ہوا کوٹھری کے اندر کب تک جھانکتا رہے۔ وصال داخلی ناممکن ہے اور خارجی اتصال فریب احساس ہے، المناک طنز ہے اور مضحکہ خیز بھی۔

ایک روز میں نے کیتھرن کو صاف کہہ دیا دھوکا دینے سے کیا فائدہ۔ آپ کرن کو چاہتی ہیں چاہئے۔ وہ بگڑ گئی، "چاہتی تو ہوں مگر۔۔۔ اور آپ کتنے تنگ نظر، سنگ دل، بدظن اور نااعتبار ہیں۔" مجھے آگ ہی تو لگ گئی۔ ایسا معلوم ہوا کہ میرا مقابلہ کرن سے کیا جارہا ہے اور مجھے مردود قرار دے دیا گیا ہے۔ اگر یہ جملے کبھی اور مجھے کہے جاتے تو میں صرف ہنس دیتا مگر اس میں مقابلہ کا اشارہ پایا جاتا تھا۔ یہ سم میری خودی کا دم گھونٹ رہا

تھا۔ میں تلملا گیا۔ کیتھرن نرس روم میں چلی گئی۔ میں نے اپنا بکس کھول کر اس کی دی ہوئی بچی کھچی چیزیں نکالیں اور انہیں واپس کرنے ڈیوٹی روم میں گیا۔ میں نے انھیں کیتھرن کے ہاتھ میں دینا چاہا، پر اس نے لیا نہیں، اور تنک کر جھنجھناتی ہوئی دوسری جانب چلی گئی۔ میں نے سب چیزیں اس کے سامنے پٹک دیں اور لوٹ آیا۔ کیتھرن بپھر گئی اور میں نے واپس ہوتے ہوئے یہ جملے سنے، "مجھے یہ باتیں بالکل پسند نہیں۔ کس پر ناز کرتے ہیں۔ مغرور آدمی! میں کسی کی بیاہتا نہیں ہوں۔ بڑے آئے کہیں کے۔۔۔!"

نازک دھاگا ٹوٹ چکا تھا۔ میں اپنی تنہائیوں میں اور زیادہ تنہا ہو گیا تھا۔ کوئی سہارا نہیں کوئی تسکین نہیں۔ کرن کے بعد اب میری باری تھی۔ جون کے ایک دو دن باقی تھے کہ سوتے سوتے چار بجے صبح کو میرے منھ سے خون آ گیا۔ میں بستر پر لیٹا ہوا خوف کے مارے پسینے پسینے ہو گیا۔ ایسا محسوس ہوا کہ یہ دنیا، یہ کرہ، سارے سامان حیات کو لے میرے سامنے گولی طرح شن سے کائنات کی انجان وسعتوں میں دور نکل گیا اور میں خلا، تاریک و سرد خلا میں معلق ڈوب جانے کے لئے اکیلا رہ گیا۔ موت کی کالی کالی موجیں مجھے ڈھانپے جا رہی ہیں اور میں فنا کے غار میں غرق ہو رہا ہوں۔ آس اور نراس کے درمیان زندگی کے عنکبوتی تانے بانے کو ایک سال، مکمل ایک سال تک بنا تھا۔

طوفان کے بعد پھر سے تنکے اکٹھا کر کے آنسوؤں اور مسکراہٹوں کے بندھن سے باندھا تھا اور اب ایک نئی آندھی آشیانہ حیات کو نوچ نوچ کر برباد کر رہی تھی۔ میں نے کتنی باتوں کو بھلایا تھا، کتنی یادوں کو تھپک تھپک کر سلا دیا تھا، کتنے ارمانوں کو بہلا کر خاموش کر دیا تھا اور پھر زندگی کی خشک شاخ پر نازک نازک ننھی ننھی کونپلیں پھوٹ رہی تھیں، کلیاں بھی پھول بننے کا سندیسہ دے رہی تھیں اور آرزوؤں کی نئی بسنت بہار تازہ کا پیغام لا رہی تھی، مستقبل پھر فریب تمنا دے رہا تھا اور یہ اچانک موت کے ترکش کا

ایک تیر آلگا۔ ہر طرف خزاں تھی، ویرانیاں تھیں اور بے بس سکوت!

زندگی کی نیرنگی نا امیدیوں میں بھی امید کے بت تراش لیتی ہے۔ یہ کیفیت گذر جانے کے بعد مجھے یہ خیال آیا شاید کیتھرن یوں واپس آجائے۔ شاید یہ روایتی خون ٹوٹی ہوئی رگوں کو جوڑ دے۔ مجھے مسرت ہوئی۔ میں نے زہر سے امرت بنا لیا۔ انسان میں بھی کتنی الوہیت ہے۔ وہ ہر آن اپنے کو پُجوانا چاہتا ہے اور اس کے لئے اپنا اور دوسروں کا خون بھی بہا سکتا ہے۔ خدا تو صرف دوسروں کا خون بہاتا ہے، اپنا خون بہا کر لذت آزار حاصل کرنے کا اسے تجربہ کہاں، یہ انوکھا احساس اس کے بس سے باہر ہے۔

مجھے بھی بارِ بستر کر دیا گیا۔ وہی باتیں ہوئیں جو کرن کے ساتھ ہو چکی تھیں۔ ڈاکٹر نے مجھے تسکین دی کہ، "پھیپھڑے کی حالت بہت اچھی ہے۔ سل کے مریضوں کے ساتھ ایسے واقعات ہوتے ہی ہیں۔ جراثیم خفتہ حالت میں رہتے ہیں اور کبھی کبھی سوئے سوئے بھی پھیپھڑے کی رگوں کو چاٹتے رہتے ہیں، کسی رگ کی دیوار پھٹ جاتی اور خون آنے لگتا ہے۔ تمہارے پرانے زخم میں فائبروس ہو چکا ہے، نئے ریشے نکل آئے ہیں اور مرض قبضے کے اندر آگیا ہے۔ یہ گذر جانے والا دور ہے گھبراؤ مت!" نرسوں نے بھی عیادت کی، جی بہلایا اور تشفی دی مگر میں عجیب حالت میں تھا۔

گذشتہ سال جو میرے منہ سے ایک ماہ تک خون آتا رہا تھا تو میں نے اپنے جذباتی سہارے کے لئے روحانی مابعد الطبیعاتی عالم کی طرف رخ کیا تھا۔ اب کے میرا دل بنجر تھا، بالکل بنجر مگر بنجر زمین کو سب سے زیادہ پانی کی ضرورت ہوتی ہے۔ مجھے یہ ٹھنڈک عورت کے جسم میں نظر آتی۔ حیرت انگیز طور پر مجھے حواسی عشرت کی طلب ہوئی مگر محرومی نے دل میں جہنم سا بھڑکا دیا۔ موت سے قربت ہو تو خدا یاد آتا ہے لیکن شاید مادہ کے بچھڑ جانے کے احساس نے مجھ میں مادہ جسم اور دنیا کی شدید حریصانہ محبت پیدا کر دی۔ جو

چیزیں چھوٹ جانے والی ہوں ان سے کتنا بیتاب عشق ہوتا ہے۔ پائیدار اشیا تو اکثر اکتاہٹ پیدا کرتی ہیں۔ فنا کے سبب بقا سے محبت ہوتی ہے اور غیر فانی ہستی کبھی اتنی مستحکم، وزنی اور عظیم و جلیل معلوم ہونے لگتی ہے کہ اس کے وزن اور باقی و حاضر و ناظر ہونے کے تصور سے روح پسی جاتی ہے۔ خدا اتنی بڑی حقیقت ہے کہ دل اس کو بھول کر اپنے کو ہلکا کرنا چاہتا ہے۔ دنیا کا آنی جانی ہونا ہی کشش کا باعث ہے۔ اس مادی دنیا کی سب سے حسین ترکیب مادہ عورت ہے۔ مادہ کا نقطہ کمال جسم کے حسن تعمیر کا عروج جمیل۔ اس لئے مادی سہارے میں سب سے بڑا سہارا عورت ہے۔

میں بستر پر لیٹا لیٹا فنا کا خیال کر کے جب لرزنے لگتا تو دل میں ایک ہوک اٹھتی تھی اور حیات کا ذرہ ذرہ جنس لطیف کو ڈھونڈ تا تھا۔ مجھے اٹھنے کی اجازت نہ تھی مگر جذبہ دل ایسی حرکتوں پر اکساتا تھا جو سامان بقا ہیں۔ مجھے اپنی رومانی مثال پسندی سے نفرت ہونے لگتی۔ میں سوچتا کہ نرا گاؤدی ہوں۔ بدن کی رومانیت مجسم اور حقیقت مثالی کو چھوڑ کر جذب و کشش کی لطافتوں میں الجھے رہنا بے بسی، بے عملی اور نامرادی کی دلیل ہے۔ مجھے نقی اور اس کی قوت اقدام و عمل یاد آتی اور میں انتہائی محرومی و ناکارکردگی کے غم میں غلطاں ہو جاتا۔ یہ فطرت کا کتنا المناک طنز تھا کہ اس بجھی ہوئی خاکستری حالت میں مجھے عمل کے چراغ جلانے کی شدید تمنا ہو رہی تھی۔ میں نرسوں کو صرف دیکھنا نہیں چاہتا تھا بلکہ انھیں چھونا، سننا، دیکھنا، سونگھنا اور چکھنا چاہتا تھا۔

عورت ہی ایک ایسا عطر مجموعہ ہے جو ہمارے سارے حواس کو بہ یک وقت شادکام کرتا ہے۔ جس گھڑی میرے منہ سے خون آتا، میں مجبوری و محرومی کے احساس میں غرق ہو کر اپنے ہی جسم کو انتہائی پیار محبت سے چھو کے رونے لگتا۔ مجھے اپنا ہاتھ، اپنی انگلیاں بہت عزیز معلوم ہوتیں۔ میں نے ان سے اتنی شدید محبت کا احساس کبھی نہیں کیا

تھا۔ اتنی بار میں نے کبھی ان کو اتنے انہماک سے دیکھا بھی نہ تھا۔ میں نے جو امید قائم کی تھی کہ کیتھرن اس حال میں تو ضرور مجھ سے من ہی جائے گی، ٹوٹ گئی۔ کیتھرن بس ڈیوٹی کے طور پر وارڈ میں آتی اور چلی جاتی۔ اس نے میرا حال تک نہ دریافت کیا۔ مصیبت تنہا نہیں آتی غم کی گھٹائیں موج در موج ہوتی ہیں۔ کیتھرن کتنی خود دار و خود بیں تھی۔

مگر اس کے خلاف ڈولی، جسے میں نے کیا نہیں کہہ ڈالا تھا، جس سے میری کوئی توقع وابستہ نہیں تھی، وہ ڈیوٹی نہ ہونے کے باوجود میری علالت کی خبر سنتے ہی بھاگی ہوئی آئی اور مضطرب مسکراہٹ کے ساتھ میری خیریت دریافت کی۔ میں چپ چاپ رہا۔ خفگی سے نہیں شرمندگی سے۔ اس وقت وہ چارٹ دیکھ کر چلی گئی۔ پھر وہ برابر آتی رہی۔ مجھے وارڈ کی بیگانگی سے وحشت ہوتی تھی۔ لہذا مجھے معائنہ کے کمرے میں رکھ دیا گیا تھا۔ ایک دوپہر کو ڈولی مزاج پرسی کے لئے آئی۔ میں انتہائی ندامت میں گڑ گیا اور ہیجان جذبات نے مجھے رو پڑنے پر مجبور کر دیا۔ میں نے ڈولی کا ہاتھ پکڑ کر بہ رقت معافی مانگی۔ وہ بھی پھوٹ پھوٹ کر رونے لگی اور صرف اتنا کہا، "انور صاحب آپ نہیں جانتے۔"

میں نے آنسوؤں میں ماضی کے کانٹوں کی چبھن محسوس کی اور زندگی کے کمیاب حسن کی چند نورانی کلیاں کھلتی ہوئی دکھائی دیں۔ انوکھے طور پر میں نے یہ محسوس کیا کہ عورت ہی مرد کی ابدیت کا ذریعہ ہے۔ فانی انسان عورت ہی کی مدد اور ربوبیت سے چند قطروں کو ناپید اکنار سمندر بنا دیتا ہے۔ میں نے دیکھا کہ انسانیت کا ٹھاٹھیں مارتا ہوا سمندر عورت کی آغوش سے نکل کر ازل اور ابد کو گھیرے ہوئے ہے۔

آخر کار میں اچھا ہو گیا۔ چند ماہ اور سینی ٹوریم میں رہ کر مجھے گھر واپس آنے کی اجازت مل گئی۔ میں بہت اکتا بھی گیا تھا۔ ادھر کیتھرن نے مجھ سے روٹھ کر اپنی زندگی ہی بدل لی تھی۔ وہ سب سے تعلق توڑ چکی تھی۔ اگر وہ مجھ سے باتیں نہیں کرتی تھی تو اور

لوگوں سے بھی گریزاں ہی رہتی تھی۔ شاید وہ اپنی زندگی کے تجربات تلخ و شیریں کے بعد شکست فریب کی تلخیاں برداشت کر رہی تھی۔ اب وہ صرف کھیلنا نہیں، زندگی بسر کرنا چاہتی تھی۔

درخت کا اکھڑنا کچھ آسان نہیں ہوتا۔ دردِ زندگی میں سب سے بڑا دکھ انتقال ہے۔ جڑیں وصل زمین سے محروم کئے جاتے وقت کراہنے لگتی ہیں۔ میری حیات کا درخت بھی صحت گاہ میں ڈیڑھ سال تک نصب رہا تھا اور اب علیحدگی کے وقت اعصاب کے سوتے دردناک ہو رہے تھے۔ میں رخصت سے پہلے سے نرسوں سے ملنے ان کی اقامت گاہ کو گیا۔ سب بیٹھی ہوئی باتیں کر رہی تھیں۔ سبھوں نے بڑے انس اور خلوص سے میری پذیرائی کی اور بعض نے خوشی کا اظہار کیا کہ اب میں اچھا ہو کر اپنے گھر جا رہا تھا مگر کیتھرن وہاں بھی خاموش رہی۔ رخصت کی صبح کو ایشری نے مجھ سے کہا، "کٹو بوارات بھر روتی رہی ہیں اور ڈولی بھی۔ آپ کو سبھی لوگ چاہتے ہیں۔"

میں نے کہا، "جو میری خطرناک حالت میں بھی بیگانہ رہا ہو، وہ بلاؤز کے پیرس بٹن ٹوٹ جانے پر تو رو سکتا ہے مگر میرے لئے اس کے آنسو کی ایک بوند نہیں ہو سکتی۔ ہاں ڈولی سے میں بے حد شرمندہ ہوں۔" ایشری مجھ سے باتیں کر رہی تھی کہ کیتھرن آئی اور اس نے ایشری کو ڈیوٹی روم میں بلا لیا۔ ذرا دیر میں وہ مسکراتی ہوئی لوٹ آئی اور ہنس کر کہنے لگی، "جایئے مل لیجئے! بوا بلاتی ہیں!" نہ جانے کیوں میں ارادے کے خلاف اندر چلا گیا، اور ایشری وارڈ میں مریضوں کا ٹمپریچر لینے چلی گئی۔

خوددار و خودبیں کیتھرن کرسی پر بیٹھی ہوئی تھی۔ اس نے مجھے دیکھا۔ میں اس کے قریب چلا گیا۔ اس نے میرا ہاتھ زور سے جذباتی انداز میں پکڑ لیا اور اسی حال میں میز پر ٹیک لگا کر آہستہ آہستہ سسکیاں بھرنے لگی۔ اسے اپنے آنسو دکھلانے میں بھی عار تھی۔

اچانک اس نے سر اٹھا کر کہا، "انور بابو! آپ نے ہم نرسوں کو عورت نہ سمجھا۔ بس ایک گڑیا۔۔۔ ایک گڑیا۔۔۔ ایک گڑیا۔۔۔"

***

۳

شادی کے تحفے

اس کا مجھ سے پردہ تو نہیں تھا مگر میرے اور ثروت کے درمیان حجاب حائل تھا۔ گہر احجاب۔ اس کی شادی ہونے والی تھی۔ اس بات نے شرم میں اور اضافہ کر دیا تھا، جیسے جھاڑیوں کے درمیان ہرن چھپ جائے اور پھر نمودار ہو، اسی طرح وہ سائبان میں چلتی پھرتی ہوئی، پایوں کی آڑ میں مجھے دیکھ کر روپوش ہو جاتی تھی اور کبھی دوڑ کر مچلتی ہوئی چوٹی کے ساتھ دردِ دیوار کی اوٹ میں غائب ہو جاتی۔ میں نے اسے بال سنوارتے ہوئے بھی دیکھا تھا۔ اس کے سیاہ گہرے بال بڑے پیارے تھے۔ گھنے اور شاداب۔ جنگل کی طرح سکون آفریں۔

وہ اپنی کھوٹھری کی چوکھٹ پر اندر کی جانب رخ کئے نادان سی کھڑی ہو جاتی۔ اس کے آبشار نما بال اس کی پوری گردن اور بھری بھری پیٹھ پر اس طرح چھا جاتے، جیسے سنگ مرمر پر کائی جم گئی ہو۔ ثروت جانتی بھی تھی کہ میں کہیں سے یہ منظر دیکھ رہا ہوں، تو بھی وہ انجان بنی ہوتی۔ دیر تک اپنی زلفوں کو اپنی نازک کمر کی طرح مچلنا اور بل کھانا سکھاتی رہتی۔ تھوڑی دیر کے بعد وہ یک بیک پیچھے مڑ کر دیکھتی۔ میری اس کی آنکھیں چار ہوتیں اور وہ شرماتی ہوئی، مسکراہٹ کی کلیاں کھلاتی ہوئی ساون کی ہوا کی طرح لہرا کر روانہ ہو جاتی۔

ایک روز میں گھر کی لائبریری میں بیٹھا ہوا دل بہلانے کو اردو رسالے اور کتابیں الٹ پلٹ رہا تھا۔ محض دل بہلانے اور پریشانیوں سے دو گھڑی کے لئے نجات حاصل کرنے کو۔ میں دو سال سے ملازمت کی تلاش میں سرگرداں پھر رہا تھا۔ میری شادی کو چار سال ہو چکے تھے اور اب بیکار رہنا میرے لئے دوبھر ہو رہا تھا۔ باپ اور سسر کی عنایتوں پر جئے جانا، دوسروں کے نزدیک اگر باعثِ ننگ نہ بھی ہو تو بھی میری روح کے لئے سوہان ضرور تھا، پھر باپ اور سسر بے چارے بھی کیا۔ وہ لوگ اپنے انتہائی خلوص کے باوجود بھی میری پوری مدد نہیں سکتے تھے۔ آج کل شرافت نبھانا بھی بہت کٹھن کام ہے۔ کالج کی تعلیم کا خرچ برداشت کرنے کے بعد والد صاحب میں بھی اب اتنا دم کہاں تھا کہ وہ میری بڑھتی ہوئی ضروریات کو پورا کرتے رہتے اور میرے سسر صاحب کو ابھی کئی اور لڑکیاں بیاہنی تھیں۔

غرض میں غمِ روزگار کی گتھیاں سلجھانی چاہ رہا تھا اور الجھنیں اور زیادہ بڑھتی جارہی تھیں۔ رسالوں اور کتابوں کے اوراق میں بے معنی طور پر اس طرح الٹ رہا تھا، جیسے خزاں کی ہوا باغ میں آم کے پتے ادھر ادھر اڑاتی پڑاتی پھر رہی ہو۔ میں دل زندگی کا نشتر اور بے روزگاری کی چبھن محسوس کر رہا تھا۔ میرے جذبات کے دھارے بیزاری اور تلخی کی موت سے ملے ہوئے تھے۔ میں اسی حال میں تھا کہ میں نے سائبان میں ابلتی ہوئی شیریں زندگی کے قہقہے سنے۔ چند لڑکیاں گھنگھرو کی طرح ایک دوسرے سے الجھی ہوئی نغمہ آفریں تھیں۔ کچھ پیاری جھڑکیاں تھیں، کچھ طنز آمیز منت سماجت، کچھ حسین مسکراہٹیں اور کچھ ایسی ادائیں جن میں رقص، نغمہ اور تصویر کا جمال ملا جلا پایا جاتا تھا۔ "دولہا بھائی۔۔۔ یہ ہے ثروت۔۔۔ آپ ہی دوڑ کر آجائیے نا۔۔۔ اری ثروت! تو نخرے کیوں کرتی ہے؟" یہ نزہت کی آواز تھی۔

"اوں اوں۔۔۔ مجھے چھوڑو۔۔۔ میں بگڑ جاؤں گی۔۔۔" ثروت نے نخرے کئے۔

"چل بڑی بگڑنے والی آئی ہے۔ دولہا بھائی کو تکتی رہتی ہے اپنی کوٹھری سے اور یہاں آکر باتیں بناتی ہے۔" ثریا نے شوخ لہجے میں کہا۔

"تو بڑی تکتی ہو گی دولہا بھائی کو۔ واہ میں کیوں تکوں۔۔۔ میں دولہا بھائی سے پردہ تھوڑا ہی کرتی ہوئی۔" ثروت منمنائی۔

"تو پھر سیدھی ہو کر چلتی کیوں نہیں دولہا بھائی کے سامنے؟" ثریا بولی

"تو مجھے چھوڑ دے۔ میری چوڑیاں گئیں۔" ثروت نے ناز کیا۔

"لے چھوڑ دیا اب آ، لائبریری میں دولہا بھائی بیٹھے ہیں۔۔۔ دولہا بھائی بھی تو عجیب الو ہیں۔ دوڑ کر آ کیوں نہیں جاتے۔" نزہت اور ثریا نے ثروت کو چھوڑتے ہوئے ایک ساتھ کہا۔ دوسری لڑکیوں کی ہنسی کی آوازیں بھی گونج رہی تھیں۔۔۔ ٹھیک اسی موقعہ پر میں لائبریری سے سائبان میں آنکلا۔

"لو میں آگیا۔" میں نے کہا۔

چھپاک سے ثروت لڑکیوں کے ہاتھ سے چھوٹ کر بھاگی یہ گئی وہ گئی، مگر جاتے جاتے ایک دفعہ مڑ کے پیچھے دیکھ ہی لیا۔ وہ مسکرا رہی تھی۔ اس کا چہرہ لالہ گوں ہو رہا تھا۔ اس کا آنچل ناہموار تھا اور اس کی موٹی سی چوٹی آبرواں کے پلو میں الجھ کر کیچلی دار سیاہ ناگن کی طرح بل کھا گئی تھی۔ لڑکیاں عقد ثریا سے کہکشاں بن گئیں اور میں ایک شہاب ثاقب کی طرح ثروت کے تعاقب میں دوڑ پڑا۔ نہ معلوم میرے احساس کی تلخی اور بے کیفی یک بیک دور کیسے ہو گئی۔ ہم لوگوں نے ثروت کو اس کی کوٹھری میں پکڑ پایا اور اس کے بعد ثریا نے اسے فریب دہی کی خوب خوب سزائیں دیں۔ ثروت کو سزا ہوئی ہو یا نہیں مگر مجھے تو دوڑ دھوپ کی فوری جزا مل گئی۔ میں نے ثروت کو جی بھر کے دیکھا اور سب سے

بڑھ کر یہ کہ اس کے بعد سے حجاب کہرے کی طرح غائب ہو گیا اور اب ثروت مہر درخشاں کی طرح میرے سامنے آیا کرتی تھی۔

ثروت دن میں کئی بار میرے پاس آکر بیٹھا کرتی اور کبھی میں خود اس کی کوٹھری میں جا نکلتا۔ وہ مجھ سے بہت مانوس ہو گئی تھی اور میں اس سے کافی ہل مل گیا تھا۔ ثروت دیر دیر تک باتیں کرتی رہتی معمولی معمولی سی باتیں، بیکار بیکار سی باتیں، مگر ان باتوں میں بڑا رس ہوتا۔ ایسا معلوم ہوتا کہ وہ ادنیٰ سی باتیں بہت ہی ضروری ہیں۔ اس کی آنکھیں بہت زیادہ خوب صورت نہ تھیں مگر بڑی، زندہ اور گویا آنکھیں تھیں۔ ان میں گلابی گلابی نازک ڈورے رگ گل کی طرح معلوم ہوتے تھے۔ ان آنکھوں میں سکون پرور گہرائی تھی۔ میں اپنا درد و غم اس رسیلے ساگر میں غرق کر دیتا تھا مگر راکشش کی طرح اگر ایک غم کا سر کاٹ بھی لیا جائے تو اس کے سیکڑوں شاخسانے نکل آتے ہیں۔

میں جب ثروت سے علیٰحدہ ہو جاتا تو غمِ روزگار کے ہزاروں آرے دل پر چلنے لگتے لہذا میں کوشش کرتا کہ اکثر ثروت سے باتیں کروں اور اس کی تسکین بخش آنکھوں کے سایہ میں زندگی گذار دوں۔ میں یہ محسوس کرتا تھا کہ ثروت بھی مجھ سے باتیں کر کے خوش ہوتی ہے۔ اس کی حسین آنکھیں گفتگو کے وقت چمکنے لگتیں اور گلابی ڈوریاں سرخ ہو جاتیں۔ اثنائے گفتگو میں وہ یک بہ یک شرما بھی جاتی۔ اس کے اچانک اظہار حیا میں ایک خاص دل فریبی تھی۔

میری بیوی پردین بہت اچھی دلہن تھی۔ میں اسے بے حد چاہتا تھا اور وہ بھی مجھ سے والہانہ محبت کرتی تھی۔ ہم لوگ اچھی اچھی باتیں بھی کرتے تھے اور بہت سے امور میں باہم مل کر دل چسپی لیتے تھے مگر جب سے میری پریشانیوں کی سرحد ناامیدیوں سے جا ملی تھی، میں اپنی بیوی سے آنکھیں چرانے لگا تھا۔ میں اس کے پاس یہ محسوس کرتا تھا

کہ میں ناکامیابِ حیات ہوں۔ اس کے قرب سے میرے وقار کو ٹھیس لگتی تھی۔ میں ناکارہ ہوں اور اپنی بیوی کی کفالت نہیں کر سکتا۔ یہ خیال مجھے ستانے لگتا تھا۔ میری بیوی اس سریع الحسی کو اپنی نسائی جبلت سے محسوس کرتی تھی اور غمگسارانہ اندر ہی اندر گھلتی رہتی تھی۔ میں جب خوش نظر آتا تو وہ میری کمیاب خوشی کا خیر مقدم کرتی۔

میں ایک دو سال سے اپنے سسرال میں تھا اور سسرال کے رشتہ داروں سے کافی واقف ہو گیا تھا۔ اب کوئی انوکھا نہیں رہا تھا۔ سالے، سالیاں، سرہجیں سبھی روزانہ کی چیزوں کی طرح پھیکی ہو چلی تھیں اور میری موجودہ مایوسانہ حالت میں تو کسی بات میں بھی مزہ نہیں ملتا تھا۔ سیر دریا، شکار، صحبتِ احباب، نازنینانِ حرم کی چھلیں سب بے مزہ تھیں۔ لے دے کر اچٹتی ہوئی کتب بینی اور ادھوری مضمون نگاری رہ گئی تھی۔ میرا زیادہ وقت لائبریری میں گذرتا تھا یا بستر پر۔

ثروت کو میں نے پہلے پہل دیکھا تھا۔ میں نے جانا کہ اس کا نیاپن شاید میرے لئے سامان کشش ہے۔ ممکن ہے یہی ہو مگر مزید تجزیۂ حالات کے بعد یہ معلوم ہوا کہ ثروت میں کچھ ایسی باتیں بھی تھیں جو دوسروں میں نہیں تھیں، مثلاً اس کی سادگی اور یک گونہ دیہاتی پن۔ ان کے علاوہ چند اور ایسی معمولی خوبیاں جن کا اگر میں تذکرہ کروں تو آپ ہنس دیں گے کہ یہ باتیں بھی سامان کشش ہوتی ہیں، مگر اکثر یہی ناقابلِ بیان چھوٹی چھوٹی باتیں ہی دل موہ لینے والی ہوتی ہیں۔ ثروت حسین نہیں تھی لیکن اس کی اداؤں میں انھیں چھوٹے چھوٹے، سادہ مگر چمکتے ہوئے نشتروں کی ارزانی تھی۔

ثروت کی شادی کو اب گنے ہوئے چند دن رہ گئے تھے۔ مہمان آنے شروع ہو گئے تھے۔ گھر میں زندگی اور شادمانی دوڑ گئی تھی۔ میں کہ زیادہ تر اپنا وقت الگ تھلگ ہی گذارا کرتا تھا، اب حجرے سے باہر نکل آیا تھا۔ عام دلچسپیوں کی کشش سے نہیں بلکہ ثروت

کی جادو نگاہیوں کے اثر کے ماتحت۔ ہم لوگوں کے درمیان ایک بہت ہی لطیف یگانگی کا احساس تھا۔ آپ کہیں گے جنسیات! جی ہاں جنسیات مگر جنسی اپیل کی بہت سی سطحیں ہوتی ہیں۔ دنیا میں کون سا جذبہ، کون سی خواہش ایسی ہے جس کا نفسیاتی تجزیہ آپ کو جنسیات تک نہ پہنچادے۔ میں جیٹھ کے جھلسے ہوئے پودے کی طرح تھا۔ بارش کا ایک ننھا سا قطرہ بھی میرے لئے امرت سے کم نہ تھا۔

عورت زندگی کی سب سے بڑی رحمت ہے۔ اگر عورت کی فردوس بہ کنار نگاہوں کے ایک گوشے میں بھی زندگی کی لڑائی سے تھکے ہوئے مرد کو تھوڑی سی جگہ مل جائے تو وہ اس کے لئے نعمت سرمدی ہے۔ عورت کی صرف ایک نظر التفات، ایک ہلکی سی یگانگی، ایک حقیر سی توجہ بھی کمھلائی زندگی کے لئے سامانِ شگفتگی ہے، مگر زندگی کے اتھاہ ساگر میں عورت کی مسکراہٹ بھی سورج کی کرنوں کی طرح سطح سے تھوڑی ہی نیچے جاسکتی ہے۔ اس کے بعد تاریکیاں اور ایک سنجیدہ گہرائی۔

ثروت میرے لئے بہار کی ہوا کی طرح گذر جانے والی ایک لطیف و نازک لہر تھی، جس نے میرے احساسات کو گدگدایا اور بس، مگر دوسری لڑکیوں نے اس سے زیادہ کچھ محسوس کیا۔ میں ان کے تخیل کو کیا کروں!

"ثروت بہت خوب صورت ہے دولہا بھائی؟" ایک دفعہ ایک لڑکی نے خاص تیور سے دریافت کیا۔ ایک صاحب نے طنز سے فرمایا، "نئی سالی کے سامنے پرانے لوگوں کو کون پوچھتا ہے؟" میں ان سوالوں کا جواب کچھ اس طرح دیتا، "آپ لوگ شادی کے ہنگاموں میں الجھی ہوتی ہیں۔ بتایئے باتیں کس سے کروں۔ الٹی بات! آپ لوگوں نے مجھے تنہا چھوڑ دیا ہے یا میں نے؟" میں نے لڑکیوں کو آپس میں بھی چہ میگوئیاں کرتے ہوئے دیکھا تھا۔ میری بیوی کو اس چھیڑ چھاڑ میں بہت لطف آتا تھا۔ ایک دفعہ وہ کہنے لگی،

"آپ کی سب سالیاں اور سرہجیں آپ سے بگڑی ہوئی ہیں۔ ثروت پر فقرے کسے جاتے ہیں۔" میں ہنس دیتا۔

"ثروت بھی اپنی بڑی بہن سے اکثر میری ہی باتیں کرتی، آج دولہا بھائی سے یہ باتیں ہوئیں، آج انھوں نے یہ کہا، آج یہ ہوا وہ ہوا۔"

"تو دولہا بھائی کے لئے پاگل ہو رہی ہے۔" ریحانہ ٹالتی ہوئی مسکرا کر کہتی۔

"نہیں دولہا بھائی بہت اچھے ہیں آپا، آپ تو ان سے ناحق پردہ کرتی ہیں۔ وہ بڑے ملنسار ہیں اور پھر باتیں کتنی بنانی جانتے ہیں۔۔۔"

"دفع ہو پھر اپنے دولہا بھائی کے پاس۔ مجھے کام کرنے دے۔ ابھی درجنوں شلوکے پر گوٹ ٹانکنے کو پڑے ہیں اور اس ہفتہ میں تیری برات آرہی ہے۔" ریحانہ آپا ثروت کو بناوٹ کے غصے کے ساتھ جواب دیتیں۔ ثروت کو مایوں بٹھا دیا گیا تھا۔ اب اس سے ملنے کا بہت کم موقع ملتا، پھر بھی شام کو جب لڑکیاں اور مہمان بی بیاں دوسری انگنائی میں گیت گانے میں مشغول ہو جاتیں تو ثروت اپنی بڑی بہن کے لڑکے کو بھیج کر مجھے مردانہ سے پختہ آنگن مین بلوا بھیجتی اور کہتی کہ ہر شخص مشغول ہے، اکیلے طبیعت نہیں لگتی، باتیں کیجئے۔

ثروت کی شادی کے دن بہت ہی قریب آگئے۔ ایک روز میری بیوی نے رکتے رکتے کہا، "سبھی رشتے دار عورتیں مانجا دے رہی ہیں۔ میں تو خیر اپنی ہی کوئی نئی ساری اور دوسرے کپڑے دے دوں گی۔۔۔ مگر مرد عزیز بھی تو ثروت کو شادی کے تحفے دیں گے۔۔۔" اتنا کہہ کر وہ رک گئی اور میرے سامنے تاریکیوں کے حلقے مگر مچھ کے کھلے ہوئے جبڑے کی طرح نظر آنے لگے۔۔۔ میں فوراً اپنی بیوی کے پاس سے اٹھ کر چلا آیا اور اس روز سارا دن چڑ چڑا رہا۔ دو تین بار لوگوں سے معمولی معمولی باتوں کے لئے الجھ

پڑا۔ خارجی حالت کے کھردرے پن سے زیادہ میری داخلی کیفیت متلاطم ہو رہی تھی۔ عین نخلستان کے اندر دم لیتے ہوئے میں نے بادِ سموم کی ایک تیز لپٹ محسوس کی۔

اب ثروت کا خیال بھی میرے لئے محرومیوں اور ناکامیوں کا اشارہ تھا۔ اف! بیسویں صدی کا نوجوان کتنی تمنائیں، کتنے ارمان اپنے دل میں رکھتا ہے، ان میں اکثر آرزوئیں گھٹ گھٹ کر دم توڑتی جاتی ہیں اور جو پوری بھی ہوتی ہیں وہ کچلا کچلا کر اور مسلا مسلا کر پوری ہوتی ہیں۔ میں دن بھر ایک وحشی بن جانے کی خواہش میں گھلتا، کھولتا، پگھلتا اور منجمد ہوتا رہا۔ میں سوچتا تھا کہ اگر جائز تمناؤں کے گرد بھی زنجیروں پڑی ہوئی ہیں، اگر معصوم خواہشوں کی گردن میں بھاری بھاری سلیں ہوں تو پھر دنیا کسی ستارہ تخریب سے ٹکرا کیوں نہیں جاتی۔ زلزلہ صرف بہار اور کوئٹہ میں کیوں آتا ہے، سارے عالم میں یک بیک زلزلہ کیوں نہیں آجاتا۔

شام کو ثروت کا بلاوا آیا۔ میں نہیں گیا۔ اس نے کئی بار بلوا بھیجا۔ میں نے ہر بار انکا رکیا۔ رات کو مجھے نیند بہت دیر میں آئی اور جب آئی بھی تو خیالات کو بہت بھیانک روپ دیتی ہوئی آئی۔ دوسرے دن میرے سر میں درد تھا اور دل و روح میں اس سے زیادہ۔ دن کو ایک ہفتہ کے انتظار کے بعد والد صاحب کا کارڈ ملا جس میں انھوں نے اپنی مجبوریوں کا اظہار کیا تھا۔ اب میری ناامیدی مکمل ہوگئی اور شادی کے تحفہ کا خیال ہزاروں آرزوؤں کے ساتھ مدفون ہو گیا۔ دوپہر اور سہ پہر کو میں فلم کے ستاروں کا تصویری البم دیکھتا رہا۔ ایک ایک ستارے کی نوک پلک کا بہت ہی گہرا جائزہ لیا اور آج ایک ایسے صاحب سے اس کے متعلق تبادلۂ خیال کیا جن کو میں کبھی منہ لگانا بھی پسند نہیں کرتا تھا۔ اس شام کو میں غیر معمولی طور پر خوش و خرم اور ہنسوڑ تھا۔ یہاں تک کہ میں نے بذلہ سنجی کے علاوہ سوقیانہ مذاق کو روا ہی نہیں رکھا بلکہ اس کی بہتات کر دی۔

سر شام ثروت نے کہلا بھیجا کہ آج بھی نہیں آیئے گا؟ آسمان پر تارے چھٹکے، اور زنان خانہ سے گیتوں کی جھنکار اٹھی۔ میں ثروت سے ملنے چلا۔ اب وہ کوٹھری میں مایوں بیٹھی تھی مستقل طور پر۔ میں کوٹھری میں داخل ہوا اور ذرا جھجکا۔ ثروت کے پہلو سے پیوند ایک نئی کمسن سی لڑکی بیٹھی ہوئی تھی۔

"آیئے دولہا بھائی! یہ میری ممیری بہن فرحت ہے۔ آپ کو دیکھنے کو دیر سے بیٹھی ہے۔" ثروت نے مجھے جھجکتا دیکھ کر کہا۔

"بہت خوب! میں حاضر ہوں، دیکھئے فرحت صاحبہ مجھے!" میں نے مسکراتے ہوئے ذرا شوخی کی اور فرحت سے قریب پلنگ پر بیٹھ رہا۔ فرحت ثروت کے دوسرے پہلو کی طرف جا کر چمٹ گئی۔

"کیوں دولہا بھائی! کل تو آپ بہت خفا تھے۔ فرحت کل ہی آئی ہے اور کل ہی سے آپ سے ملنے کے لئے بے چین ہے۔" ثروت نے اپنی مدھ بھری آنکھوں کا رس میری آنکھوں میں انڈیلتے ہوئے کہا۔

"فرحت مجھے کیا جانیں؟" میں نے بات ٹالتے ہوئے کہا۔

"اور میں جو چاہتی ہوں آپ کو!" ثروت نے جواب دیا۔

"تو پھر یہ فتنہ آپ کا پھیلایا ہوا ہے؟" میں نے احساس پندار کے ساتھ کہا۔

"آپ لوگ ابھی سے مجھے بھلا رہے ہیں؟ کل آپ کو کتنی دفعہ بلایا تھا۔ آپ نے ہر بار مایوس کیا۔" ثروت کی آنکھوں کے سمندر میں موتی چمکنے لگے۔ شادی کے دنوں میں ایک ہندوستانی لڑکی موم کی طرح پگھلی رہتی ہے۔ اس کی آنکھیں اگر میکے کی محبت میں ہر وقت ساون بھادوں کا سماں نہ بھی کریں تو ان کی لامحدود وسعتوں میں بن برسے ہوئے بادل ہر گھڑی مچلتے ضرور رہتے ہیں۔

"ثروت تم رونے لگیں۔ کل میری طبیعت اچھی نہیں تھی، اس لئے نہ آیا۔" میں نے ثروت کو چپ کراتے ہوئے کہا۔ ثروت کچھ دیر تک روتی رہی۔

"تو میں چلا ثروت! میں باتیں کرنے آیا ہوں اور تم رو رہی ہو؟" میں نے پلنگ پر سے اٹھتے ہوئے جھوٹ موٹ کی دھمکی دی۔ ثروت نے آنسو پونچھ ڈالے اور چپ ہونے کی کوشش کرنے لگی۔ اس کے بعد ہم لوگوں نے بہت سی دل چسپ باتیں کیں اور خوب خوب ہنسی رہی۔

ثروت ڈھیلے ڈھالے جوگیا رنگ کے کپڑے میں ملبوس شفق کی دیوی معلوم ہو رہی تھی اور اس کا کاہیدہ چہرہ شفق بہ کنار ہلال کی نزاکتوں کا آئینہ دار تھا۔ اس کے کھلے ہوئے بال کی لٹیں اس کے سینہ و شانہ پر اس طرح بکھری ہوئی تھیں جیسے افقِ رنگین پر سرمئی بادل کے ٹکڑے ایک خوابناک فضا پیدا کر رہے ہوں۔ وہ ابٹنے کی خوشبو سے بسی ہوئی تھی۔ کسم اور بیلے کے پھول کی مہک کے ساتھ زعفران کی خوشبو مشامِ جان کو معطر کر رہی تھی۔

"تم انار کلی کو شرما رہی ہو ثروت!" میں نے متاثر ہوتے ہوئے کہا۔

"آپ کو بھی میں انار کلی بنا دوں؟" یہ کہتے ہوئے ثروت نے بہت سا ابٹنا میرے چہرے پر مل دیا۔ اس کی آنکھوں میں جرأت طلب شرارت مچل رہی تھی۔ میں دعوتِ نگاہ کو قبول کر کے بدلا لینا ہی چاہتا تھا کہ ایک چھپاکے نے مجھے بے وقوف سا بنا دیا تھا۔ فرحت نے مجھ پر رنگ کی بے پناہ بوچھار کی تھی۔ میں شرابور ہو گیا اور کچھ اس ناگفتہ بہ انداز میں کہ فوراً میں مردانے کی طرف بھاگا۔

دوسرے روز ثروت کی برات آگئی۔ گھر باہر بڑی رونق تھی۔ ہر طرف لباس و زینت کی نمایش ہو رہی تھی۔ زنان خانے میں دن کو ہر سو قوس قزح کے رنگوں اور

طاؤسانہ اداؤں کی دل فریبیاں ناز فرما رہی تھیں۔ نوجوان تیتریاں گھڑی گھڑی لباس تبدیل کر کے اپنی ہوا باندھ رہی تھیں۔ رات آتے ہی گھر کا گھر سلمیٰ ستارہ کی زرکار ساریوں سے روکش کہکشاں بن گیا۔ ہر نوخیز پھلجھڑی تھی، ہر جوان لڑکی چھٹتا ہوا انار، اور ہر عورت مہتابی۔ میں اس رنگ و نور کی جلوہ سامانی کے دیکھنے میں محو تھا کہ ایک گوشہ میں میری بیوی سست اور مضمحل کھڑی ہوئی نظر آئی۔ وہ پایہ سے لگی ہوئی کھڑی تھی۔ اسے دیکھ کر میرا دل دھک سے ہو گیا۔ میں سب کچھ سمجھ گیا۔ اب یہ جلوے میرے لئے جلوۂ طور نہ تھے بلکہ آتشِ نمرود تھے۔ میری بیوی صبح سے اسی ایک لباس میں تھی۔ کاسنی رنگ کی کامدانی کی ایک پرانی ساڑی۔ اس کی گرگابی بھی بہت ہی مفلوک الحال تھی اس کی ہمجولیاں کپڑے پر کپڑے بدل رہی تھیں اور یہ پرانی کتاب کی جلد کی طرح بے رونق معلوم ہو رہی تھی۔

اف! میں اس منظر کی تاب نہ لا سکا اور فوراً گھر کے ایک دور افتادہ گوشے میں جا کر کھری پلنگ پر لیٹ رہا۔ یہ بڑی رونق رات تھی مگر میں کسی تقریب میں شریک نہ ہوا، اور رات کا کھانا بھی نہیں کھایا۔ میں ایک روح فرسا بے احساسی کے عالم میں رات بھر کروٹیں بدلتا رہا۔ ذہن پر ایک سرد تاریکی چھائی ہوئی تھی۔ دل ایک خاموش اذیت، ایک افسردہ درد محسوس کر رہا تھا۔ صبح ہوئی۔ آج ثروت رخصت ہونے والی تھی۔ دس بجے تک مرد عزیز اپنے تحائف کے ساتھ اس سے ملنے زنان خانہ میں گئے۔ میں نہ گیا میرے پاس کیا تھا؟ غم، وحشت اور احساس ناداری کا تحفہ!

ثروت رخصت ہو گئی اور پانچویں دن سنا کہ واپس بھی آ گئی۔ یہ پانچ دن کس طرح بیتے ہیں، میں نہیں بتا سکتا۔ ثروت سے چھوٹنے کا غم؟ جی نہیں میں تو یہ چاہتا تھا کہ ثروت واپس ہی نہ آئے۔ میں اس سے آنکھیں چار کرنی ہی نہیں چاہتا تھا، مگر ثروت آئی۔ شاید

ثروت نے سسرال سے واپس آتے کے ساتھ ہی مجھے بلا بھیجا تھا مگر میں ایک ہفتہ تک اس سے نہیں ملا۔ خدا جانے کیونکر میں خود بہ خود ایک مرتبہ ملنے چلا گیا۔ وہ اپنے عروسی کمرے میں چیزوں کی درستگی میں مشغول تھی۔

"اللہ! آپ آخر آگئے ملنے مجھ بد نصیب سے دولہا بھائی!" ثروت نے شکوہ سنجانہ مسرت کے ساتھ میرا خیر مقدم کیا۔

"خدا نہ کرے تم بدنصیب ہو؟ بدنصیب تو میں ہوں ثروت!" میں نے جواب دیا

"آپ کیوں خفا ہیں مجھ سے دولہا بھائی؟ آپ مجھے رخصت کرنے بھی نہیں آئے تھے۔ میں مجمع میں آپ کی آواز کی منتظر تھی۔ میری آنکھیں بند تھیں مگر جی چاہتا تھا کہ آنکھیں کھول کر دیکھوں کہ آپ ہیں یا نہیں۔" ثروت نے بڑی مایوسی سے کہا۔

"کوئی وجہ نہیں، یونہی میں نہیں آیا، یونہی۔ ثروت مجھے خود معلوم نہیں میں کیوں نہیں آیا۔۔۔" میں چاہتا تھا کہ اس بارے میں باتیں نہ ہوں۔

"سناؤ شادی کا تجربہ کیسا رہا؟ نئے لوگوں سے ملاقات ہوئی؟ اچھے لوگ تھے؟" میں نے موضوعِ گفتگو بدلتے ہوئے کہا۔

"آپ سے اچھے نہیں۔" اس نے ایک پر معنی حجاب کے ساتھ جواب دیا۔

"آیئے دولہا بھائی آپ کو چیزیں دکھلاؤں۔ میرے مصرف کی چیزیں سب میرے ساتھ واپس چلی آئی ہیں۔ دولہا بھائی غیر جگہ عزیزوں کی دی ہوئی چیزیں بھی کتنی پیاری معلوم ہوتی ہیں۔ ہر تحفہ مجھے عزیزوں کی یاد دلا رہا تھا مگر میں اکثر دیکھ دیکھ کر روتی تھی۔۔۔ آپ مجھے بے وقوف کہیں گے، ہے نا؟ میں آپ کو ہر وقت یاد کرتی تھی۔ آپ مجھے یاد کرتے تھے؟" ثروت آج اتنی بہت سی باتیں کر رہی تھی اور میری زبان پر مہر سی لگی ہوئی تھی۔

"بولتے کیوں نہیں آپ؟ یہ دیکھئے، یہ سنگار کیس احمد بھائی نے دیا ہے۔ یہ ہے ان کا نام لکھا ہوا، اچھا سا ہے نا؟" میرے جواب کا انتظار کیئے بغیر وہ بکس سے دوسری چیزیں نکالنے لگی۔

"دیکھئے اس بکس میں سلائی کا سٹ ہے اور اس میں کروشیا اور کشیدہ کاری کے کام کا سامان، اور یہ دیکھئے یہ کشیدہ کاری کی مشین ہے۔۔۔ دولہا بھائی سب نے اپنا اپنا نام چھوٹے چھوٹے کارڈ پر لکھ کر لٹکا دیا ہے۔۔۔ یہ ایر رنگ رہی دولہا بھائی! یہ محمود بھائی کی دی ہوئی ہے۔۔۔ اور یہ دیکھئے، اف میں تھک گئی کتنی ساری چیزیں ہیں۔۔۔ وہ تو بکس کی تہہ میں ہے۔۔۔ ایر رنگ ہے نا بہت پیاری سی؟ میں آپ کو ایک اور بہت ہی اچھی سی چیز دکھلاتی ہوں۔۔۔"

ثروت اپنا ایک بکس الٹ پلٹ رہی تھی اور میں اپنے تخیل کے تاریک خلا میں ارمانوں کی لاشوں کو دانت نکالے ہوئے دیکھ رہا تھا۔ تحفہ۔۔۔ تحفہ۔۔۔ زندگی کے ہاتھ میں موت کا تحفہ۔۔۔ سرمایہ کے ہاتھ میں بیکاری اور ناداری کا تحفہ۔۔۔ سماج کے ہاتھ میں فخر بیجا کا تحفہ۔۔۔ ملایانہ مذہب کے ہاتھ میں غلط تسکین کا تحفہ۔۔۔ تحفہ۔۔۔ تحفہ۔۔۔ محبت کے ہاتھ میں نفرت کا تحفہ۔۔۔

"یہ دیکھئے مل گیا دولہا بھائی، کتنا قیمتی نکلس ہے، ہے نا؟ مجھے لوگ کتنا چاہتے ہیں؟" ثروت کی آنکھوں میں مسرت اور غرور کی چمک تھی۔ میں اس وقت ثروت کی آنکھوں سے نفرت کر رہا تھا۔ ان کی چمک خنجر کی چمک معلوم ہوتی تھی اور ان کے سرخ ڈورے خنجر کے پھل پر جما ہوا خون۔

"کیوں دولہا بھائی آپ کی کیا حالت ہے؟" ثروت نے چونک کر کہا۔

"کچھ۔۔۔" میری زبان نہ کھل سکی۔ دل میں شدید درد و کرب کا احساس ہوا۔ سینہ

کا آتش فشاں آنکھوں کے شگاف سے پگھلے ہوئے لاوے کی طرح آنسو بن کر امڈ آیا تھا۔ میں اپنی ڈبڈبائی آنکھوں کو ثروت کی نظروں سے بچا کر کمرہ سے باہر نکل آیا۔ در پر پہنچ کر میرے آنسو ابل آئے اور چوکھٹ کی خاک میں چند قطرہ ہائے اشک مدفون ہو گئے۔

یہ تھے میرے تحفے۔۔۔ انھیں بھی میں ثروت کے سامنے پیش نہ کر سکا۔

***

۴

انار کلی اور بھول بھلیاں

اس نے ایک خواب دیکھا۔ رات بہت دیر تک جاگتا رہا تھا۔ رسالہ کا چھوٹا سا دفتر، بس ایک چھوٹی سی کوٹھری، اس میں ایک دروازہ، جو بڑے بے ربط سے ہال میں کھلتا تھا، اور ایک دریچہ جس سے گلی کا ایک حصہ دکھائی دیتا تھا۔ گلی کے اس جانب چھوٹی چھوٹی اینٹوں کی ایک بے حس، بیگانہ دیوار، ماضی کی منجمد رسموں سے پابہ گل توہمات کی طرح کھڑی ہوئی، کھلے آسمان کے نظارے کو روکتی تھی۔ بے ربط سا ہال بس ایک اونچا سا شڈ تھا، یہاں آہنی پریس گھڑگھڑاتا رہتا تھا۔ چرخی چلتی تھی، تسمے گھومتے تھے، دندانے وصل ہو ہو کر علیحدہ ہو جاتے۔ دستے تختیوں کو لئے ہوئے قیام، رکوع اور سجدہ کئے جاتے تھے اور سفید کاغذ کے سینے گنجینے بن جاتے۔

صفحات پر سطریں ایسی معلوم ہوتی تھیں جیسے سویرے سویرے سائرن بجنے کے بعد میلے کچیلے کپڑے پہنے ہوئی مزدوروں کی قطاریں فیکٹری میں جا رہی ہوں۔ پریس گھڑگھڑاتا رہتا۔ اس کے دماغ دوز شور سے اکتا کر وہ گلی میں دیکھنے لگتا۔ وہاں بھی موتی عورتیں، دبلی لڑکیاں، گندے مرد، محلہ کے لڑکے، نلکے پر لڑائی دنگا کرتے رہتے۔ خوانچہ والے سودے کے اعلان کو کان میں ٹھونستے ہوئے گذرتے جاتے۔ اس کی میز دیوار سے لگی ہوئی تھی۔ اس پر روزانہ، ہفتہ وار، ماہوار اخبارات، رسالے، مصور وغیرہ مصور

جریدے، ڈھیر کے ڈھیر پڑے رہتے، اور معمولی سے قلم دوات، بالکل معمولی۔

اس کی کتنی آرزو تھی کہ ایک سلیقے کی میز ہوتی۔ میز پوش، گلدان، گھڑی، قاعدہ کا قلمدان، ایک اچھا سا بک شلف۔ وہ ایک حسن مذاق رکھنے والا ادیب تھا مگر ملازم۔ مطبع اور رسالوں کا پروپرائٹر اس بات کا قائل تھا کہ کم سے کم دانہ گھاس پر ایک ادنیٰ سے اصطبل میں رکھ کر گھوڑے کو زیادہ سے زیادہ دوڑایا جائے۔ گھوڑے کا وہ مالک تو نہ تھا۔ کرایہ کا گھوڑا، بھاڑے کا ٹٹو، یہ گیا وہ آیا۔ سب گھوڑے ایک ہی طرح کے ہوتے ہیں اور گھوڑے بہت ہیں۔ کرائے کا ادیب اور بھاڑے کا ٹٹو ادیب بہت ہیں۔ غرض دریچہ اس کے داہنے کان کے بالکل متصل تھا اور گلی کی ہانک پکار اس کے کان میں یوں داخل ہوتی تھی جیسے وہ لاؤڈ اسپیکر کا بمبا ہو۔

"سردے ہیں جی پشاوَار کے سردے۔"

"دودھ بکری دا بم بے والا، بوم بی دالا!" اور کوئی شوخ چشم رمال تو بس اس کے کان سے لگ کر زور سے کہتا، "پائی جی! تھاڈی تقدیر دی گھتیاں سلجھاواں، ہاتھ دکھلاؤ، زائچہ بنواؤ، بیشک جو چاہو پوچھ لو۔"

وہ چونک پڑتا اس کا جی چاہتا کہ رمال کا سر سامنے کی بے حس دیوار سے ٹکرا دے، مگر ہوتا یہ کہ دیوار خود اسی سے ٹکراتی رہتی۔ گلی کی الجھن سے تھک کر وہ اپنی میز پر رکھے ہوئے مسودوں کو الٹتا پلٹتا۔ کچھ لکھنے لگتا۔ لکھتا جاتا۔ یک بہ یک پریس کی گھڑ گھڑاہٹ زبان اختیار کر لیتی۔ کچوکے لگانے والی زبان! اس کا مضمون چھپتا ہے اور پھر ناقدین کی کند چھری۔ اسے ناقدوں کی کیا پرواہوتی، وہ ان کے پورے قبیلے کو پریس کے شکنجے میں کچومر بنا کر رکھ دیتا، اور اسے اتنی بھی حس نہ ہوتی جتنی سگریٹ یا دیاسلائی کے خالی ڈبے کے کچل جانے سے ہوتی ہے، مگر ناقدین کی آواز پروپرائٹر کے کان میں سیدھی گھسی چلی جاتی

ہے۔ اور عرض و نیاز کا اثر قبول نہ کرنے والی ہستی یوں اثر پذیر ہوتی ہے جیسے بٹن دبانے سے الیکٹرک مشین پریس کا رولر۔

معاذ اللہ! تخفیف مشاہرہ کی دھمکی اور برطرفی کے قاتل اشارات، تو پریس کی گھڑ گھڑاہٹ اسے ناقدوں کی جاں گسل آواز معلوم ہوتی۔ وہ مڑ کر نفرت سے شڈ کے اندر بھاری بھر کم پریس پلانٹ کو دیکھتا اور پھر خوف و نفرت کے ملے جلے جذبہ کے ساتھ آنکھیں پھیر لیتا۔ پریس مین، کمپوزیٹر اور دوسرے عمال اسے فراعنہ کے ان حبشی غلاموں کی طرح دکھائی دیتے جن سے جلادی کا کام لیا جاتا تھا۔ وہ پھر لکھنے لگتا۔ اسے کیا کیا نہیں لکھنا پڑتا تھا۔ اداریے، افسانے، نظمیں، علمی مضامین۔ پروف دیکھنا بھی اسی کے سپرد تھا اور پریس کے انتظامات بھی۔ لکھتے لکھتے وہ سوچنے لگا کہ پریس اور رسالوں کا عملہ رومی غلاموں سے زیادہ مشابہت رکھتا ہے جو آپس میں لڑ لڑ کر مر جایا کرتے تھے۔ اسے پریس مین، کمپوزیٹر اور اپنے پر رحم آنے لگتا۔ اس کی نظریں کوٹھری کے اس گوشے میں پڑی ہوئی آرام کرسی کی طرف اٹھ جاتیں جس پر فربہ جسم پروپرائٹر روزانہ ایک دو گھنٹے آکر بیٹھا کرتا تھا اور ترقی کے خواب دیکھتا رہتا۔

رات وہ اسی دفتر میں بیٹھا بہت دیر تک جاگتا رہا تھا۔ دور سالوں کا سالنامہ سر پر تھا۔ ماہوار اور ہفتہ وار جریدوں کی ساری ذمہ داری اسی کے کاندھوں پر تھی۔ اسی طرح اور کئی بے خواب راتیں گذارنی تھیں۔ گذشتہ رات کو اس نے ایک خواب دیکھا۔ اس نے دیکھا، انار کلی بازار سجا ہوا ہے اپنی ساری پر کاریوں اور رنگینیوں کے ساتھ۔ اپنی رنگ برنگ اور بھرپور دوکانوں کو لئے ہوئے۔ آمد و رفت، خرید و فروخت، اکل و شرب، نمائشیں اور حسرتیں، زندگی کی حرارت، روانی اور تنوع کو پیش کر رہی تھیں۔

خواب کی دنیا عجیب ہوتی ہے۔ اس نے دیکھا کہ انار کلی سے ملحق لیکن اس کی سطح

سے بلند مال روڈ اپنا دامن پھیلائے ہوئے ہے۔ ایسا معلوم ہوتا تھا کہ انار کلی زمین ہے اور مال روڈ اس کا زریں آسمان۔ انار کلی اور مال کے گرد اونچی اونچی آہنی دیواریں حائل ہیں، آہنی مگر شفاف۔ وہ باہر کھڑا کھڑا سارا منظر دیکھ رہا ہے۔ ان دیواروں سے پرے چھوٹی چھوٹی پرپیچ گلیاں ہیں اور اندھے راستے۔ یہ الجھی ہوئی گلیاں سب کی سب انار کلی کی طرف جانے کی سعی کر رہی ہیں۔ مگر گتھ گتھا کر بھول بھلیاں بن گئی ہیں۔ خواب ہی میں اسے ایسا محسوس ہوا کہ یہ پتلی پتلی گلیاں اس کی گردن میں پھندا بن کر لپٹی جاتی ہیں۔ وہ بے تحاشا انار کلی کی طرف دوڑتا ہے مگر آہنی دیواروں سے ٹکرا کر گر پڑتا ہے۔ مال کی بلندیوں سے کچھ لوگ اسے گرتے دیکھ کر ہنسنے لگتے ہیں۔ اس دلدوز قہقہے کی نشریت سے بوکھلا کر وہ جاگ اٹھا۔

یہ تھا اس کا خواب۔ دن بھر وہ خواب کی گرانی محسوس کرتا رہا۔ وہ اس غیر مرئی بوجھ کو پٹک دینا چاہتا تھا، تاکہ سالناموں کی اشاعت کے انتظامات میں منہمک ہو جائے۔ مگر خواب بھوت کی طرح سوار رہا۔ آج حالات اس کے لئے ناقابلِ برداشت ہو رہے تھے۔ وہ بس ایک ادیب ہو کر رہ گیا تھا۔ کالج میں تعلیم حاصل کرتے وقت ادب تو محض اس کی خوبصورت ٹائی جیسا تھا۔ وہ ذوق ادب کے اعلان سے اپنی نوجوان شخصیت کی آرائش کا کام لیتا تھا۔ ورنہ اس کی تمنائیں تو آئی سی ایس کے ملاء اعلیٰ پر جا پہنچتی تھیں۔ حکومت کے کنگرے کو تخیل سے مس کرنا، کالج کی طویل خوش خرام زندگی کے لئے پٹرول ہوتا ہے۔ زندگی کے ٹھوس مطالبات آرزوؤں کی حدت سے نقطۂ احتراق پر پہنچ کر گیس بن جاتے ہیں، اور تصورات کی پنکھی چلنے لگتی ہے۔ پرواز خیال کے آگے ہریکین اور اسپٹ فائر کی رفتار مات۔ مگر نشہ کے اتار کے وقت صرف ڈپٹی مجسٹریٹی نظر آتی ہے اور اس سے بھی نیچے اتر کر تحصیل داری۔

غرض وہ ادیب یوں بن کر رہ گیا جیسے کسی ہوا باز کو "فورسڈ لینڈنگ" کرنا پڑے، اور وہ بھی کسی بیگانہ سے جزیرے میں۔ بہر کیف! فی الحال وہ ایک ادیب تھا۔ اس کا ایک نام بھی تھا اور اس کی ایک شکل صورت بھی تھی مگر صورت، شکل اور نام تو اس وقت منفرد و مشخص ہوتے ہیں جب کوئی کامیابِ حیات ہو جائے اور وہ تو اس منزل کی مخالف جانب پھسلتا جا رہا تھا۔ وہ خلقت کے ہجوم میں ایک سپاٹ سا فرد تھا۔ لاکھوں لاکھ افراد کی طرح ایک فرد تھا۔ وہ زندگی کی چپٹی سطح پر ایک رینگتا ہوا ادیب تھا، محض ایک ادیب۔

وہ صبح سے شام تک رسالہ کے دفتر میں بیٹھا ہوا ادب کی چرخی چلاتا رہتا تھا۔ ۹ بجے صبح سے لے کر ۶ بجے شام تک، دوپہر کا کھانا وہ دفتر کی کوٹھری میں بیٹھا ہوا کھا لیتا تھا۔ کسی چائے خانہ در بغل پھیری والے سے چند سوکھے ہوئے بسکٹ اور ایسی چائے جس کا رشتہ کتھے کے رقیق گھول سے زیادہ قریبی ہوتا، وہ قہر درویش کے طور پر خرید لیا کرتا تھا۔ اور اب تو وہ ایسی چیزوں کو سانس کی سی یکسانیت کے ساتھ پی جاتا تھا۔ اس نے دفتر سے قریب کہنہ، فرسودہ شہر کی بوڑھی فصیلوں کے آغوش میں ایک معمولی سی کوٹھری کرایہ پر لے لی تھی۔ اس میں بھی شرکت تھی۔ دنیا میں کوئی چیز اس کی اپنی نہ تھی۔ گاؤں میں رہنے والے باپ ماں کی تنگ دستی و تنگ دامانی کے کسی گوشے میں اتنی ناممکن وسعت کہاں سے پیدا ہو سکتی تھی کہ وہ اسے اپنی خاص ایک دنیا سمجھتا۔ وہاں بھی اس کے بھائی بہن شریک تھے۔ گاؤں کا مکان بھی جدی مکان تھا اور یہاں اجنبی شہر میں اسے ایک چھوٹی سی تنگ کوٹھری میں بھی شرکت گوارا کرنی پڑی تھی۔

اس کی اپنی ذات بھی تو اپنی نہ تھی۔ اس کے سارے اوقات، ساری مشغولیت پر رسالہ کا دفتر چھایا ہوا تھا۔ وہ کنوارا تھا۔ وہ دنیا کی کسی ہستی کو اپنا نہیں کہہ سکتا تھا۔ ٹوپیوں کی دکان کا ایک ملازم دست فروش اس کے ساتھ رہتا تھا۔ بس رات کے چند اندھے

گھنٹوں اور صبح کی چند عاجلانہ ساعتوں کا شریک۔ وہ دونوں اس طرح ملتے تھے جیسے دو ماہانہ ٹکٹ رکھنے والے مسافر کسی ویٹنگ روم کو استعمال کرتے ہیں۔

اس کی چھوٹی سی کوٹھری میں سورج کی زریں کرنیں کبھی نہیں جھانکتی تھیں۔ پیاری پیاری نازک کرنیں اور رچی ہوئی سنہری دھوپ معمولی سی جھونپڑی میں بھی جان ڈال دیتی ہیں۔ ادیب کو اس بات کا احساس کہاں ہو سکتا تھا، مگر جب وہ سوکھے بسکٹ کھاتے کھاتے اور کام کے بوجھ سے دبتے دبتے بیمار پڑ جاتا تھا تو اسے کوٹھری میں دن بھر رہنا پڑتا۔ اس وقت اسے اس بات کا تلخ احساس ہوتا کہ اس کوٹھری میں فطرت کے ہلکے سے ہلکے تبسم کی بھی جگہ نہ تھی۔ وہاں ادھر اودھر گوریا، مینا، ابابیلیں کبھی آکر کھیلتی نہ تھیں۔ ننھی گوریا، پیاری مینا، چونچال ابابیلیں، ادیب کو اپنا گاؤں یاد آتا اور اس کے ویران سے دل میں ان پرندوں کے پیار کا درد سا اٹھتا۔ یہ پیارے گھریلو پرندے! اس کوٹھری کے ارد گرد تو شوخ، شریر، پاجی، اچکے، کائیں کائیں کرنے والے کوے بھی نہ پھٹکتے تھے۔

پرانی وضع کی اونچے مکانات سے گھری ہوئی دکانوں کے کٹہروں کے عقب میں، گلی کے اندر، نچلی منزل کی ایک کوٹھری۔ کاش وہاں ایک چوہا ہی ہوتا۔ مگر جب روٹی کا سوکھا ٹکڑا تک نہ ہو تو پھر غریب چوہا کیسے قسمت آزمائی کرے۔ بیماری میں ادیب اکثر فاقہ کرتا اور جب ذرا سکت ہوتی تو وہ اپنے اسی گھٹیا ہوٹل کا رخ کرتا یا کسی پھیری والے دودھ فروش سے دودھ کا ایک کوزہ لے لیتا۔ وہ جب اچھا ہوتا تو اسی ہوٹل میں صبح کی چائے پیتا اور رات کا کھانا کھاتا۔ رات کو وہ تھکا تھکایا آکر پڑ کر بے چین سی نیند سو جاتا تھا اور خواب دیکھا کرتا تھا۔ وہ غیر معمولی طور پر زیادہ خواب دیکھا کرتا۔ جسمانی کام کی تھکن سے نیند تو اچھی آتی ہے کم از کم، مگر دماغی کام کے بوجھ سے اعصاب جھنجھنا اٹھتے ہیں اور نیند اچاٹ

ہو جاتی ہے۔

وہ اکثر رات کی تاریکی میں آنکھیں پھاڑ پھاڑ کر دیکھا کرتا تھا۔ اپنے گاؤں سے نکلتی ہوئی اسے ایک پگڈنڈی نظر آتی تھی۔ وہ پگڈنڈی سیدھی نازوارمان سے بڑھتی ہوئی اس عظیم الشان شہر تک چلی آتی تھی۔ یہ نازک مگر آرزومند پگڈنڈی پھیل کر، رچ اور سنور کر انار کلی بن گئی تھی۔ کالج کی زندگی کی انار کلی، البیلی، بھرپور اور شاداب، امنگوں سے بھری ہوئی، ارمانوں سے کھیلتی ہوئی۔ پھر ایسا معلوم ہوتا تھا کہ انار کلی جوان ہو کر مال کی ٹھنڈی سڑک بن جائے گی، مطمئن، نازاں، سرشار، پھولتی پھلتی، گرم سیر۔ اور یہ مال وسیع ہوتے ہوتے سارا ہندوستان بن جائے گا۔ گونجتا ہوا ملک۔

پھر وہ اپنا سفر یاد کرتا۔ جب راوی اور گنگ و جمن کی وادیوں کو روندتا ہوا وہ سارے شمالی ہند کا دورہ کر رہا تھا۔ وہ ہر شہر میں فاتح کی طرح داخل ہوتا تھا۔ ہر شہر اسے اپنا معلوم ہوتا، اپنی ملکیت، سحر آگیں کلکتہ، باغ و بہار لکھنؤ، خوبصورت آگرہ، شاندار دلی۔ یہ سارے کے سارے اس کے دل کے ایک گوشے میں آباد تھے۔ ادیب کی آنکھیں پرنم ہو جاتیں۔ رات کی چشمِ بیدار کے کاجل پر اس کے سفید آنسو ڈھلک کر ایک ملگجی سی پگڈنڈی بنا دیتے، جو نہ انار کلی بن پاتی نہ ٹھنڈی سڑک۔ اسے دکھائی دیتا کہ اس کی تمناؤں کی انار کلی ایک بیدردسی بھول بھلیاں میں الجھ کر گم ہو گئی۔ بہر کیف رات کٹ ہی جاتی اور صبح ہوتے ہی وہ اپنا دن دفتر کی بے کیفی میں گم کرنے کو روانہ ہو جاتا۔

اسی طرح سے پانچ سال سے وہ زندگی کے ناقابلِ برداشت بوجھ کو لاحاصل کاموں کی چٹان پر رسالے کے آہنی دفتر میں جا کر دے مارتا تھا۔ شام کو ادیب پر اذیت خلا میں الٹا لٹکا ہوا سا محسوس کرتا۔ دفتر کا ناقابل اختتام کام ختم کر کے خالی خالی وہ گلیوں اور بازاروں سے گذر کر اپنے مخصوص گھٹیا سے ہوٹل میں جاتا۔ اکتایا ہوا، بے یقین، بے

مقصد۔ ہر شے اسے دھواں دھواں سی، مبہم، غیر حقیقی اور بے معنی معلوم ہوتی۔ وہ زندگی کو چھو کر اپنی زندگی کا ٹھوس احساس حاصل کرنا چاہتا تھا مگر سارا شہر، ساری کائنات اسے جادو سے بنی ہوئی محسوس ہوتی۔ دیواریں پگھلتی ہوئی دکھائی دیتیں، مکانات محلول ہوتے ہوئے اور قدیم شہر کی بے مہر فصیل بخارات میں تبدیل ہوتی ہوئی سی معلوم ہوتی۔ اسے نفی حیات سے سخت دکھ پہنچتا۔ وہ بڑی بے تابی سے چاہنے لگتا کہ یہ بھری دنیا قائم رہے، لیکن جوِ سماء میں یہ ناچیز کرہ دخانی صورت اختیار کر کے تحلیل ہوتا جاتا۔ وہ اسے بچانا چاہتا مگر اس کے پھیلے ہوئے نامراد ہاتھ اٹھے کے اٹھے رہ جاتے۔ وہ تیزی سے سانس لے کر مٹتی ہوئی زندگی کی ایک رمق کو اپنے اندر جمع کر لینا چاہتا تھا۔

اس کیفیت میں کبھی کبھی وہ دیر تک بازاروں اور گلیوں میں یونہی آوارہ پھرتا رہتا۔ اور جب یہ احساس دردناک حد تک بڑھ جاتا تو وہ اپنی کوٹھری میں واپس آجاتا۔ اس وقت اسے اپنی کوٹھری کی فرسودہ، مضمحل، مگر جانی بوجھی اور محدود فضا زیادہ یقینی اور قابل اعتبار معلوم ہوتی۔ اسے اپنے ساتھی کے خراٹے بھی بھلے لگتے۔ زندگی کے ایک ذرے پر قدم رکھ کر وہ بلند مینار سے پھسلے جانے کی پر الم غیر یقینی کیفیت سے نجات پا جاتا تھا۔ بلندی سے گرتا ہوا انسان ماحول کی اشیا کو بھی قلا بازیاں کھاتے ہوئے اور ٹھوس حد بندیوں کو غیر واضح ہو کر بکھر جاتے ہوئے دیکھتا ہے۔ بھرے بازار اور رچی ہوئی دنیا میں ادیب اسی نوع کے فریب نظر میں مبتلا ہو کر اذیت اٹھانے لگتا تھا اور اپنی ہیچ سی، بے مایہ کوٹھری میں اس کے تصورات کو ٹیک سی مل جاتی تھی، اور تقابلی طور پر سکون سا مل جاتا تھا لیکن پھر صبح ہوتے ہی یہ کوٹھری، دوسرے مکانات کی دیواریں اور قدیم شہر کی بے مہر فصیل اس قدر مبالغے کے ساتھ ٹھوس، مستحکم، منجمد اور اٹل ہو جاتیں کہ وہ ان کے درمیان یوں محسوس کرتا کہ وہ ایک چنا ہے اور اوپر کا پاٹ بے چلے ہوئے اسے دباتا

جاتا ہے۔ وہ اپنی پسلی کی ہڈیاں کڑکتی ہوئی محسوس کرتا اور سر کی کھوپری تڑختی ہوئی۔

اس طرح وہ کام کئے چلا جاتا تھا۔ چھ سال قبل کا خوش باش، دوست دار نوجوان اپنے احباب سے الگ تھلگ ہو گیا تھا، اور اس کے چہرے پر ہر وقت منجمد سنجیدگی طاری رہتی تھی۔ وہ اپنے دوستوں یا شناساؤں کو اپنی کوٹھری یا رسالے کے دفتر میں لانا اپنی تضحیک سمجھتا۔ وہ اپنی پستی کی تشہیر کرنا پسند نہیں کرتا تھا۔ ایک دفعہ اس کا ایک دوست دور دراز علاقے سے ملنے آیا۔ اس ملاقات سے اسے سخت الجھن ہوئی۔ دفتر کی کوٹھری میں دونوں آمنے سامنے دیر تک بیٹھے رہے۔ کچھ یونہی سی رسمی، اکھڑی اکھڑی باتیں ہوئیں۔ اس کی دور ریز آنکھوں سے آشکارا تھا کہ وہ اس وقت یہی محسوس کر رہا تھا۔ گویا کوئی جیتے جی اس کی کھال ادھیڑ کر اس کی چیر پھاڑ پر تلا ہوا ہے لیکن نگاہوں میں التجا تھی اور کرب۔ کاش اس کا دوست نہ آیا ہوتا!

ایک سال سے وہ اپنے گاؤں نہ گیا تھا۔ وہ تو اپنے کو مطبع کی مشین کے ایک پرزے کی طرح بنا دینا چاہتا تھا۔ اتنا ہی بے احساس، اتنا ہی نادیدہ۔ وہ کہیں نہیں جاتا تھا، کسی سے نہیں ملتا تھا۔ مگر آج رات کا خواب اس کے احساس کی چنگاریوں کو زندگی کی خاکستر سے کرید کر نکال رہا تھا۔ خود اسے صرف یہ محسوس ہو رہا تھا کہ وہ مبہم طور پر بے چین ہے، کسی کام میں اس کا جی نہیں لگ رہا تھا۔ نہ آئے ہوئے مضامین کی اصلاح و ترتیب ہو رہی تھی، نہ ادیبوں کو خط لکھا جا رہا تھا۔ اس نے پیڈ اٹھایا۔ ملک کے مشہور شاعروں اور افسانہ نگاروں کو خط لکھ کر مضامین اور نظموں کی استدعا کرنی تھی، پر وہ ایک سطر بھی تو نہ لکھ پایا۔ اسے غیر واضح ڈر سا محسوس ہو رہا تھا کہ مضمونِ خط میں کچھ بھونڈا پن رہ جائے گا۔ جس سے اس کی سبکی ہو گی۔

وہ ڈی ایچ لارنس کے ایک افسانہ کا ترجمہ کرنے بیٹھا۔ ایک دو جملوں کے بعد اس کی

طبیعت کی نارسائی کھلنے لگی۔ پھر اس نے ایک المیہ نظم لکھنے کی ٹھانی۔ دو بند بڑی سرعت سے وہ لکھ گیا، تیسرے بند پر موزونیت آکر جو اٹکی تو دس پندرہ منٹ کے صبر کے بعد وحشت ہونے لگی۔ اس نے ادب ودب کو تہہ کر کے رکھ دیا اور لگا سالنامہ کے لئے اب تک کے خرچ کا حساب پڑتالنے۔ مگر ہر دفعہ جوڑنے گھٹانے میں غلطی پر غلطی ہوتی جاتی اور بہت سے خرچ کی مدیں یاد ہی نہیں آتی تھیں۔ اس نے اکتا کر رجسٹر پٹک دیا اور مطبع میں لیتھو کے پتھروں کو دیکھنے چلا گیا۔ کئی پتھروں پر الفاظ کچے جمے تھے۔ ذمہ دار عملہ سے اس کی تو تو میں میں ہوگئی۔ چڑچڑا کر وہ شڈ سے باہر گلی میں نکل آیا۔ نلکے پر ایک دس سالہ لڑکی نہا رہی تھی۔ وہ اسے غور سے دیکھنے لگا۔ اس کے بھیگے ہوئے کپڑے جسم سے چپک چپک کر بدنما معلوم ہو رہے تھے۔ اس حال میں اس کا دبلا پتلا جسم اور نحیف دکھائی دیتا تھا۔ لڑکی کے چپٹے چپٹے جسم میں ناگوارسی زبونی کا تلخ احساس ہوا۔

وہ اپنے دل کے نہاں خانوں میں کچھ کمی کا احساس پا رہا تھا۔ وہ پھر دفتر کی کوٹھری کے اندر چلا گیا۔ اب کے اس نے پروف دیکھنے شروع کئے۔ اس میں کتابت کی اتنی غلطیاں تھیں کہ وہ سالنامہ کی طرف سے مایوس سا ہونے لگا۔ اسے اپنے پر اعتبار نہ تھا کہ وہ اس قسم کے سارے انبار کی تصیح کر سکے گا۔ پریس کسی سنیما کا اشتہار چھاپ رہا تھا۔ اس کی سمع خراش گھڑگھڑاہٹ ادیب کے لئے دماغ سوز ہونے لگی۔ وہ آپ ہی آپ چڑچڑانے لگا۔ اس کا دل چاہنے لگا کہ یہاں سے ان ساری مشینوں کو توڑ پھوڑ کر بھاگ جائے اور بس بھاگتا چلا جائے۔ وہ کرسی سے اٹھ کھڑا ہوا، اپنا پرانا گرم کوٹ پہن لیا اور پھر کرسی کا پشتہ پکڑ کر میز پر پڑے ہوئے انبار کو مبہم طور پر تکنے لگا۔ رات کا سارا خواب اس کی آنکھوں کے سامنے پھر گیا۔ پھر اس کے اندر عجیب سی بے چینی شروع ہوئی۔ وہ مطبع کے دفتر سے باہر نکل آیا اور تیز قدم اٹھاتا ہوا پرانی فصیلوں کی تنگ آغوش سے باہر نکل آیا۔

مہینوں کے بعد اس نے ایسا کیا تھا۔ کئی ماہ ہوئے، وہ کاغذ کی تھوک خریداری کے لئے اس حلقے سے باہر نکلا تھا۔ آج اس کا جی چاہتا تھا کہ ساری ذمہ داریوں کو پھینک کر آزاد پھرا پھرے۔ بغیر سوچے سمجھے اس کے دل میں بہت سی واضح، غیر واضح خواہشیں پیدا ہوئیں۔ اور بہت سی نفرتیں بھی جاگ اٹھیں۔ اس کی حیات کا بند سرچشمہ محبت و نفرت لئے ہوئے آج پھوٹ بہا تھا۔ آج وہ شالامار جانا چاہتا تھا، انارکلی کی سیر دل بھر کے کرنا چاہتا تھا، ٹھنڈی سڑک پر آدھی رات تک گرم نظارہ رہنا چاہتا تھا، اور پھر نہ جانے کیا کیا کرنے کا آرزومند تھا۔ وہ خود نہیں جانتا تھا کہ کیا کیا، پر ایسا لگتا تھا کہ اور بھی بہت کچھ کرنے کو ہے۔ وہ باہر نکلنے سے عموماً اس لئے بھی گھبراتا تھا کہ اس شہر میں ہر جگہ ادیب و شاعر ہوتے تھے اور ان ادباء و شعراء کے درمیان افسرانہ فرقِ مراتب اور تاجرانہ رقابت و سازباز پائی جاتی تھی۔ یہ اس بیچارے رے ادیب کے لئے بہت روح فرسا چیز تھی۔ وہ ڈرتا تھا کہ کہیں ان حضرات میں سے بزعم خود کوئی اونچا ادیب سرراہ نہ مل جائے۔

مالی طور پر کامیاب ادباء و شعرا نچی منزل والی ہستیوں کو بس ایک رینگتا ہوا کیڑا سمجھتے تھے۔ کامیاب ادیب بننے کی اسے تمنا تو ضرور ہوتی تھی مگر اپنی افتاد طبع کے لحاظ سے وہ کبھی اپنے متعلق کسی مغالطہ میں نہیں پڑ سکتا تھا۔ ہاں وہ یہ ضرور سمجھتا تھا کہ اگر اسے فضا سازگار مل جاتی تو وہ بہتوں سے آگے نکل جاتا لیکن حالات نے رفتہ رفتہ اسے ایسا کچلا تھا کہ اب تو وہ اپنے کو بالکل بے وقعت سمجھنے لگا تھا بے نام و نشان، نیم ادبی و نیم تاجرانہ رسالوں کے دفتر کا حقیر سا ایک ملازم۔ وہ کبھی کبھی اپنا نام زیر لب لیتا، اسے دوہراتا اور کئی بار اس کی تکرار کرتا، مگر نام کے کوئی معنی مرتب نہ ہوتے، کوئی شخصیت ابھرتی نہیں۔ وہ تو گاہے آئینہ دیکھنے سے بھی جھجکتا تھا۔ دوسرے ادباء سے ملنا ملانا تو اس کے لئے وبالِ جان ہوتا تھا، مگر آج اس کے دل میں تمناؤں کے ساتھ نفرت بھی جاگ اٹھی تھی۔

وہ شہر بھر کے شعراء ادباء سے اتنی نفرت کر رہا تھا کہ وہ سارے کے سارے بے وجود ہو کر رہ گئے تھے۔ آج وہ ان کو استغنا کے ساتھ نظر انداز کرتا ہوا ان کے سامنے سے گذرنا چاہتا تھا۔

اس کے قدم آگے بڑھتے گئے اور وہ کشاں کشاں لارنس باغ جانکلا۔ سہ پہر ہو چکی تھی۔ دوپہر کی ہلکی سنہری دھوپ لارنس کے درختوں سے اختلاط کر رہی تھی۔ اکادکا لوگ باگ سیر کرنے کے لئے آ رہے تھے۔ اِدھر اُدھر ٹولیاں بھی نظر آ جاتی تھیں۔ یہ باغ اس کے لئے نیا نہ تھا لیکن اس وقت اسے نیا معلوم ہو رہا تھا۔ اس کی ہمدردی، وسعت، "اس کی آبادی"، اس کا سکون ادیب کے لئے نا آشناسی مسرت پیدا کر رہے تھے۔ اس کا جی چاہتا تھا کہ چپہ چپہ پر لیٹ کر سبزۂ بیگانہ کو، جو ابھی یگانہ محسوس ہو رہا تھا، اپنی آغوش میں لے لے، اور خود اس کی گود میں چلا جائے۔ وہ بلند و بالا درختوں سے لپٹ جانے کا آرزومند تھا۔

آخر وہ ایک ٹیلے پر چڑھ گیا۔ اس اقدام سے اسے ناقابل بیان سرور حاصل ہو رہا تھا، خاص سرور۔ ٹیلے کی مدور صورت، اس کا بھرپور، گداز اور دعوت کناں رفعت! اوپر جا کر ادیب لیٹ گیا اور نیلے آسمان میں اپنے تصورات، خیالات اور اپنی آرزوؤں کو گھولنے لگا۔ زمین کی کھلی آغوش اتنی پیاری معلوم ہوئی اور اتنی محبت کناں کہ لیٹے لیٹے اس کی آنکھوں میں دردِ الفت اور بہجت وسپاس گذاری کے آنسو امڈ آئے۔ آسمان کی آزادی بخش روحانیت، اس کی منزہ، مطہر فضا ادیب کی روح کو اپنی طرف بلند کر رہی تھی۔ وہ سوچ رہا تھا کہ اگر آسمان نیلا نہ ہوتا تو فطرت کی کتنی نامہربانی ہوتی۔ آسمان کی نیلاہٹ آج اس کے لئے نیا پیام تھی۔ وہ اپنے خواب کو اس کی گہرائیوں میں تحلیل کر کے پھیکا، بے اثر، ہیچ کر چکا تھا۔ فی الحال وہ اپنے آپ کو زمین و آسمان کا ایک جز محسوس کر رہا تھا اور ان کی عظمت،

وسعت، رفعت اور محبت کا شریک۔ رخصت ہوتا ہوا آفتاب رقص کناں پتوں پر آبِ زر چھڑک رہا تھا۔ جس کے چھینٹے ادیب پر بھی چھن چھن کر پھوار کی طرح گر رہے تھے۔ وہ ازلی وابدی لذت وسرور میں گم تھا۔

ایک ریشمی آواز نے اس کی توجہ اپنی طرف منعطف کی۔ ایک جوڑا ٹیلے کی خاموش تنہائیوں میں مخل ہوا تھا۔ ادیب کو انھیں دیکھ کر وقت کا احساس ہوا۔ اس نے نیلی ساٹن کی شلوار اور استر خانی اوور کوٹ کو عجیب بیکسانہ نظر سے دیکھا۔ اور اس کے اندر ملفوف ہستی کے متعلق جاگتے خواب دیکھنے لگا۔ آنے والا جوڑا بنچ پر بیٹھ گیا اور مرد چڑچڑائی نظروں سے اسے دیکھنے لگا۔ ادیب کو تلخ بیگانگی کا احساس ہوا۔ اس نے پناہ کے لئے لڑکی کی آنکھوں کی طرف آنکھیں اٹھائیں مگر وہاں اسے نمایاں بے توجہی اور دل شکن بعد و غیریت کا سراغ ملا۔ وہ ٹیلے سے نیچے اترنے لگا اور شاید فردوس گم شدہ آدم سے بھی زیادہ تلخ کیفیت میں مبتلا وہ ٹیلے سے نیچے اتر کے بے خبری کے عالم میں لارنس سے باہر نکل آیا۔ کھوکھلی سی روح فرسا کمی کی تلخیاں لئے ہوئے وہ چلتا گیا، چلتا گیا۔ بالکل غیر شعوری طور پر وہ ٹھنڈی سڑک سے بھی گذر گیا اور اسے اس کا احساس تک نہ ہوا۔ وہ زمان و مکان کے بے رنگ ونور خلا میں ڈوبا جارہا تھا۔ ایسا معلوم ہوتا تھا کہ اس کا دل سینے میں نہیں۔ اس کا دماغ کھوپڑی کو خالی چھوڑ کر فنا ہوگیا۔ ساکن ویرانی، لاانتہا، بے آسرا، مجہول۔ راہ میں انار کلی بھی ملی۔ آباد، پررونق، رواں دواں، سرگرم، رنگین گویا خنداں انار کلی، مگر وہ گذرتا گیا۔ کون جانے وہ کہاں جاتا مگر اسے لاہوری دروازہ پر شہر کا ایک اور ادیب مل گیا۔

"کہئے جناب سالنامے کب نکل رہے ہیں؟ مضامین کی آپ کے پاس کمی تو نہ ہوگی؟ کیوں؟" وہ چونک پڑا۔ ٹھٹک گیا۔ اسے معلوم ہوا کہ وہ اپنے دفتر کی طرف چلا جارہا ہے۔ مگر وہ قدیم شہر کی بے رحم فصیلوں، تنگ ظرف گلیوں، اور اندھے بہرے گونگے مکانات

کے اندر اپنے کو دفن کرنے سے گھبرانے لگا۔ وہ پلٹ پڑا۔ وہ ایک بار پھر انارکلی میں تھا۔ شام جوان اور رسیلی ہو کر رات میں تبدیل ہو چکی تھی۔ برقی شمعلیں جل چکی تھیں۔ دکانیں دلہنوں کی طرح سجی ہوئی تھیں جیسے کاجل حسین آنکھوں کو محشرستان بنا دیتا ہے، اسی طرح رات نے انارکلی کو جادو نگار بنا دیا تھا۔ زریں کلاہوں سے لپٹی ہوئی پگڑیاں، خوش وضع سوٹ، نئی قماش کے سوئٹر، گلوزیب مفلر، چمکتے ہوئے جوتے، لہراتی ہوئی اوڑھنیوں، پھسلتے ہوئے جمپروں، چست کوٹوں، نظر نواز سموروں اور طرحدار گرگابیوں سے ناز و نیاز میں مشغول تھے۔

دکانیں اپنے خزانے لٹا رہی تھیں اور جیبیں جذبۂ عطا سے الٹی پڑتی تھیں۔ گوری گردنیں، فراخ بازوؤں کو حمائل ہونے کے لئے بلا رہی تھیں۔ بالا و بلند سروِ ناز دعوت نظارہ دے رہے تھے۔ جسموں کے مد و جزر سے جذبات اور تخیلات میں نقرئی لہریں پیدا ہو رہی تھیں۔ دائرے اور خطوط، نشیب و فراز، نور اور سائے، صورتیں اور خیال، خندہ ریزیاں اور مسکراہٹیں، گفتگو اور سرگوشیاں، حرکت و سکون سب مل کر زندگی کے تنوع کا ایک مجموعی احساس پیدا کر رہے تھے۔ تانگے اور موٹریں، ریڈیو کے نغمے اور ہوٹلوں سے آنے والی اشتہا خیز خوشبوئیں، گریزاں دامنوں کی عطر بیزیاں، خوبصورت ہمکتے ہوے بچے اور ان کی گداز سینہ مائیں، جوان اور ادھیڑ عمر کی عورتیں اور مرد، چھلکتے ہوئے پیمانوں کی طرح کالج کے بالیدہ نوجوان اور شوخ، چنچل اور تھرکتی ہوئی تیتریاں۔ یہ ساری موجیں انارکلی کے ایک دھارے میں وصل ہو ہو کر غلطاں اور رواں تھیں۔

زندگی کی گرم سانسوں سے سڑک اور دوکانوں کی فضا ایسی بوجھل ہو رہی تھی جیسے پر نمو بہار کی سہ پہر کو دامنِ چمن۔ ادیب مسحور ہو کر رہ گیا۔ وہ کپڑوں کی دوکان میں گیا اور سوٹ کے طرح طرح کے کپڑے نکلوائے۔ ٹوٹیڈ، سرج، درسٹیڈ، گبرڈین، فلالین،

کشمیرے، استر خان، پشمینے۔ یہ سب چیزیں نکلوا کر اس نے اس طرح دیکھیں جیسے وہ بہت سی شیر وانیاں بنوائے گا۔ بہت سے کوٹ اور ایک دو چسٹر اور اوور کوٹ۔ اس نے قمیص کے کپڑے ملاحظہ کئے، سوئٹر کے نئے نئے ڈیزائن بہت سنجیدگی سے پسند کرتا رہا، پھر وہ جوتے اور ٹوپیوں کی دکانوں میں باری باری گیا اور جدید فیشن کی چیزیں دیکھیں بھالیں۔ پارچون کی دکان میں اس نے کریم پاؤڈر، اسنو، سینٹ، پائتابے، ٹائیاں، رومال، بٹنوں کے سٹ نکلوائے اور ان سب کا اس طرح جائزہ لیتا رہا جیسے وہ الہ دین ہے اور الف لیلہ کے کسی جادوگر نے ایسے باغ میں پہنچا دیا ہے جہاں مرجان کی شاخیں، نیلم کے پتے، زبر جد کی کلیاں، لعل و یاقوت کے پھول پھل ہیں۔ اس پر ایک عجیب حال طاری تھا۔ وہ اس سنجیدگی کے ساتھ دکان دکان پھر رہا تھا جیسے وہ ان چیزوں سے اپنے دامن کو بھر لے گا مگر وہ ہر دکان سے یہ کہہ کر لوٹ آتا کہ اسے چیزیں پسند نہیں آئیں۔

ایک مجسمہ نے اس کی توجہ اپنی طرف پھیر لی۔ وہ دوکان کا ایک نمائشی مجسمہ تھا۔ ایک عورت کا مجسمہ، مگر اسے سچ مچ کی خوبصورت ساڑھی پہنائی گئی تھی۔ اس کی طبیعت میں گداز پیدا ہوا، دل میں درد اٹھا۔ ہلکا، مگر قلب کی گہرائیوں میں پیوست۔ بیساختہ اس کا دل چاہنے لگا کہ وہ اس مجسمے سے لپٹ کر رونے لگے۔ وہ اس مجسمہ کو پہچان سا رہا تھا، جیسے وہ ایک بچھڑی ہوئی عزیز ہستی سے سرراہ زمانے کے بعد ملا ہو۔ ادیب کے دل میں اچانک ایک ہوک سی اٹھی۔ وہ انارکلی کی ساری چیزیں اس حقیقی مگر موہوم وجود کے قدموں پر لا کر ڈال دینا چاہتا تھا۔ اسی جذبہ کے ماتحت اس نے پھر دکانوں میں ساڑھیاں، بلاؤز کے کپڑے، گرگابیاں اور زنانہ سوئٹر دیکھنے شروع کئے۔ اس نے ایسا محسوس کیا جیسے ساڑھیاں، بلاؤز، گرگابیاں گھر میں کافی ہوں اور فی الحال ضرورت کے لحاظ سے سب سے زیادہ اہم سوئٹر کوٹ ہو۔

اس نے دس بارہ ڈیزائن دیکھنے کے بعد ایک سرمئی رنگ کا فردار زنانہ سوئٹر کوٹ پسند کر لیا۔ دوکان دار سے مول جول بھی ہوا۔ بات طے ہوگئی۔ پیکٹ بندھ گیا اور اسے خرید لینے کی لذت بھی حاصل ہونے لگی۔ قیمت ادا کرنے کے لئے اس نے اپنی جیب میں ہاتھ ڈالا۔ پرس نکالا، اسے کھولا، اس کے اندر صرف چند آنے پیسے تھے۔ اسے خود بھی جیسے تعجب سا ہوا۔

"اچھا! اوہو! بڑی غلطی ہوئی، میں کافی روپے ساتھ نہیں لایا۔" اس نے بغیر جھجک، بلا حجاب دکاندار سے معذرت کی۔

"کوئی حرج نہیں۔ آپ کی پسند کی ہوئی چیز ایسے ہی رہنے دیتا ہوں۔ آکر لے جایئے گا۔" دکاندار نے جواب دیا۔

"بس اسی پیکٹ میں۔ میں ابھی آیا۔"

وہ دوکان سے باہر چلا آیا۔ اس نے گویا سوچا کہ ایک کام رہ گیا ہے، اسے کرتا ہی چلے۔ کھلونوں کی دکان پہ جا کے اس نے تین آنے کی ایک گڑیا لی اور دو آنے کا ایک باجہ۔ وہاں سے سیدھا اپنی کوٹھری کی طرف چل پڑا، جیسے واپس آکر اسے فوراً سوئٹر کوٹ لے جانا ہے۔ کوٹھری کے دروازے پر اسے رسالوں کے دفتر کا ایک کاتب ملا کہنے لگا، "آپ کی تلاش ہو رہی تھی جی، پتہ نہیں آپ کہاں چلے گئے تھے؟ مولوی صاحب ناراض ہو رہے تھے۔ کئی آدمی آئے آپ کو ڈھونڈھنے۔" ادیب کو ایسے معلوم ہوا جیسے اچانک وہ دوسری دنیا میں آگیا۔ جو بے حد جانی بوجھی ہوئی اور قاتل ہو جانے تک گلوگیر تھی۔ اسے اتھاہ، ڈبو دینے والی تکلیف کا احساس ہوا۔

وہ دفتر نہیں گیا بلکہ کوٹ پہنے ہوئے بستر پر اسی حالت میں دھم سے گر کر لیٹ گیا۔ اس نے سوئٹر خرید لیا تھا۔ اسے لے کر وہ گھر واپس لوٹا۔ وہ جانی پہچانی ہوئی عزیز ہستی جو

اب اس کی رونق کاشانہ ہو چکی تھی، اس کا انتظار کرتے کرتے تھک گئی تھی۔ بہت سے گلے شکوے ہوئے اور بہت سی پیار کی باتیں۔ سوئٹر، جدید وضع کا سرمئی سوئٹر، اور اس پر سیاہ فر۔ اس عزیز ہستی نے سوئٹر پہن لیا۔ گوری گوری گردن پر سیاہ فر، جیسے رات کی آغوش میں چاندنی مچل رہی ہو۔ وہ کتنی حسین، کتنی وفا شعار، کتنی محبت کناں تھی۔ ادیب کی دنیا کیسی کامران۔ کیسی خوش آئند، کیسی شاداب تھی۔ اس نے اپنی نازش حیات کو گلے لگالیا، جیسے وہ بالکل بھول گیا تھا۔

اچانک اپنی جیب سے اس نے کھلونے نکالے اور اپنے بچے کے لئے بھی تحفہ دینے لگا۔ اسے اپنے بچے کا کتنا خیال تھا۔ پیارا سا ہمکتا ہوا بچہ، پر بچہ سامنے نہ تھا۔ وہ چاہتا تھا کہ بچہ بھی سامنے ہوتا اور ماں بچے کو گڑیا لے کر ہنستے دیکھتی تو اور زیادہ خوش ہو جاتی مگر جب وہ اپنی سرمایۂ زندگی کو بچے کے کھلونے دینے لگا تو وہ رنجیدہ ہو کر ہٹ گئی۔ مغموم، دل شکستہ، دردناک۔ وہ سرد آہیں بھرنے لگی۔ اس نے نہایت ہی اداس لہجے میں کہا، "بچہ! مجھے بچہ کہاں؟"

اب وہ جانی پہنچانی ہوئی عزیز ہستی مجسمہ بن گئی، بالکل مجسمہ۔ ساکت، بے حس، بے جان! ادیب بے تاب ہو گیا۔ اتنا بے تاب کہ اس کی نیند اچٹ گئی۔ وہ بیدار ہو گیا۔ اس پر اذیت، تلخ اذیت کا احساس طاری تھا۔ کوٹھری میں اس کا ساتھی خراٹے لے رہا تھا۔ اور وہ کوٹ کی جیب سے کھلونے نکال کر گڑیا کی ٹانگ اور ہاتھ اکھیڑ رہا تھا۔ وہ رات بھر جاگتا رہا۔

اس نے پھر یہ دوسرا خواب دیکھا تھا۔

***

۵

ایک درخت کا قتل

ایک کوارٹر کے پہلو میں ایک بہت ہی اونچا، مضبوط، گھنیرا اور خوب صورت درخت تھا۔ شہر کے مشہور باغ کو بڑی بد سلیقگی سے کاٹ کاٹ کر بے ربط، بد وضع کوارٹر کھڑے کر دیے گئے تھے۔ بے ہنگم، نہ ناک درست نہ نقشہ۔ صرف ایک کوارٹر اسی چھتنار اور بلند و بالا درخت کی وجہ سے بہت بھلا لگتا تھا۔ ہرا بھرا، سایہ دار، ماحول کے بے کیف سپاٹ پن اور بد آہنگی کو دور کرنے والا۔ گہری جڑیں، سڈول، بھاری بھر کم، اونچا تنا، پھلی ہوئی صحت مند شاخیں، سر سبز کونپلیں، سندر، ہرے بولتے ہوئے پتے۔

اس پیڑ کی سر بلندی کو دیکھ کر جی خوش ہو جاتا تھا اور آسمان کی طرف نظریں اٹھ جاتی تھیں۔ دل میں بڑا اعتماد اور حوصلہ پیدا ہوتا تھا۔ جس مٹی سے ایسا وِشال درخت اگے وہ مقدس محسوس ہوتی تھی۔ اس پرانے باغ کے نہ جانے کتنے خوب صورت اور پھل دار درخت کاٹ کر پھینک دیے گئے ہوں گے۔ آم، لیچی، جامن، امرود اور شریفے کے پیڑ۔ افتادہ زمینوں اور بنجر قطعوں کی کمی نہ تھی لیکن نہ جانے کس جبلت کی تسکین کے لئے یہی حسین باغ قتل گاہ بنایا گیا۔

اس برباد باغ کی ایک تاریخ تھی۔ کہا جاتا ہے کہ یہ شاہی وقت کا باغ تھا۔ ایک فراخ دل نواب نے اپنے جگری دوست ایک مہاراجہ کو تحفتاً یہ باغ پیش کیا تھا۔ انھیں دنوں

ایک کامل فقیر باغ کے ایک گوشے میں دھونی رما بیٹھا۔۔۔ مہاراجہ نے کوئی مزاحمت نہ کی بلکہ اسے نیک شگون سمجھا اور پہلو میں ایک قطعہ اراضی بھی شاہ صاحب کو دے دیا۔ آج بھی اس احاطے میں قبریں موجود ہیں۔ خدا رسیدہ فقیر کا سالانہ عرس ہندو مسلمان سب دھوم دھام سے مناتے ہیں۔ جس عظیم الشان درخت کا ذکر ہے، شاہ صاحب کی قبر پر سایہ کئے ہوئے تھا، جیسے چتر لگانے کی سعادت حاصل کر رہا ہو۔ لوگوں میں یہ مشہور تھا کہ یہ درخت بھی متبرک ہے اور اس خطے کی خاک پاک ہے۔ جب انگریزوں کا راج ہوا تو لیفٹیننٹ گورنر بہار نے سخت دباؤ ڈال کر یہ باغ مہاراجہ سے اونے پونے خرید لیا۔ یہیں سرکار بہادر کی کوٹھی بنی مگر باغ کا بڑا حصہ قائم رہا اور وقت پر پھل دیتا رہا۔ قبریں رفتہ رفتہ مہندم ہو گئیں اور ان کے نشانات بھی مٹتے گئے لیکن پیر صاحب کی قبر جیسی تھی ویسی ہی رہی۔

۱۸۵۷ء کے ناکامیاب ہندوستانی انقلاب کے بعد اسی باغ میں کئی مجاہدوں کو سولی پر لٹکا کر شہید کر دیا گیا۔ انگریزی راج محل خون اور گوشت کے گارے سے تعمیر ہوا۔ اس وشال پیڑ نے یہ خونی ڈرامہ دیکھا تھا۔ خلقت کہتی ہے کہ اس عجیب درخت کی خونِ شہداء سے آبیاری ہوتی رہی ہے۔ یہی وجہ ہے کہ اگر درخت کے پتے یا شاخیں کوئی توڑتا تو ان سے سرخ خون ٹپکنے لگتا تھا۔ اسی وجہ سے جب نئے کوارٹر باغ کے درختوں کو کاٹ کاٹ کر بنائے جانے لگے تو کسی بڑھئی کی یہ جرأت نہ ہو سکی کہ اس متبرک زندہ جاوید درخت پر آرا چلائے۔

یہ درخت عجوبہ روزگار تھا۔ اس کا نام کوئی صحیح طور پر نہیں جانتا تھا۔ کوئی کچھ کہتا اور کوئی کچھ۔ نہ پھول نہ پھل مگر ہریالی، شادابی، نین سکھ اور سکونِ دل و جان۔ یہ بھی مشہور تھا کہ انقلاب ۱۸۵۷ء کے پہلے پھول لگتے تھے، پھل لگتے تھے۔ اس بات کی شہرت بھی

تھی کہ فرنگیوں کی حکومت کے بعد تین چار بڑے خوشبو دار پھول کھلے اور لال لال پھل آئے اور فرنگیوں کو بڑا تعجب ہوا۔ ادھر سالوں سے کسی نے پھول دیکھے نہ پھل کھائے۔ شہر بھر میں ایسا کوئی پیڑ نہ تھا۔ ریاست اور ملک بھر میں لافانی اور فرد ہو تو عجب نہیں۔ مجھے اس درخت کے وقار سے بڑی تسکین ہوتی تھی۔ ایسا لگتا تھا کہ وہ آندھیوں اور طوفان کو آڑ لے گا۔ وہ ہماری سپر تھا، سہارا تھا، مربی تھا، ہم سایہ تھا، ساتھی تھا، دوست اور غم گسار تھا۔

وہ قطب نما تھا۔ ایک عظیم ورفیع علامت تھا۔ پورے احاطے کی انفرادیت اس سے قائم تھی۔ میں پہروں اسے دیکھتا رہتا تھا۔ ہر موسم میں اس کی الگ بہار تھی۔ صبح، دوپہر، شام جب بھی دیکھئے وہ دل کش تھا۔ چاندنی راتوں میں اس کا حسن دیدنی تھا۔ اندھیری راتوں میں وہ ایک بلند وبالا، قوی اور جاگتا ہوا سنتری دکھائی دیتا تھا، اور اس کی حفاظت میں ہم سب لوگ سکھ کی نیند سوتے تھے۔ اس کی خاموش ہم کلامی میں کبھی نہیں بھول سکتا۔ کبھی تو میں یہ محسوس کرتا کہ اس درخت کا بیج میرے دل میں ہے۔ کبھی نہ کبھی وہ آنکر ائے گا اور ایک عظیم و سر فراز شجر بن جائے گا۔

اس شاداب درخت کو کاٹ کر گرانے کی برسوں سے کوششیں ہو رہی تھیں لیکن اس کی تقدیس جاننے والے بڑھئی اور مزدور اسے کاٹنے

سے ڈرتے تھے۔ درخت کی رگوں میں لال لال لہو تیرتا تھا اور اس کا سایہ پیر صاحب کی خدمت گزاری کرتا تھا۔ وہ قبر کے کنارے جیتے جاگتے پاسبان کی طرح چوکس کھڑا رہتا تھا۔ کبھی کوئی ٹھیکہ دار دور کے شہر سے مزدور لاکر اس پاک پیڑ کو کاٹ کے اس کی لکڑیاں بیچ کر نفع کمانا چاہتا تھا لیکن یہ دیکھا گیا کہ درخت کے کسی تنے یا شاخ پر تبر چلاتے ہی سرخ عرق ٹپکنے لگتا اور کارندوں پر دہشت طاری ہو جاتی اور کام رک جاتا۔

ایک بار کوئی کلہاڑا چلانے والا درخت کی کسی اونچی شاخ سے گر کر مر گیا۔ کبھی کوئی مزدور خطرناک طور پر بیمار پڑ جاتا۔ غرض یہ کہ حیات اور رحمت کا علم بردار درخت فضا کی رفعتوں پر لہلہاتا رہا اور اس کا ماحول اس کا گہوارہ بنا رہا۔ اسے دیکھ کر شکتی اور شانتی کا احساس ہوتا تھا۔

پچھلی گرمیوں میں نہ جانے کہاں سے ایک سخت دل اور بے باک ٹھیکہ دار کو انجان اور ڈھیٹ کارندے مل گئے اور ایک نئی ترکیب سے اس شاندار پیڑ کا قتل شروع ہوا۔ بڑے بڑے، لانبے اور موٹے رسوں سے اس درخت پر پھانسیاں بنائی گئیں۔ بالائی پتلی پتلی شاخوں کو کاٹ کاٹ کر پھانسی پر چڑھایا جانے لگا۔ پھر بڑے تنوں کی باری آئی، اور انھیں آرے سے کاٹ کاٹ کر پھانسی پر لٹکایا گیا۔ کئی مزدور کٹے ہوئے تنوں کو آہستہ آہستہ جھلاتے ہوئے زمین پر لے آتے۔ یہ اہتمام اس لئے تھا کہ کوارٹروں کو نقصان نہ پہنچے۔ یہ پیڑ جڑ کے پاس سے گرایا نہیں جا سکتا تھا۔ اس کا وقار و جلال لرزہ پیدا کرتا تھا۔ اس میں زمین کا جاں بخش رس تھا، بلند آسمان کی کرنوں کی روشنی اور دھڑکتی ہوئی زندگی کی شادابی تھی۔

پندرہ دنوں تک اس درخت کو پھانسی دی جاتی رہی۔ عضو بہ عضو لال لال عرق بہتا رہا۔ پھر وہ تھوڑی دیر کے بعد خون کے چکتوں کی طرح جم جاتا۔ اس کے عرق کا رنگ ببول کے گوند کی طرح پیلا نہ تھا۔ کوارٹروں کی نالیوں میں لال لال لوتھرے کیچڑ کے ساتھ مل کر بہہ رہے تھے۔ اچانک کئی مزدور بیمار پڑ گئے اور کئی موٹے موٹے رسے پارہ پارہ ہو گئے۔ پندرہ دنوں کے لئے کام رک گیا۔ لانبے لانبے بالوں اور چڑھی ہوئی آنکھوں والے ٹھیکہ دار کو بڑی تشویش ہوئی۔ محلے کے لوگوں میں چہ می گوئیاں شروع ہو گئیں اور پیر صاحب کی کرامات کے چرچے ہونے لگے، لیکن کچھ لوگ ایسے بھی تھے جو چاہتے تھے

کہ یہ اونچا جھماٹ درخت کٹے تو وہ اپنے کوارٹروں کے چھوٹے احاطوں میں مولی، گوبھی، آلو اور چقندر اگا کر کچھ پیسے حاصل کرلیں۔ اس عظیم درخت کی قلمرو میں مولی اور چقندر کہاں اگ سکتے تھے۔ ہاں امن، سکون، طمانیت، راحت اور حسن کی نشوونما ہوتی رہتی تھی اور چین کی برکھا برستی تھی۔

کام پھر شروع ہوگیا۔ درخت کے بڑے بڑے موٹے تنے کٹنے لگے۔ کئی تنوں سے جہازی رسے کئی سمتوں میں باندھے جاتے تھے اور ان کے سرے درجنوں مزدور زمین پر کھڑے تن کر پکڑے رہتے تھے۔ درخت کے تنوں پر کلہاڑے اور آرے سے تیز دست مزدور اس کے جوڑ بند کاٹتے جاتے تھے اور مضبوط رسوں سے باندھ کر انھیں آہستہ آہستہ جھلا جھلا زمین پر کوارٹروں سے بچا بچا کر گرایا جاتا تھا۔ دور سے ایسا لگتا تھا جیسے گٹھیلے بدن کے پہلوانوں کو پھانسی دی جارہی ہے اور ان کی جسیم لاشیں زمین پر پڑی ہیں۔ روزانہ دو ہی تین تنے کاٹے جاسکتے تھے اور انھیں نیچے لانا بڑا مشکل مرحلہ تھا۔ رسے کئی پہلوؤں سے باندھے جاتے اور کئی سمتوں سے کھینچے جاتے تھے اور مرکزی رسے کو دھیرے دھیرے ڈھیل دے کر اس حساب سے دیو قامت تنوں کے ٹکڑوں کو کوارٹروں کی چھتوں اور دیواروں سے بچا بچا کر زمین پر گرایا جاتا تھا کہ ان پر ضرب نہ پڑے۔ پھر بھی زور کا دھماکا ہوتا تھا اور درودیوار لرز جاتے تھے۔

چند دنوں میں جیتے جاگتے، شاداب و مسرت بار درخت کا عضو عضو کاٹ ڈالا گیا، جیسے پہلے لوگوں کو صلیب پر چڑھانے کے بعد ان کی ہڈیاں توڑ دیتے تھے۔ میرا ذہن مہینے بھر تک سولی پر چڑھتا رہا اور میرے دل کو صلیب دی جاتی رہی۔

اب ایک محیط، رعب دار جڑیلا تنا اور اس سے نکلے ہوئے دو ثانوی تنوں کے ٹکڑے بے برگ و بار، بے دم ہو کر رہ گئے۔ اوپر کے دونوں تنوں سے بندھے رسے جھول رہے

تھے۔ ایک صبح میں اپنے احاطہ میں ٹہل رہا تھا۔ میری نظر اس ٹھنٹھ درخت پر پڑی۔ زمین پر تنوں کی لاشیں بے سدھ بکھری پڑی تھیں۔ بہت سے تنے اور شاخیں ٹھیکہ دار بیل گاڑیوں میں لے جا چکا تھا۔ اس وقت مجھے ایسا محسوس ہوا کہ سامنے ایک دیو قامت غلیل ہے۔ اس کا عظیم دوشاخہ آسمان تک بلند ہو جانا چاہتا ہے اور مہیب دستہ دھرتی کے ہاتھوں میں ہے اور اب شکتی شالی دھرتی کٹے ہوئے تنے کے چھوٹے چھوٹے ٹونوں کو چموٹی پر جما کر شست باندھے گی اور قاتلوں پر بھرپور نشانہ لگائے گی۔

ایک روز دوشاخہ بھی کاٹ دیا گیا مگر گرتے گرتے دوشاخہ کے ایک بازو نے ایک کوارٹر کی دیوار سے ٹکرا کر اسے شق کر دیا اور دوسرے بازو نے دوسرے کوارٹر کی گیراج کی چھت کو پارہ پارہ کر ڈالا۔ نہ جانے کیوں مہینوں قتل و غارت کا کام ٹھیکے دار نے روک دیا اور وسطی جڑیلا تنا دیوار سے اٹکی ہوئی لاش کی طرح کھڑا رہا۔ ہفتوں یہ دردناک تنا مقتولِ امن و شادابی کی علامت بن کر میرے دل میں تیر نیم کش کی طرح پیوست رہا اور دو شاخے کے دونوں بازو کسی عظیم ٹوٹی ہوئی بیساکھی کے بالائی حصوں کی مانند اس سر و تن بریدہ درخت کی لاش کے سامنے زمین پر پڑے رہے۔

بیساکھ اور جیٹھ کے مہینے ختم ہو گئے اور اساڑھ آ گیا۔ وقفے وقفے سے بادل کے ٹکڑے آئے اور کچھ چھڑکاؤ ہوتا رہا۔ ایک صبح روح پرور معجزہ رونما ہوا، اسے دیکھ کر ہم سب خوشی سے لہلہا اٹھے۔ چند ہی دنوں بعد ٹھیکہ دار پھر نمودار ہوا۔ درخت کے وسطی تنے پر مزدوروں کو آرا چلانے کے لئے آمادہ کیا۔ پہلے کلہاڑیاں چلنے کی آوازیں آئیں۔ ہم چوکنا ہو گئے اور بھاگتے ہوئے مقتول درخت کی طرف دوڑ پڑے۔ دیکھا کہ درخت کو جڑ سے کاٹا جا رہا ہے۔ ہم لوگوں نے ٹھیکہ دار اور عملوں سے پرزور احتجاج کیا اور انھیں صاف صاف کہہ دیا کہ جڑ والا تنا ہرگز نہیں کٹے گا۔ جو زمین پر تنوں کے گرے ہوئے ٹکڑے

ہیں، چاہو تو اٹھا کر لے جاؤ۔ جڑ میں اب ہر گز ہاتھ لگانے نہیں دیا جائے گا۔ تند و تیز مجاولے کے بعد ٹھیکہ دار اور اس کی ذریت دفع ہوئی اور دوسرے دن وہ لوگ تنوں کے افتادہ ٹکڑے لاد کر لے گئے۔

مجروح، جڑیلا تنا صبر، استقلال، اطمینان اور امید کے ساتھ کھڑا ہوا تھا۔ اس کے بالائی پہلو میں سرسبز نئی کونپلیں پھوٹ رہی تھیں اور کوارٹروں کی چھتوں سے اونچی چند نئی ہری بھری شاخیں ہوا میں لہرا رہی تھیں۔ وہ رحمت نشاں درخت مرکز بھی جی اٹھا تھا۔

***

٦

سیمنٹ

"وہ لیٹی لیٹی نہ جانے کیا کیا سوچتی رہتی تھی۔ لڑکپن سے وہ بہت اور بہت کچھ سوچنے کی عادی تھی۔ وہ خیال ہی خیال میں سفر کیا کرتی تھی۔ ہوا کے گھوڑے دوڑاتی، ہوائی قلعے بناتی اور کبھی سات سمندر پار کی شہزادی بنتی، مگر وہ سوچتے رہنے والی لڑکی نہ تھی بلکہ ساتھ ہی نہایت چونچال اور مجلس آرا تھی۔ ہنس مکھ کی ہنس مکھ اور لڑاکن کی لڑاکن۔ تیز مزاج، حوصلہ منداور ہر بات میں آگے۔

دنیا بھر کا شوق اس کو تھا۔ مرغیاں، کبوتر، خرگوش وغیرہ پالنا، پتنگ اڑانا، طرح طرح کے کھیل سیکھنا اور کھیلنا۔ مدرسے میں کسی سے پیچھے نہیں، باورچی خانہ میں سب سے آگے۔ سلائی پرائی میں بھی تیز۔ ابھی دس ہی کی تھی کہ گاؤں بھر میں سگھڑ کہلانے لگی تھی اور اس کو ان سب باتوں کا بڑا احساس اور پندار تھا۔ وہ کاموں اور کھیلوں میں آگوا بننے کی خاص صلاحیت رکھتی تھی۔ وہ مجمع میں لیڈر بن جاتی تھی اور اپنی من مانی کرنے میں اسے بڑی لذت ملتی تھی۔ بھائی بہنوں سے الجھ پڑنے کے علاوہ ماں سے بھی کلے درازی کر گذرتی تھی۔ وہ ایک چھوٹی سی ڈکٹیٹر تھی۔

گھروندے تو وہ کھیلا ہی کرتی تھی، گڑیا اور گڈے کا بیاہ رچانے سے بھی اسے خاصی دلچسپی تھی۔ گیت گانا اور جھولے جھولنا اس کے دو محبوب مشغلے تھے۔ گڑیا اور گڈے کا

بیاہ رچاتے رچاتے وہ تصورات کی دنیا میں پہونچ کر اپنی بھی کئی خیالی شادیاں کر ڈالتی تھی۔ وہ دلہن بنتی، دلہا آتا اور پھر بہت سی باتیں سوچ لی جاتیں۔ اسی طرح وہ بہت دیر دیر تک سوچتے سوچتے ہلکان ہو جاتی، تب وہ گڑیا کو اوڑھنی اوڑھانا یا چائے کے پیکٹ والے جستہ کا زیور پہنانا چھوڑ کر کبھی جھولا جھولنے لگتی، گاہ کسی سے جا کر ناحق لڑنے لگ جاتی اور لڑتے لڑتے رونے لگتی۔

"عجیب۔۔۔ ایک دفعہ۔۔۔ جھولے۔۔۔ رسی۔۔۔ تھی۔۔۔ لڑتے لڑتے۔۔۔ رسی پکڑ کر۔۔۔ چڑھنے۔۔۔ اس تجربہ کی سنسنی خیز لذت۔۔۔"

ایک ہفتہ وار مصور رسالے کا ایک ورق راشدہ کے ہاتھ میں تھا۔ اس نے ابھی ابھی سونف اور الائچی بازار سے منگوائی تھی۔ دو ماہ سے اس کا سر چکرا تا رہتا تھا اور گذشتہ ایک ہفتہ سے تو وہ مارے متلی کے پریشان تھی۔ لیٹے لیٹے اس نے الائچی کھٹکی اور سونف کے ساتھ ملا کر کھا گئی۔ ذرا طبیعت سنبھلی تو ہاتھ پھیلا کر اس نے چوکی کے گوشے سے پاندان کھینچا۔ چاندنی میں سلوٹیں پڑ گئیں تو چیں بر جبیں ہوتے ہوئے اس نے کروٹ لی اور بائیں ہاتھ پر تھوڑی کو ٹیک کر داہنے ہاتھ سے شکنوں کو برابر کرنے لگی۔ چاندنی سجل نہ ہوئی تو اس نے چڑ کر اسے ویسے ہی چھوڑ دیا اور دھب سے تکیہ پر سر رکھ کر لیٹ گئی۔ پھر لیٹے لیٹے اس نے پاندان کے ایک خانہ میں سونف اور الائچی کو انڈیل دیا اور پٹ بند کر کے یونہی پڑیا کے کاغذ سے شغل کرنے لگی۔

اس کی نظر مندرجہ بالا عبارت پر پڑی تو وہ پڑھتی چلی گئی۔ آگے ورق پھٹا ہوا تھا اور وہ بھی یوں کہ لہر کتر دیا گیا ہو۔ راشدہ کا جی چاہنے لگا کہ قصہ کو مکمل پڑھے۔ دوسرے صفحہ پر کوئی نظم تھی، اس نے کئی بار الٹ پلٹ کر دیکھا مگر قصہ کا اور چھور کچھ نہیں ملا۔ اس کی خواہش بڑھتی جا رہی تھی، مگر یہ لاعلاج بات تھی۔ راشدہ کی خواہشات میں ادھر بڑ

ی تیزی پیدا ہو گئی تھی۔ کبھی کچھ کھانے کو جی چاہتا تو اس شدت سے کہ وہ بے بس ہو جاتی۔ مثلاً امرود، بر ہل یا کوئی مٹھائی، یا محض کھپر سے کے ٹکڑے، یا چولھے کی راکھ، یا سوندھی مٹی۔ پر جب دل آتا تو ایسا لگتا کہ لپکا لگ گیا ہو۔ اندر سے ہوک اٹھتی اور ایسی بے قراری طاری ہو جاتی جیسے وہی چیز حاصل زندگی ہے۔ کچھ کرنے پر طبیعت مائل ہوتی تو طوفان کی طرح۔ پس ابھی ابھی ایک انہونی بات کی خواہش پیدا ہو گئی تھی۔ راشدہ نے کئی بار اسی ایک عبارت کو پڑھ ڈالا، اور ہر بار وہ اس میں مبتلا رہی کہ وہ پڑھتی ہی چلی جائے گی اور قصہ کا انجام اسے معلوم ہو جائے گا، پر لاحاصل کہانی ادھوری ہی رہی۔ ورق کا پھٹا ہوا حصہ جڑ نہ سکا۔ اسے زور سے ابکائی آئی، وہ اٹھ بیٹھی اور اگلدان پر سر جھکا کر قے کرنے لگی۔ اس نے گھر کے چھوکرے کو پانی کے لئے آواز دی اور رونا شروع کر دیا۔

اسے اپنے میاں سے نفرت محسوس ہو رہی تھی۔ آخر میری شادی ان سے کاہے ہوئی؟ یہ سوال اس کے دل میں اٹھتا رہا اور بھی کئی خیالات ہچکولے لیتے رہے۔ میں تو گھر سے آنا ہی نہیں چاہتی تھی۔ شادی کے بعد تین سال کیسے گذر گئے، میری شامت آئی کہ ان کی منت سماجت سے میرا دل پسیج گیا اور اس پرائے دیس میں آکر اپنی زندگی عذاب میں ڈال لی۔ بس یہ چھوکرا اور بھائیں بھائیں کرتا ہوا مکان۔ دس بجے دن سے بھری شام تک وہ غائب ہی رہتے ہیں۔۔۔ اور جو وہ ہوتے بھی تو کیا بن جاتا۔

"لیجئے حضور پانی لیجئے۔" چھوکرے نے گلاس بڑھاتے ہوئے کہا۔ راشدہ نے بڑی نقاہت کے ساتھ گلاس لیا اور اگالدان میں کلیاں کرنے لگی۔

"جلدی سے پان لگا دو بدلو!" اس نے اپنا چہرہ بھی دھویا اور ہلکان ہلکان ہو گئی۔ ذرا دم لینے کے لئے بیٹھی۔ پان لگ گیا تو گلوری منہ میں ڈال کر پھر تکیہ پر گر پڑی۔

"بدلو سہ پہر ہو رہی ہے۔ آگ جلد جوڑ لے۔ شام کو تیرے بابو کے ساتھ کچھ

مہمان بھی آئیں گے۔ کئی چیزیں پکیں گی۔ ناشتہ اچھا ہونا چاہئے۔ تاؤ آجائے تو مجھے بلا لینا۔" راشدہ کی اس حلقہ میں بڑی قدر ہوتی تھی۔ ہاشم کے دوستوں اور عزیزوں میں وہ بہت سگھڑ، سلیقہ شعار اور نفیس مزاج مشہور تھی۔ کھانے پینے کا ڈھنگ، رہنے سہنے کا انداز، کپڑے لتے کار کھ رکھاؤ، سب باتیں راشدہ کی عام سطح سے بہت بلند تھیں اور وہ اس نام پر بٹہ لگنے دینا نہیں چاہتی تھی۔ شوہر کے خیال سے نہیں بلکہ صرف اپنی نمود کے لئے وہ اچھے کھانے پکاتی، گھر کی آرائش کرتی اور رشتہ دار لڑکیوں کے بلاؤز اور جمپر تراشتی رہتی۔ یہی نمود و نمائش تو اس کا سہارا تھی ورنہ شوہر سے اسے کوئی دل چسپی نہ تھی۔

"بھابی جان کدو کی فرنی کتنی لذیذ اور نفیس پکاتی ہیں۔"

"ممانی اماں بلاؤز ایسا تراشتی ہیں کہ کمپنی والے بھی کانوں پر ہاتھ دھریں۔"

"دلہن سلمہا گھر کو بھی دلہن بنائے رکھتی ہیں۔"

یہ اور اسی قبیل کے اور تعریفی کلمے راشدہ کو اس دیار میں اب کے بار کھینچ لائے تھے۔ شادی کے تین سال تک وہ اپنے میکے سے ٹس سے مس نہ ہوئی، پر اس گذرتے سال میں وہ اپنے میاں کی نوکری پر دو دفعہ آئی۔ یہاں اس کے کچھ سسرالی عزیز و اقارب بھی رہتے تھے اور ہاشم کے دوست احباب بھی تھے۔ بدلو چولھا سلگانے کے جتن کرنے لگا اور راشدہ پھر رسالے کے پھٹے ہوئے ورق کو پڑھنے لگی۔ پر اب کے دفعہ وہ اسے پڑھ کر ہنس دی اور پھر حیرت زدہ ہو کر اسے غور سے پڑھنے لگی۔ کیا حقیقت اور افسانے میں اتنا لگاؤ ہوتا ہے۔ یہ تو ہو بہو اس کے بچپن کی تصویر تھی، سوائے اگوا بننے اور لیڈری والی بات کے۔ یہ "وہ" سچ مچ راشدہ ہی تھی۔ یہ کسی نے مذاق تو نہیں کیا۔ راشدہ کو اپنی باتیں پڑھ کر بڑا اچھا لگ رہا تھا، جیسے آئینہ دیکھ کر یا فوٹو کھنچا کر اچھا لگتا ہے۔

پھر ایک خیال آکر گذر گیا۔ ہاں ہاں اس کے اندر لیڈری اور سرداری کی صلاحیت

بھی تو ہے ہی۔ وہ تصویر کی نوک پلک تک کو اپنی مثال سمجھنے پر مصر تھی۔ ایک اور خیال آیا اور دل زور زور سے دھک دھک کرنے لگا۔ ہلکی سی متلی کی لہر اٹھی مگر دبالی گئی۔ کتنا عجیب ہے۔ میں نے بھی تو اپنی کئی شادیاں کی تھیں۔ روز ہی کرتی رہتی تھی۔ اس کا سارا بدن سنسنا گیا۔

اور وہ جو رحیلہ آپا کا دلہا بھائی کے نام خط پڑھ کر میں نے بھی ایک خط لکھ ڈالا تھا۔ خوب۔۔۔ آٹھ دس سال کی عمر اور خط لکھا، میرے پیارے سر تاج! میں تمہارے دیدار کے لئے بیتاب ہوں۔۔۔ سر تاج! ہونہار رحیلہ آپا بھی بالکل کھوسٹ ہی تھیں۔ کیا القاب ہیں اور پھر دیدار کا لفظ! ارے آپا تو آج تک محترم کی سپر ہیں، زیور سے لدی پھندی ہر وقت بنی سنوری ہوئی۔ گلے میں پانچ بھر سونے کے گلوبند کا طوق۔ جب دیکھو لہالوٹ رنگ برنگی ساری، مگر میاں جدھر چاہیں نچالیں۔۔۔ چھی۔ نقل کی بھی تو میں نے ان کی، اور جو اماں نے پکڑ لیا تھا خط، تو قیامت آگئی تھی۔ بس سمجھیں کہ دال میں کالا ہے۔ کوئی معشوق ہے اس پردہ زنگاری میں۔

پوچھا، اری کمبخت بے حیا! تونے یہ کیسے ناک کٹائی، غضب ہو گیا، خاندان بھر کا سر مونڈ دیا تونے۔ میں نے سہم کر کہا تھا، کچھ بھی نہیں۔ رحیلہ آپا کا خط دیکھ دیکھ کر میں اتار رہی تھی۔ میں کیا جانوں سر تاج ور تاج کیا ہوتا ہے۔ کلہ دراز تھی ناراشدہ۔ اکیلے میں زور سے ہنس دی۔ اسے یاد آگیا کہ رحیلہ آپا نے کیسا کیسا فیل مچایا، کتنا چراغ پا ہوئی تھیں وہ۔' گالیاں اور کوسنوں کی تو کہو نہیں۔ پر اسی واقعہ کے بعد سے اماں جان کو میری شادی کی فکر لاحق ہوگئی۔ پرانے لوگ بھی خاصے ہوتے ہیں۔ چار پانچ سال تو جیسے پہاڑ ہو گئے۔ او نے پونے مجھے ان کے سر پھینک دیا۔

"ابے بدلو! سر کوٹ دے گا بے؟ انگنائی میں جاکر کوئلے کیوں نہیں توڑتا۔ باورچی

خانے میں فرش پر کیسی ٹھائیں ٹھائیں لگا رکھی ہے۔ کمبخت فرش بھی نہیں پھٹ جاتا۔ تیرے سر پر چھت کیوں نہیں گر پڑتی کمبخت، مردود، حرام زادہ۔۔۔" راشدہ کا مزاج اچانک برہم ہو اٹھا تھا۔ کوئلہ پر ٹھائیں ٹھائیں تو دور ہو گئی مگر راشدہ کے دل و دماغ پر ٹھائیں ٹھائیں برابر جاری رہی۔ اندرونی ٹھائیں ٹھائیں۔ ضربیں لگتی ہی رہیں۔

آخر اماں نے میری شادی ان سے کیوں کر دی؟ یہی سوال سوہان روح تھا۔ اس کا لڑکپن اور آغاز شباب سامنے آ گئے۔ عالمِ تصور میں اس نے بہت کچھ سیکھا اور بہت کچھ سوچا۔

راشدہ واقعی بہت لطیف الخیال اور نفیس مزاج لڑکی تھی۔ نازک، حساس اور خوابناک۔ اس کا عنفوان شباب تصورات کی دنیا میں گذرا تھا۔ ایک عالمِ مثال ورد مان میں ہر وقت وہ بسی رہتی تھی۔ گل طرازی، کشیدہ کاری، چمن بندی اور ادب نوازی، یہ اس کے محبوب مشغلے تھے۔ اس کا ذوق آرائش و تجمل بہت بالیدہ تھا۔ وہ زود رنج اور بہت جلد رو دینے والی تھی۔ اس کی صبیح گلابی رنگت ہر وقت چونکی ہوئی معلوم ہوتی تھی۔ اس کی ہرن جیسی لانبی سرمگیں آنکھیں اور گھنیری پلکیں جذبات سے دبی ہی رہتی تھیں۔ وہ اپنے ذوق جمال میں اتنی ڈوبی ہوئی تھی کہ اس کو اپنی ناک کے چھوٹی ہونے اور ستواں نہ ہونے کی کڑھن تھی۔ اس کا قد بوٹا سا تھا مگر جب اسے یہ شبہ سا ہوتا کہ کوئی اسے پست قد سمجھ سکتا ہے تو وہ پہروں کمرہ بند کر کے روتی رہتی۔ اگر اس کے سنگار دان کی پالش پھیکی پڑ جاتی، یا کوئی اس کی کتابوں کی الماری کو ذرا بے ترتیب کر دیتا تو اسے ایسا محسوس ہوتا جیسے کوئی الم انگیز حادثہ ہو گیا ہو۔

اس پر اس طرح جوانی آئی جیسے بیلے کے پودے یا چمپا کے پیڑ پر شباب آتا ہے۔ وہ چنار کی طرح لہک پڑی اور اس کا شوقِ ادب و شعر جوہی کے پھولوں کی مانند کھل کر مہک

اٹھا۔ اس کی تمنائیں کوئلوں کی مثال کوکنے لگیں۔ اس نے اپنے من کی دنیا میں اپنی زندگی کا ایک رنگین نقشہ بنایا۔ اس پر ایک عمارت کھڑی کی اور اسے سجایا۔

مگر اس کے والدین کی سات لڑکیاں تھیں اور برادری میں لڑکے کم، اور ان سے بھی کم تر نوکرانیاں۔ اس پر طرہ وہی میرے سرتاج والی خلش، جو اس کی ماں کی نظروں میں اسے بری طرح جوان ثابت کرتی رہی۔ راشدہ نے کتنے ذوق شوق سے اپنے تخیل اور جذبات کی ہم آہنگی کے ساتھ، اپنے مثالی رفیق حیات کا ایک پیکر جمیل بنایا تھا، مگر دنیا، دنیا ہے۔ یہاں کس کا معیار قائم رہا ہے؟ ہاں یہ ضرور ہے کہ راشدہ کا معیار بری طرح کچلا گیا۔ وہ باسی ہار کی طرح کمھلا کر رہ گئی۔ ہاشم اچھا خاصا بھلا مانس تھا۔ وہ کسی بھی سادہ مزاج لڑکی کے لئے نہایت لائق شوہر بنتا، مگر وہ راشدہ کو پسند نہ آیا۔ وہ اس کے پیکر خیال کی طرح نہیں تھا۔ معمولی صورت 'شکل، ذوق تجمل اور شوق ادب سے دور۔ اور جو چیز دل کو نہ بھائے، اس کی ہر ادا بری ہی لگتی ہے۔ راشدہ کو شکایت تھی کہ وہ ہر وقت پان چباتا رہتا ہے اور عجب بدوضع طور پر سکڑ سکڑا کر لیٹتا ہے۔

ابھی راشدہ لیٹی لیٹی اپنی ساری زندگی پر تبصرہ کر رہی تھی۔ اس کی زندگی میں ایک زلزلہ آیا تھا، جس کے جھٹکوں سے اس کے خیالوں کا رنگ محل دھم سے زمین پر گر کر ٹکڑے ٹکڑے ہو گیا۔ بے درو دیوار سا ایک گھر بننے لگا تھا بے جوڑ، ان گڑھ۔ اس کی زیست معلق سی تھی بے بنیاد۔ کوئی وسیلہ ایسا نہیں تھا جو حیات کے دونوں حصوں میں ربط، تسلسل اور موزونیت پیدا کر دے، جیسے اس کی زندگی کے ورق کو کسی نے بے دردی سے پھاڑ دیا ہو۔ راشدہ کے ہاتھ میں رسالے کا پھٹا ہوا نامکمل ورق تھا۔ وہ سوچ رہی تھی کہ رسالے کے افسانے والی لڑکی کی فطرت اور خود اس کی فطرت میں کتنی یگانگت تھی۔ پتہ نہیں اس افسانوی لڑکی کی قسمت کیسی تھی؟ اسے بڑی کرید تھی کہ انجام معلوم ہو جاتا،

مگر رسالے کا ورق پھٹا ہوا ہی رہا۔ اسے کوئی تدبیر بھی گمشدہ حصے سے جوڑ نہیں سکتی تھی۔ راشدہ ایک گہری ٹھنڈی سانس کھینچ کر رہ گئی۔

پتھر کوئلہ ابھی سلگا نہیں تھا۔ گھٹا گھٹا دھواں چولہے سے نکل کر راشدہ کے کمرے میں داخل ہوا۔ غلیظ کاربن کی بدبو پھیلی اور سیدھی اس کی ناک میں گھستی چلی گئی۔ راشدہ کے پیٹ کے اندر ہچکولے اٹھے۔ بڑی شدت کی متلی اٹھی۔ اسے پے در پے ابکائی آنے لگی، سر چکرا رہا تھا، اور سارا بدن سن سن کر رہا تھا۔ وہ قے کرتی ہوئی صحن کی طرف اٹھ کر بھاگی، اور بیچ صحن میں سر پکڑ کر بیٹھ گئی۔ جب طبیعت ذرا سنبھلی تو اسے اپنے اوپر غصہ آرہا تھا۔ آخر ایسا ہونے ہی کیوں دیا اس نے۔ وہ آپ اپنی نگاہوں میں ذلیل لگ رہی تھی۔ اس کا جی چاہا کہ خودکشی کر لے۔ موت بڑی سنجیدگی اور سکون سے اس کے خیالات سے لپٹ گئی۔ سر اب تک جیسے جھولے پر سوار ہو۔ پھر ابکائی آئی۔ اس کے جسم و جان لرز اٹھے۔

"بدلو پانی۔۔۔ یہاں کوئی بھی اپنا نہیں۔ کتنا بڑا ظلم ہے مجھے یہاں لانا۔"

راشدہ کو اپنے اوپر رحم آرہا تھا۔ ہاشم کے خلاف ایک تیز نفرت کی رو اٹھی، ایک بہیمانہ نفور کی رو، جس کے نتیجے میں الٹا مقابل پر ٹوٹ پڑنے کو جی چاہتا ہے۔ اس کا جی چاہ رہا تھا کہ وہ ہاشم سے گتھم گتھا ہو کر اس کی تکا بوٹی کر دے۔ اس سے بھاگنے کی بجائے اس سے الجھ کر اس کو فنا کر دے۔ اس نے سوچا، کاش! یہ ہماری بیماری ہی ہو، پر یہ متلی؟ ایسا نہ ہوتا تو شاید مجھے طلاق مل جاتی۔ جان چھوٹتی میری۔ ان کے سب رشتہ دار تو زور دے ہی رہے تھے۔ کیا کیا ارمان ہیں۔۔۔ خاندان چلنے کا ارمان۔۔۔ چولہے میں جائے خاندان۔ بڑی اچھی صورت ہی تو ہے۔ مٹ جائے ایسا خاندان تو اچھا۔۔۔ پیسے بھی تو نہیں۔۔۔ کنبہ کی پرورش کیسے ہوگی۔ دو آدمیوں کا خرچ تو نہیں چلتا۔ سوچتے سوچتے وہ رونے لگی۔ بدلو بدحواس اسے دیکھ رہا تھا۔ وہ بھی حیران تھا کہ آخر مالکن کو ہو کیا گیا ہے۔

جب دل کچھ ہلکا ہوا تو راشدہ اٹھی اور پھر کمرے میں آ کر یونہی بلا تکیہ کے تخت پر پڑ رہی۔ نہ اس نے پان کھایا اور نہ الائچی ہی کھٹکی۔ وہ بیزار اور کڑھی کڑھی تھی۔ بارہ سال کا چھوکرا ابدلو مالکن سے بڑی ہمدردی رکھتا تھا مگر ڈرتا بھی بے حد تھا۔ کوئلے میں اب تاؤ آ گیا تھا، پر وہ اب مالکن کو اٹھائے کیسے اور وہ بھی اس حال میں۔ اس نے ایک ترکیب سوچی۔ چلو الٹا ہی سہی۔ اس نے پہلے انڈے تلنے کا ڈول ڈالا۔ کڑھائی چڑھایا، کڑوا تیل جوش دینے لگا۔ تیل کے کرکر کھولنے کی آواز آئی اور پھر چھن من انڈے کے تلے جانے کی۔ راشدہ گھبرا کر اٹھ بیٹھی اور سیدھی باورچی خانہ کو دوڑی۔ غضب ہو گیا۔ غربت کی فضا میں پلے ہوئے نوکر بھی آخر کیسے ہوں؟ مہمان آ رہے ہیں اور آج بھی انڈے تیل میں تلے جا رہے ہیں۔

"ابے کمبخت! تجھے کس نے انڈے تلنے کو کہا؟ گھی میں تلے جائیں گے گھی میں۔" بگڑ کر آخرش راشدہ نے خود ناشتہ پکانے کا اہتمام شروع کیا اور تیل کا تلا ہوا انڈہ رات کو کھانے میں ہاشم کو دینے کے لئے علیحدہ رکھ دیا۔ راشدہ کو اپنا میکہ یاد آیا۔ وہاں ساری چیزیں کتنی افراط سے ہوتی تھیں۔ جب مہمان آیا کرتے تھے تو طرح طرح کی چیزوں کی کتنی ریل پیل ہوتی تھی، اور ایک یہاں ہے گنی بوٹی نپا شوربا۔ اسے اپنی اماں جان یاد آنے لگیں اور سب بھائی بہن۔ اس کے ہاتھ ناشتہ کے سامان میں مشغول تھے مگر دل میکے میں تھا۔ اس کا جی چاہ رہا تھا کہ پر لگا کر اپنے ماں باپ کے گھر پہنچ جائے، پھر معلوم نہیں ایسے حال میں وہ کہیں مر ہی نہ جائے۔ اس کی آنکھوں میں آنسو ڈبڈبا آئے۔ آنسوؤں نے ماحول پر پردہ ڈال دیا۔ عالم تصور میں وہ اپنی ماں کے سامنے دوبدو کھڑی تھی۔

"راشدہ! آج نہر کے افسر آ رہے ہیں۔ ناشتہ پکانا ہے۔ دیکھو ہم سے پوچھ پوچھ کر پکانا۔ اپنی آپا سے سب چیزیں دکھلا کر۔ تم ابھی نوسکھ ہو، دیکھو ہاتھ روک روک کے۔ تم تو

پھپھڑو لال ہو، لڑکیوں کو کفایت شعار ہونا چاہئے۔ کس کی قسمت کیسی ہوتی ہے کون جانے!" راشدہ کے دماغ میں ایک سوال پیدا ہوا۔ اماں جان اب تک مجھے بچہ ہی کیوں سمجھتی ہیں؟ آپا لاکھ خرچہ کر دیں تو کچھ نہیں اور میں چیزوں پر مہر بھی دوں تو پھوہڑ۔ میرے جتنا کون گھر سریاتا ہے؟

اسے یاد آیا کہ وہ کئی بار اپنی ماں سے لڑ پڑی تھی۔ آخر اس کی اپنی انفردیت بھی تو ہے۔۔۔؟ اور میں یہاں کیوں آتی۔ یہ سو بار سر پٹکتے، میں جیسے اپنی جگہ سے برسوں نہ ہلی، اب بھی نہ ہلتی۔ یہ تو اماں جان کے غصہ پر میں یہاں پر چلی آئی۔ راشدہ کو اپنی مظلومیت کے احساس سے سخت دکھ ہوا۔ اس کی اماں جان بھی اسے نہیں چاہتیں۔ وہ نہایت ہی بدنصیب ہے۔ پھر اسے سکون کا کچھ احساس ہوا۔ چلو یہاں میں آزاد ہوں۔ یہی نا اکیلے میں یہاں مر جاؤں گی، کسی کو احساس تو نہ ہو گا۔ سب کو خوشی ہی ہو گی کہ راشدہ سے جان چھوٹی۔ تم بہت نازک مزاج ہو! تم بہت نازک مزاج ہو سنتے سنتے کان پک گئے۔ اسے موت سے محبت سی محسوس ہونے لگی۔ درد زندگی کا علاج! وہ بہت دیر تک فنا کے خیالات سے ہم آغوش رہی، جیسے وہ ایک ماں کی گود سے بچھڑ کر دوسری ماں کی گود میں پناہ لے رہی ہو۔

"اچھا ناشتہ کا بڑا اہتمام ہے!" ہاشم آج سویرے ہی دفتر سے آ گیا۔ راشدہ خاموش ہی رہی۔ پھر اسے کچھ یاد آیا تو بولی، "آپ جا کر بازار سے مٹھائیاں تو لے آیئے اور سگریٹ بھی۔ بدلو تو میری مدد کر رہا ہے۔ آج بھی آپ نے اتنی دیر لگا دی۔" ہاشم ملزم ملزم سا معلوم ہو رہا تھا۔ بڑی سعادت مندی سے اس نے پھر سائیکل پکڑی اور بازار چلا گیا۔ بازار سے واپس آیا تو حکم ہوا، "تکیوں کے غلاف اور پلنگ کی چادریں بدل دیجئے۔" تخت اور پلنگ پر کی چادریں بدل دی گئیں، پر غلاف تین ہی تھے اور تکیے چار۔ جب راشدہ

دعوت کا مرکزی سامان تیار کر چکی تو مکان کا جائزہ لینے آئی۔ کمرے اور دالان کے فرش کو پانی سے دھلوایا۔ دھلوانے سے پہلے جھاڑو دلوایا اور دھلوانے کے بعد بھی جھاڑو دلوایا، اور جب فرش خشک ہو گیا تو داغ دھبوں کو مٹانے کے لئے اس نے خود ہی کپڑے کا ایک ٹکڑا لے کر فرش کو رگڑ رگڑ کر پونچھا۔

خانہ داری اور آرائش اسے ہاشم سے زیادہ عزیز تھی۔ اس میں اس کی شخصیت اور ذوق کے مطالبات کی تسکین ہوتی تھی۔ دیوار کے گوشوں اور چھتوں کے زاویہ سے وہ صبح کو ہی جھول جھاڑ چکی تھی۔ اس کی نظر جب ایک میلے غلاف پر پڑی تو آتش زیر پا ہو اٹھی اور ہاشم پر خوب برسی۔ غلاف اتار پھینکا اور جب اسے کوئی دھلا ہوا غلاف نہ ملا تو سرہانے چادر کے نیچے تکیہ کو جی پر جبر کر کے ڈھانپ دیا اور دیر تک چیں بر جبیں رہی۔ کریلا اس وقت نیم پر چڑھا جب اسے ایک بھی دھویا ہوا میز پوش نہ ملا۔ کوئی چادر بھی گت کی نہ تھی کہ کھانے کی میز پر اسے ہی بچھا دے۔ دل کا بخار ہاشم پر اتنا اترا کہ وہ بھی تلملا اٹھا۔ آج غیر معمولی درجۂ حرارت تھا۔ ہاشم نے بھی آخر تپش محسوس کی اور اسے اپنی تضحیک سمجھا۔

"چادریں اور غلاف ہوں کہاں سے؟ دو چادریں اور غلاف تو تم اپنے گھر موتی پور چھوڑ آئیں۔ یہ بھی شوق کہ ان کے وہاں کا بھی کمرہ سجا رہے اور یہاں بھی چمک دمک قائم رہے، اور آپ کے بھائی صاحب کے ساتھ ایک چادر اور دو غلاف گئے۔ ان کی میلی چیزیں اب تک دھوبی کے یہاں پڑی ہوئی ہیں۔"

راشدہ نے کبھی ہاشم سے یوں کلہ بہ کلہ جواب نہیں سنا تھا۔ بے بس سی ہو گئی اور انتہائی بیگانگی کی خاموشی کے عالم میں اس کے گلابی رخساروں پر آنسوؤں کے چند گرم قطرات ٹوٹے ہوئے تاروں کی طرح گر پڑے، مگر ابھی ابھی دعوت تھی۔ مہمان آرہے

تھے۔ اس نے ایک پھٹی ہوئی چادر اس سلیقے سے پلنگ پر بچھادی کہ چاک کا پتہ نہ چلے۔ پائتانے میں اوڑھنے کی چادر رکھ کر عیب پر پردہ ڈال دیا اور اچھی چادر اٹھا کر کھانے کی میز پر لگادی، پھر اسی قرینے سے ناشتہ سجایا اور غسل خانہ میں منہ اور ہاتھ دھونے چلی گئی۔ وہاں خوب دل کی بھڑاس نکالی۔ اسے مسلسل نئے تجربات ہو رہے تھے جس کے لئے وہ تیار نہ تھی۔ آرائش وزیبائش اور غازہ وگلگونہ کے باوجود اس کی روئی ہوئی آنکھوں کو دیکھ کر کھانے کی میز پر مہمانوں نے یہ محسوس کیا کہ بادل برس کر کھلا ہے۔ راشدہ کی مسکراہٹوں اور دلنوازیوں کی سطح کے نیچے غمناکیاں کانپ رہی تھیں۔

آخر ہاشم نے اپنی سعادت مندیوں سے راشدہ کے دل کا غبار کو کچھ ہلکا ضرور کیا۔ وہ نہایت متین و شریف آدمی تھا مگر راشدہ بہت ہی سست رہنے لگی۔ رفتہ رفتہ سستی، فکر مندی میں تبدیل ہوگئی، اور دیار غربت میں کوئی ہم راز نہیں تھا، کوئی چارہ کار نہ تھا۔ راشدہ نے ہاشم سے سب کچھ کہہ دیا۔ طبی معائنہ کرایا گیا اور بات پختہ ہوگئی۔

ہاشم کو حیات ازدواجی میں سب سے پہلی بار راشدہ سے یگانگت محسوس ہونے لگی، ورنہ شادی کے پہلے دن سے آج تک راشدہ نے اسے اپنے حریم دل میں آنے نہ دیا تھا، مگر اب ہاشم بے بلائے ہوئے اس دروازے پر دستک دینے لگا تھا۔ وہ راشدہ کو پہروں دیکھتا رہتا، اور اس کا بے حد خیال رکھتا۔ نازبرداریاں تو وہ پہلے بھی کرتا رہا تھا مگر دل برداشتہ طور پر اخلاقاً، لیکن اب وہ ایک انجان جذبہ کے ماتحت راشدہ کو اپنی آنکھوں میں بٹھالینا چاہتا تھا۔

"آپ نہایت خود غرض ہیں میری قدر نہیں ہو رہی ہے، یہ کسی اور کا مان ہے۔" راشدہ اکثر کہتی، پر اس طعنہ میں کبھی کبھی اسے مبہم سے لذت بھی محسوس ہوتی۔ اب ہاشم اور راشدہ میں قریباً روز لڑائی ہوتی۔ وہ بات بات پر ٹوکتا۔ یہ احتیاط وہ احتیاط، یہ غذا

وہ دوا۔ راشدہ کو تو ہر کھانے کی چیز سے نفرت سی ہوگئی اور دوائیں تو اس کی بیرن تھیں۔ وہ سوچتی ہاشم نے تو پہلے اس کی زندگی میں اتنا دخل نہ دیا تھا، بلکہ وہ اکثر باتوں میں بے درد حد تک بیگانہ رہتا تھا۔ اسے پہلے کوفت محسوس ہوئی، بعد میں ہاشم کی یہ دیکھ ریکھ اسے گوارا لگنے لگی، اور پھر کچھ یوں ہی بھلی سی۔ تسکین پندار کی حد تک خود نمائی وخود بینی! ادھر ہاشم یہ محسوس کرنے لگا کہ کسی نے راشدہ سے اسے وصل کر دیا ہے۔ دراصل اب ان کا عقد ہوا تھا۔ کبھی کبھی تو اسے ایسا لگتا کہ کسی نے اس کے دل کو راشدہ کے جسم کے اندر رکھ دیا ہے، اور وہ دل بالیدہ ہو رہا ہے، دھڑک رہا ہے، اس کی حیات جذبی انہی دھڑکنوں سے خون حاصل کر کے پرورش پا رہی ہے۔

راشدہ کے ابتدائی دوروں کا سلسلہ رک گیا اور ایک ماہ بعد اس کی صحت بہت اچھی ہوگئی۔ اسے غیر معمولی طور پر بہت بھوک لگنے لگی۔ اس کی شرابی آنکھوں اور گلابی رخساروں کے درمیان ہلکی سی کجلاہٹ سی پیدا ہوگئی تھی، اور اس کیفیت سے ایک لطیف سیہ مستی انگڑائی لے کر جاگ اٹھی تھی۔ اس کے شاداب چہرے پر دلربا نقاہت مچلتی رہتی تھی۔ اس کا کھلتا ہوا رنگ اور کھل کر نکھر گیا تھا۔ دل کی دھڑکن ذرا تیز ہوگئی تھی۔ سانس کی رفتار میں ذرا نازک سی گرم جوشی چونک پڑی تھی۔ ان باتوں کے نتیجے میں اس کا گورا مکھڑا ذرا سی تھکن میں گلنار ہو جاتا تھا۔ اس کی پلکیں افسانہ سرا تھیں اور اس کے لب ستار کے تاروں کی لرزش لئے ہوئے تھے۔ بدن نافہ دل کشی ہو گیا تھا، گداز، بالیدہ و نرم، سڈول اور سرافراز، آرام جاں۔ نازک سی حدت اس کے زندہ سراپا سے یوں پھوٹتی تھی جیسے بند مٹھی میں سے بیلے کے پھول کی مقید خوشبو۔

راشدہ اکثر پرسرور حالت میں رہتی۔ چال میں البیلی لڑکھڑاہٹ، اور بات میں متبسم شرافت۔ اس پر ایک سکون پرور نڈھال پن طاری رہتا۔ دلچسپ سی سہل انگاری

اور رسیلی آسکت میں وہ غلطاں غلطاں رہتی۔ فضا میں، ماحول میں، زیست میں وہ ایک خوش گوار پھیلاؤ محسوس کرتی۔ ایک خواب ناک وسعت دماغ کی سنسناہٹ اور دل کا نرم سا مبہم اضطراب بھی اسے بھاتا، اور رات کی نیندیں اس کے لئے انجان شیریں سپنوں، سرمست فراموشی اور بے پایاں آرام کا پرستان ہوتیں۔ سوتے وقت وہ ہاشم سے مسہری کا پردہ گرانے اور اس کی حاشیوں کو موڑنے کو کہتی تو اس شان سے گویا وہ ایک شہزادی ہے، پر اسے ایسا لگتا کہ ہاشم ملازم نہیں محافظ ہے۔ پہلے تو راشدہ ہاشم کو شاید بدلو سے بھی ادنیٰ سمجھتی تھی۔ جب اسے کچھ کرنے کو کہتی تو وہ حکم ہوتا۔ حکم تو اب بھی دیا جاتا تھا، پر اب اس کے اندر ناز کی شیرینی بھی ہوتی تھی۔

ہاشم تو رات کو اٹھ اٹھ کر خاموشی سے راشدہ کے حسنِ خوابیدہ کو تکتا رہتا، جیسے وہ بڑی گراں مایہ دولت کی حفاظت کر رہا ہو۔ وہ شب کے سناٹے میں حیات۔۔۔ چٹکتی، پھولتی، کھلتی، جھومتی ہوئی حیات کی سرگوشیاں سنتا۔ خاموش حیرت زدہ۔ کبھی وہ بڑے پیار سے راشدہ کو سر سے پاؤں تک یوں چھوتا جیسے نسیم سحر سوئی ہوئی بھرپور ندی کو سہلا جائے۔ صبح سویرے اٹھ کر وہ راشدہ کے بہت سے خانہ داری کے کام کر دیتا۔ سیدھا نکلواتا، جھاڑو دلواتا، منہ ہاتھ دھونے کا سامان بھی غسل خانہ میں آراستہ کر دیتا۔ بدلو کو تاکید کرتا کہ شور نہ ہو، تاکہ خواب ناز میں خلل نہ پڑے۔ راشدہ تھکی تھکی سکر بہ آغوش حالت میں اٹھتی تو کبھی کبھار ہاشم پر رحم یا ممنونیت کی نگاہ ڈالتی اور گاہے گرم گسترانہ پرسش کی وہ اک نگہ جو بظاہر نگاہ سے کم ہے۔ ہاشم کے لئے یہ دولتِ دوجہاں تھی۔

پھر اس کی طبیعت خراب رہنے لگی۔ تھکا بے حد تھکا ہوا جی۔ ٹوٹا ہوا بدن۔ جوڑ جوڑ جیسے کوئی ڈھیلا کئے دیتا ہو۔ کمر، کولھے اور ریڑھ کی ہڈیاں سب چٹختی رہتی تھیں۔ ہر وقت وہ اُبھر اُبھری سی رہتی۔ ہر گھڑی پڑے رہنے کو دل چاہتا مگر لیٹے رہنے میں سر چکر آتا اور

دم پھولنے لگتا۔ عجیب عجیب خواہشیں ہوتیں۔ بعض دفعہ بے سروپا اور ان ہونی۔ وہ بہت چڑچڑی اور بدمزاج ہوگئی۔ بات بات پر ہاشم سے لڑتی، روتی اور روٹھتی۔ کئی کئی دن برافروختہ رہتی۔ ایک دن عجیب سی بات ہوئی۔ باورچی خانہ کا فرش کوئلہ کوٹتے کوٹتے تڑخ کر ٹوٹ گیا تھا، اور پھر چند دوسرے حصوں کی مرمت کی ضرورت تھی۔ مستری بلایا گیا۔ دوپہر کے وقت کھانے کو وہ گھر چلا گیا۔ ایک لوہے کی کڑاہی میں وہ سیمنٹ گھول کر رکھ گیا تھا۔ اسے دیکھ کر یک بیک راشدہ کو خواہش ہوئی کہ گھولا ہوا سیمنٹ چاٹ جائے۔

یوں تو وہ کوئلے کی راکھ، دیوار کے پلاسٹر کے ٹکڑے اور دریا کے کنارے کی گوری مٹی کھایا ہی کرتی تھی۔ سیمنٹ چاٹنے کی تیز خواہش کو وہ روک نہ سکی۔ وہ اٹھ کر کڑاہی کے پاس گئی، اور بہت سالیس دار گاڑھا سیمنٹ یوں چاٹ گئی جیسے لذیذ فرنی کھا رہی ہو۔ کھانے کو تو وہ کھا گئی مگر شام تک اس کے پیٹ میں درد اٹھا، اور کچھ دنوں کے بعد اسے ایک وہم پیدا ہو گیا۔ وقت تیزی سے گذر رہا تھا اور وہ دوہری ہوتی جاتی تھی۔ اسے ایسا محسوس ہوتا کہ کسی نے کلیجے پر سل رکھ دی تھی۔ دم گھٹا گھٹا رہتا۔ اور اب تو اس کے پیٹ میں پھڑکن نے بڑھتے بڑھتے خلفشار کی حالت اختیار کرلی تھی۔ ہر اندرونی جنبش کے ساتھ جی سنسنا اٹھتا اور کبھی ابکائی آنے لگتی۔ ایک دو ہفتوں کے بعد جنبش بند ہوگئی۔ راشدہ اس حال میں اور گھبرا گئی۔ گھٹن اور اپھرن زیادہ محسوس ہونے لگی۔ طبیعت بہت بے چین لگتی۔ ایسا معلوم ہوتا کہ کسی نے پتھر کے لوڑھے کو اس کے جسم کے اندر ساٹ دیا ہے۔ ہلچل سے یہ انجماد زیادہ برا تھا۔ اسے احمقانہ سا شک ہونے لگا کہ یہ سیمنٹ کا کرشمہ تو نہیں۔ یہ وہم اتنا بڑھا کہ اسے اپنی موت یقینی نظر آنے لگی۔ اس نے فوراً اپنے میکے تار و دلوا کر بھائی کو بلوا لیا اور موتی پور جانے پر تل گئی۔ وہ سمجھتی تھی کہ اندر کچھ ہو گیا ہے، زہر گھلنے کا ہر آن شبہ تھا۔

ہاشم یہ کہتا تھا کہ دیہات جانا مناسب نہیں۔ اس حال میں شہر میں رہنا چاہیے۔ ہر وقت طبی مدد مل سکتی ہے، مگر راشدہ کو وہ ضد ہوئی کہ کیا کہیے۔ ہاشم سے اسے سخت تنفر محسوس ہو رہا تھا۔ ہاشم بھی اڑا ہوا تھا۔ بڑی تو تو میں میں ہوئی اور جب اچانک راشدہ نے پھر اندرونی جنبش محسوس کی تو بھی وہ اپنی دھن کی پکی ہی رہی۔ اس نے طے کر لیا کہ وہ ضرور گھر جائے گی۔ بھائی کو کیسے یوں ہی واپس کر دے۔ ہاشم سے اچھی خاصی لڑائی ہو گئی۔ اب وہ پھر پہلی سی راشدہ تھی۔ اس کا جی چاہا کہ اگر ہو سکتا تو ہاشم کے سارے آثار اپنے سے علیحدہ کر کے میکے چلی جاتی۔ راشدہ تنہائی اور کم مائیگی کا الاہنا دینے لگی۔

"میں کوئی کام نہیں کر سکتی، کسی کی لونڈی نہیں، رحم بھی نہیں آتا کسی کو۔ ایک چھوکرا ہے اس سے کھانا تک تو پکتا نہیں اور اس پر ہر چیز کی تنگی۔ میں اس حال میں مر جاؤں گی۔۔۔" وہ پھوٹ پھوٹ کر رونے لگی۔ ہاشم متردد، متوحش اور محجوب تھا۔ واقعی راشدہ کو آرام کی ضرورت ہے۔ میں نے بڑا ظلم کیا ہے۔ ہاشم کو خیال ہوا مگر وہ مطمئن نہ تھا۔ وہ سوچ رہا تھا کہ یہیں آپا کو بلوا لیا جاتا اور ایک ماما ساتھ آ جاتی۔ اس کشاکش میں راشدہ کی ہی ہٹ رہی، اس کی جیت ہوئی۔ دوسرے روز ہاشم اسے اسٹیشن تک پہنچانے آیا۔ راشدہ بھائی کے ساتھ موتی پور جا رہی تھی۔

جب راشدہ ڈبے میں بیٹھ گئی اور گاڑی کھلنے کا انتظار کیا جانے لگا تو ہاشم اسٹیشن کے رستوران سے چائے اور ناشتہ منگوانے کو جانے لگا، مگر راشدہ نے کہا، "آپ مت جائیے۔"

"پھر چائے کیسے آئے گی؟" ہاشم بولا

"محمود جا کر لے آئیں گے۔" راشدہ نے غیر معمولی نظروں سے ہاشم کو دیکھتے ہوئے اور اپنے بھائی کی طرف اشارہ کرتے ہوئے جواب دیا۔ محمود نے رستوران کا رخ کیا

سیاہ برقعے سے ایک ہاتھ بڑھا اور اس نے ہاشم کے ہاتھ کو اپنی گرفت میں لے لیا۔ ہاتھ کے لمس میں بھی گویائی ہوتی ہے۔ نازک، تھرتھراتی ہوئی انگلیاں نوک زبان کا کام کر رہی تھیں، اور تلہٹ کان کا دامن بنا ہوا تھا۔ برقی موجیں اعصاب کے تاروں پر لہرالہرا کر دل و جان کے مرکز کو کپکپا رہی تھیں۔ راشدہ اور ہاشم دونوں کی آنکھیں پرنم تھیں۔ خموشی تھی، لب تھرتھرا رہے تھے، سکوت میں تاثیر بڑھ جاتی ہے۔ جب چائے آئی تو دونوں ہاتھ بڑے درد و کرب سے علیحدہ ہوئے جیسے کسی نے شدید ضرب لگا دی ہو۔

ٹرین کھل گئی۔ ہاشم پلیٹ فارم پر تھا اور راشدہ درمیانی بنچ پر۔ اس کی خواہش تھی کہ دریچے سے ملحق ہوتی مگر مارے شرم کے دریچے کے پاس نہ جا سکی۔ جذبات سے بوجھل آنسو اس کے رخساروں پر ڈھلکتے ہوئے ٹپ ٹپ گر رہے تھے۔ گاڑی آہستہ آہستہ رینگ رہی تھی۔ ہاشم ٹک لگائے راشدہ کو دیکھ رہا تھا اور راشدہ سے بہت آگے، ٹرین کا چلنا اس کے لئے جراحت کی چھری کا چلنا تھا۔ اس کے دل کے ٹکڑے ہو رہے تھے۔ اس کی روح پرواز کر کے راشدہ کے ہمراہ جانے کی تمنا میں پھڑپھڑا رہی تھی۔ راشدہ نے محسوس کیا کہ ہاشم کی شخصیت اس کے ساتھ مضبوطی سے چسپاں ہے، اور اس نے دیکھا کہ اس کے آنسوؤں کے ہالے میں ایک ننھا سا فرشتہ دریچہ سے باہر ہاشم کی طرف اپنے ہاتھ پھیلا رہا ہے۔

***

۷

سپنوں کے دیس میں

میں ایک کہانی لکھنے لگا ہوں۔ کہانی اس لئے کہہ رہا ہوں کہ کہانی کہنے سے، اپنے آپ اور اپنے ماحول کو سمجھنے میں مدد ملتی ہے یا کم از کم مجھے ایسا معلوم ہوتا ہے کہ دھندلکے صاف ہو رہے ہیں، لکیریں ابھر رہی ہیں، ہیولے صورتیں اختیار کر رہے ہیں اور صورتیں جہت در جہت ناچتی ہوئی کیفیتوں اور معنوں میں تبدیل ہو رہی ہیں۔ یہ رقص دیر تک ہوتا رہتا ہے، یہاں تک کہ کیف و معنی کو محسوس کرنے اور سمجھنے والی حالت بھی مدھم ہوتے ہوتے ختم ہو جاتی ہے۔ شاید کہانی کا یہی نقطۂ انجام ہوتا ہے لیکن کہانی پھر بھی لمبی معلوم ہوتی ہے۔ حلقۂ دامِ خیال کی ان گنت آنکھیں خوابِ عدم سے بیدار ہونے لگتی ہیں اور تماشائے عالم کرتی ہیں۔ عدم خواب تھا یا یہ زندگی خواب ہے کون جانے۔

سوتا سنسار، جاگتا پروردگار۔ زمان و مکان کی حدوں سے آزاد خلد میں ایک بسیط و عظیم دماغ نے اپنی بیکراں بیداری میں تنوع پیدا کرنے کے لئے ایک عجیب و غریب خواب دیکھا۔ جلد، جو لامحدود روشنی سے پر تھی، اتھاہ اندھیرے سے بھر گئی۔ ہر سو خواب چھا گیا۔ خواب جو لامحدود کو محدود دائرہ میں لاتا ہے، خواب جو دریائے رواں کو کوزہ میں بند کر دیتا ہے، خواب جو ازل و ابد کو ایک لمحے میں تبدیل کرنے پر قادر ہے۔

عالم خواب میں سکون مطلق تھا۔ شدہ شدہ سکون میں تناؤ پیدا ہوا۔ ایسی کیفیت تھی

جیسے سکون ذہن پر تنا ہوا ہے۔ بے جھول، صاف، بے شکن، مکمل سکون اپنی انتہا پر پہنچ کر ڈھول کی جھلی کی طرح تناؤ کی شدت سے پھٹ سا گیا۔ خلا میں لہریں پیدا ہوئیں۔ لا مکان ان خواب ناک لہروں سے بھر گیا۔ لامتناہی لہریں، پیچیدہ لہریں، متصادم لہریں۔ اندھیرے میں بجلیاں سی کوندنے لگیں۔ عظیم خواب کے دھندلکے میں کائناتیں رقص کرنے لگیں۔ بسیط خواب ٹکڑے ٹکڑے ہو گیا۔ کچھ روشن اور نیم روشن دائرے بنے۔ عظیم و لامحدود دماغ کی خوابناک فضا میں کچھ دائرے شعلہ بداماں ہو کر بھڑکے اور فنا ہو گئے۔ کچھ کجلا گئے اور عالم میں روشنیوں کے ساتھ ملی جلی کجلاہٹیں بھی پھیل گئیں۔

اب اٹوٹ سپنے کی کہانی کون کہے۔ سپنے تو سپنے ہی ہیں۔ ان کا اور نہ چھور۔ اس دنیا میں انہونی ہوتی ہے۔ سپنے میں کبھی ایسا لگتا ہے کہ یہ سپنا ہے اور عام طور پر تو ایسا ہی ہوتا ہے کہ سپنا سچ مچ کی دنیا معلوم ہوتا ہے۔ میں سپنے کے ایک سنسار کی کہانی کہتا ہوں، محض ایک سنسار بیکراں سپنے میں ایک حقیر نقطے سے بھی حقیر تر ہے، مگر بندو اور برہما کی حقیقت کوئی نہیں پا سکا۔ نارائن کے سپنے کے ایک نقطہ پر کیا گذری، سنئے،

سپنے کا ایک نقطہ ابھرنے لگا، ابھر کر پھیل گیا۔ بالائی جانب سے ایک عریض پردہ سا لہراتا ہوا گرا، پھر پردہ ساکن ہو گیا۔ اس پر کج مج لکیریں، زاویے، دائرے، مثلثیں، قوسین، بیضوی دائرے، متوازی خطوط، چلیپائی، ہیئتیں، ان گنت قماشیں آہستہ آہستہ رونما ہونے لگیں۔ یہ ساری قماشیں بنتی بگڑتی ایک دوسرے میں خلط ملط ہوتی رہیں۔ ہوتے ہوتے باضابطہ اجسام، شکلیں اور صورتیں پردے پر منقوش ہو گئیں۔ سپنے کا پردہ بڑا گنجان اور آباد ہو گیا۔ اچانک نقوش خواب میں جنبش پیدا ہوئی۔ صورتیں اور اجسام آنکھیں جھپکاتے ہوئے اٹھ کھڑے ہوئے۔ ان میں تہ داری، دبازت اور ابعاد ظاہر ہوئے۔ سپنے کے پتلے طرح طرح کی حرکتیں کرنے لگے۔

پہلے تو ایسا ہوا کہ پتلوں کی حرکت کسی ڈور کے سہارے ہوتی ہوئی معلوم ہوئی۔ بعد از آں پتلوں کی آنکھوں میں گہری چمک سی رونما ہوئی۔ بڑی پر معنی چمک۔ پتلے ایک دوسرے کی آنکھوں کے شیشے میں جھانک کر دیکھنے لگے۔ اندر کی دنیا عجیب وغریب تھی پیچیدہ، پاتال تک گہری، اتھاہ۔ اس داخلی دنیا کو دیکھ دیکھ کر پتلوں کا سر چکرا گیا اور وہ بے خودی میں ناچنے لگے۔ ناچتے ناچتے ساری ڈوریں ٹوٹ گئیں۔ سب پتلے اوندھے سیدھے گر پڑے اور آپس میں گڈ مڈ ہو گئے۔ پھر وہ اٹھ بیٹھنے کی کوشش کرنے لگے۔ کچھ اٹھ بیٹھے، کچھ اٹھ کھڑے ہوئے اور چلنے پھرنے لگے۔ ہمیں ایسا لگا کہ وہ بالکل بے سہارا ہو گئے ہیں۔ ان کے اندر بڑی گھبراہٹ پیدا ہوئی۔ اس گھبراہٹ سے انھیں یہ محسوس ہوا کہ وہ ایک جیتے جاگتے وجود ہیں۔ گھبراہٹ کے ساتھ آزادی کا احساس بھی تھا۔ پتلوں کی داخلی دنیا اضطراب، اذیت اور لذت سے بھر گئی۔ اس خلفشار اور کشاکش سے ایک اور حیرت خیز کیفیت سر اٹھانے لگی۔

خواب کے پتلے سوچنے لگے یہ عجیب تجربہ تھا۔ اذیت خیز مگر ناگزیر۔ کچھ پتلے اس درد آگیں بوجھ سے بچ گئے۔ سوچنے کے بوجھ، فکر کے وزن سے یہ پتلے بڑے معصوم اور مسرور نظر آنے لگے۔ رفتہ رفتہ ان کی صورتیں مسخ ہونے لگیں اور بے فکرے پتلے دوسری ہئیتوں اور شکلوں کے ان گنت پتلوں میں جا شامل ہوئے۔ فکر مند پتلے ابھرنے لگے، بڑھنے لگے، پھیلنے لگے مگر اشک وآہ کی وادی میں، تبسم وخندہ کی گھنٹیاں بجاتے ہوئے، سوچ کی مشعل سے پگھلتے ہوئے، روشنیاں پھیلاتے ہوئے یہ پتلے آزادانہ آگے بڑھنے لگے۔ پر خطر منزلیں آئیں تو ان کی ٹولیاں، جتھے اور جماعتیں بن گئیں۔ پتلوں کا کارواں گرتا پڑتا آگے بڑھتا رہا۔ کبھی یہ جتھے اٹوٹ معلوم ہوتے اور کبھی ہر پتلا یکسر آزاد وخود کار محسوس ہوتا۔ اس سفر میں ایک ایک پتلے کے اندر کیفیات، واردات، محسوسات

اور تخیلات کی تہ بہ تہ شکنیں پیدا ہوئیں، بے نام تجربے، نام تو بہت بعد، بہت بعد رکھے گئے۔ پتلوں کی حرکت وسکون، اعمال وافعال دائرہ تعینات کے اندر آنے لگے۔

ایک سنسنی خیز بات یہ ہوئی کہ پتلے جوڑا جوڑا ہو گئے۔ جوڑے میں ایک مضبوط و تنومند اور دوسرا نازک ولطیف۔ ان جوڑوں میں ایک دوسرے کے لئے بے پناہ کشش تھی۔ مقناطیسیت، برقیت۔ پتلوں کے جوڑے ساتھ ساتھ رہنے لگے۔ یہ چمٹتے، الجھتے، ایک دوسرے کو بھینچتے' ایک دوسرے میں سماتے، چسپاں ہوتے اور ہم آہنگ حرکتیں کرتے۔ دو طرح کے پتلے تو پہلے بھی تھے۔ ان میں اتصال وانفصال بھی ہوتا رہتا تھا۔ ان کے تعداد بڑھتی ہی جاتی تھی لیکن ان کے الگ الگ جوڑے نہیں بنے تھے اور اب جوڑے بن گئے اور ان جوڑوں کے وصال سے اور پتلے پیدا ہونے اور ان کے ساتھ رہنے لگ۔ ے ننھے ننھے پتلے، پیارے پیارے پتلے، بدلے ہوئے حالات نے بدلے ہوئے مزاج پیدا کر دیے۔

پتلوں میں روح تو اسی وقت پھنک گئی تھی جب پتلے اٹھ بیٹھے تھے اور اس لمبے سفر کی لغزش وافتاد اور مقابلہ و تعاون نے پتلوں کی روحوں کو اور بالیدہ و پیچیدہ بنا دیا۔ روح کے ہر پیچ میں نت نئے تجربوں کے عکس مرتسم ہوتے جاتے تھے اور ان سے روحوں کی تہہ داری بڑھتی جاتی تھی۔ نئے تجربوں کی آزادی نے پتلوں میں بڑا اپنا پن پیدا کر دیا۔ ہر پتلا ایک فرد بن گیا۔ پہلے وہ محض ایک وجود تھا۔ پتلوں سے جب جوڑے بنے اور ان جوڑوں سے جب خاندان پیدا ہوئے تو پتلوں کی انفرادیت اور بڑھ گئی۔ ان کے وجدان وذوق کی یگ گونہ یکسانیت کے باوجود ان کے احساسات و جذبات کے محور بدل گئے۔ ان کے ارادوں اور عزائم کی منزلیں بدل گئیں۔ ان کے تخیل اور فکر کی سمتیں نیرنگ ساماں ہو گئیں۔

اور جب منفرد پتلوں کے دماغ بیکراں تجربوں کی بجلی سے بھر گئے تو بولی پیدا ہوئی۔ ایک معجزہ ظاہر ہوا۔ یہ پتلے، یہ افراد، فرد فرد ہوتے ہوئے بھی خاندانوں، ٹولوں، جتھوں، قبیلوں اور جماعتوں میں منظم ہوتے رہے۔ بولیاں زبانیں بن گئیں۔ پتلوں نے خوش ہو کر اپنے اور ماحول کی ہر شئے کے نام رکھ لئے۔ ان کے دل ہلکے ہوئے اور دماغ پرواز کرنے لگے۔ خواب کے پتلے ایک نئے عالم اظہار میں داخل ہو گئے۔ حیرت فزا، طلسمی عالم در عالم۔ لب اور زبان رکھنے والے بھی گونگے ہوتے ہیں اور کان والے بھی بہرے۔ ایسے گونگے کہانی نہیں کہتے۔ ایسے بہرے کہانی نہیں سنتے مگر پتلے بولنے لگے۔ مفہوم و معنی پیدا ہوئے۔ افکار پیکر الفاظ میں ڈھل گئے۔ یہ نہ ہوتا تو آپ یہ کہانی نہ سن پاتے۔ لفظ قوت ہے۔ بیان الوہیت ہے۔ برہمانے اپنے سپنے کی مالا پہن لی۔ مالا کا ہر موتی ایک شبد تھا۔ موتیوں کے ہارے سے کتھائیں بن گئیں۔ دیومالا کی چمتکار، سپنوں کا بولتا ہوا سنسار!

خدا کے خواب کا اور نہ چھور۔ وہ خود ازلی اور ابدی۔ اس کے خواب پر بھی ازل و ابد کا پرتو۔ حق و حقیقت ایک ہے۔ خواب اور تعبیریں ان گنت۔ برہما کے سپنے کے ایک بندو کی کہانی ہے۔ بندو ایک عظیم دائرہ بن گیا۔ دائرہ ایک سنسار۔ دائرہ کے پتلوں نے سنسار کے کونے کونے کے نام رکھ دیے۔ ہر کونے کے، ہر نقش کے نام رکھ دیے۔ ذرے ذرے نام دار ہو گئے۔ چھن چھن تابدار ہو گئے۔ خواب کے پتلوں نے اپنی ایک کائنات گھیر لی۔ سورج، چاند اور تاروں سے اسے سجایا، شمع بنایا، زمانہ کو ڈور میں باندھا۔ پتلوں کا کارواں چاند تاروں کے ساتھ، مہر و مہ پاروں کے ساتھ زمان و مکان میں سفر کرتا ہی گیا۔

بندو ناچتا رہا۔ بندو پر پتلے ناچتے رہے۔ ساری کائنات ناچتی رہی۔ پتلوں نے بندو پر

بہتیری کہانیوں کے چتر بنائے۔ پھر ان انسانوں کو جیتا جاگتا بنا دیا۔ پتلوں نے بہت بہروپ بدلے۔ بہت سے منچ سجائے، بہت سے ناٹک کھیلے۔ ہر پتلے کا اپنا اپنا کام اور کام کے بھی نام رکھے گئے۔ کوئی بھلا کام، کوئی برا کام۔ پتلوں میں اچھے بروں کی تمیز ابھری۔ نیک و بد، خوب صورت اور بد صورت کا امتیاز پیدا ہوا۔ محبت و نفرت نے بڑی پیچ دار شکلیں اختیار کیں۔ پتلوں کے وجود میں گتھیاں پڑیں۔ گرہیں ابھریں۔ انفرادیت شخصیت بن گئی۔ پتلوں کے روپ انوپ تو تھے ہی، اب ان کی شخصیتیں انیلی انیلی، نرالی نرالی ہو گئیں اور اب پتلے سوچتے سوچتے نئے سنساروں کے سپنے بھی دیکھنے لگے۔ خواب در خواب! وہ عظیم خواب ان اجزائے خواب یعنی پتلوں کو حقیقت ہی معلوم ہونے لگا۔ خود ان کے دماغ میں ان گنت ننھے ننھے سپنے جنم لینے لگے اور حقیقت کا روپ دھارنے لگے۔ سماجیں بنیں۔ تمدن رچے گئے۔ تہذیبیں سانس لینے لگیں۔ پل پل کی تاریخ بن گئی اور تاریخ چھل چھبیلی۔

ہمالہ نے برف آلود ٹھنڈے کہرے سے جھانک کر دیکھا سندھو لہرا رہا تھا، برہم پترا بل پہ بل کھا رہا تھا۔ گنگا، جمنا، نربدا، تاپتی، کرشنا اور کاویری تھرک رہی تھیں، ناچ رہی تھیں۔ وندھیا اور سپتورا ہمک رہے تھے۔ سندربن گا رہا تھا۔ نلگری منجیرا بجا رہا تھا اور نیلے سمندروں میں نہائے ہوئے بادل مستی میں اپنی لٹ بکھرائے ڈھول بجا رہے تھے۔ اس سنگیت سبھا کو ہمالہ نے اپنا سن سفید سر اور پُر شکن پیشانی جھکا کر دیکھا۔ اس نے دیکھا پورب، دکھن کے ٹاپوؤں سے چوڑی ناک، چوڑے جبڑے اور چوڑے چہرے والے پتلے ایراودی اور برہمپترا کے ساتھ ناچتے گاتے ہوئے اس کی شرن میں آ گئے۔ ان کا رنگ تانبا جیسا تھا۔ پھر پچھم دیس سے کالے کالے، پتلے، ابھرے ناک نقشے والے پتلے رقص کرتے، دھومیں مچاتے آئے اور اس کے دامن سے لے کر نلگری اور نیلے سمندر تک چھا

گئے۔

لوہے جیسے پتلے اور تانبے جیسے پتلے آپس میں ٹکرائے۔ اس ٹکر سے آگ پیدا ہوئی، شعلے بلند ہوئے اور پھر مجسم ہو کر ناچنے گانے لگے۔ اپنی سنگیت سے سمے کو راگ کے تاروں میں باندھنے اور تاریخ کے گھروندے بنانے لگے۔ مہنجوداڑو اور ہڑپا جیسے بہتیرے گھروندے بناڈالے۔ ہمالہ نے سر اٹھا کر دیکھا پچھم سے اور پتلے آئے تیر کمان سنبھالے ہوئے، گھوڑوں پر سوار، طوفان کی طرح آئے، بادل کی طرح گرجے، بجلی کی طرح کوندے۔ کالے، مٹیالے اور بھورے پتلوں پر ٹوٹ پڑے۔ اسی سمے پورب اتر سے بھی حملہ ہوا۔ چپٹی ناک، چھوٹی آنکھوں اور پیتل جیسے رنگوں والے پتلوں نے بارہ سنگھوں اور ٹٹوؤں پر سوار ہو کر دھاوا کیا۔ سندھو میں سیلاب آیا۔ برہم پترا میں طوفان۔ گورے اور پیلے نے کالے پتلوں کو زنجیروں میں جکڑ دیا۔

گورے پتلوں میں ایک بہت ہی جیالا پتلا تھا۔ اس کا نام اندر تھا۔ وہ بڑا پھرتیلا اور چونچال تھا۔ سیر و شکار میں اسے بڑا لطف آتا تھا۔ کالے پتلوں کا جیتا جیتا خون بہا کر اسے سرور حاصل ہوتا۔ آگ کے شعلوں کے سامنے برق رفتار گھوڑے کی قربانی اور گائے کے جوان بچھڑوں کے تھرکتے ہوئے لوتھڑوں کا بھننا اندر کو مرغوب تھا۔ خون اور گوشت کی بو سے اس کے نتھنے پھڑکنے لگتے تھے۔ اس نے گورے پتلوں کو بہت بڑے جتھے میں منظم کیا اور کالے پتلوں اور ان کے کھلونوں کا شکار کھیلنے کھڑا ہوا۔ وہ کالے پتلوں کو نیست و نابود کر دینا چاہتا تھا۔ وہ ہمالہ اور وندھیاچل کی ترائیوں میں کالوں کو اپنے خون آشام تیروں کا نشانہ بناتا رہا اور اس نے اپنی اولاد کو بھی یہی وصیت کی، مگر کالے پتلے ان گنت تھے گوروں سے۔

بہت زیادہ صدیاں بیت گئیں مگر گوروں اور کالوں کی جنگ ختم نہ ہوئی۔ آخرش

ایک بڑا گیانی گورا پتلا آگے آیا۔ اس کے ہاتھ میں نہ تیر تھے نہ تلوار تھی۔ اس نے قانون بنائے، ودھان پیش کیا۔ اس گیانی کا نام منو تھا۔ اس سے پہلے پانینی اور پاتنجلی بھی بڑے گیانی گذرے تھے لیکن انھوں نے شبدوں کے موتی بیندھے تھے، ان کے مالا گوندھی تھی۔ شبد بڑے شکتی وان تھے۔ انھیں دونوں گیانیوں نے ودیا اور ویاکرن کی زنجیر میں باندھ دیا، مگر منو نے کالے پتلوں کے دل چھید دیے اور ان کے ذہنوں، خیالوں، ارمانوں اور امنگوں کو قانون کی کڑی زنجیروں میں جکڑ کر رکھ دیا۔ منو کا بان اندر کے تیر سے زیادہ مہلک اور جاں سوز نکلا۔ کالے پتلے روندے گئے، کچلے گئے، مٹی میں ملائے گئے۔ جیتے رہے مگر مقابلہ کے میدان سے بھاگ گئے۔ منو کا جادو چل گیا اور کالے پتلے گورے پتلوں کے داس بن کر کراہتے رہے۔ منو نے کہا، کالے اسی قابل ہیں۔ پہلے جنم کے پاپ کا پھل بھوگ رہے ہیں۔ کرموں کا پھل۔ شودر کو سیوا۔ برہمن کو گیان۔

اور دھرتی کانپتی، رہی جمنا روتی رہی، گنگا آنسو بہاتی رہی۔ پھر سپنے کے ایک دوسرے سنسار سے مدھر بانسری کی لے ابھری۔ ہوا یہ کہ برہما اپنے خواب کے اس بھیانک حصہ سے گھبرا اٹھا۔ اس نے ایک کالے کنھیا کو اتنی شکتی دے دی کہ وہ اپنے نغمہ کی آنچ سے سخت دلوں کو گداز بنادے اور کالوں کا درجہ گوروں کے برابر کر دے۔ "برائی سے لڑو خواہ تمہارا مخالف کالا ہو یا گورا۔ حق و صداقت کے سوا سب کچھ ہیچ ہے۔" شیام مرلی والے کی لے پر روح کی رادھائیں ناچیں، گوپال کے ساتھ گوپیاں رقص کرتی رہیں، پاپ مٹتا رہا، جمنا آنند سے بہتی رہی۔

مگر ہائے برہما کا خواب! بھگوان ہمیشہ بے چین ہی رہا جب سے پتلوں میں جان آئی۔ برہما کی نیند زیادہ تر کابوس ہی بنی رہی۔ کون جانے اس خواب کا انت کیا ہے، بھید کیا ہے، اور پھر ایسا ہوا کہ اندھیرے نے اجالے کو شکست دے دی۔ ہمالہ نے دیکھا چو اُور گھٹا

ٹوپ پاپ ہی پاپ تھا۔ نیکی ضمیروں میں روپوش تھی۔ راون کا راج تھا۔ دس سروں والا نہایت ہی عقل مند برہمن دانشور۔ دس گنا بدھی مان، بیس ہاتھوں والا طاقتور پہلوان۔ عاقل مگر ظالم، دانا لیکن دنتی، سیتائیں دکھی تھیں۔ کالے پتلے جنگلوں اور پہاڑوں میں چھپے ہوئے تھے۔ ان جیسے اور پتلے غلام بنا لئے گئے تھے۔ سیتا کے آنسوؤں نے رگھو بنس کے سپوتوں کو غیرت دلائی۔ رام جہاد کے لئے نکلے۔ برہمن کے خلاف یدھ کرنے۔ کالے پتلوں نے ان کی مدد کی۔ کالے پتلے مہابیر تھے۔ ان کے دل اجلے تھے۔ رام کی نگاہ نے انھیں اور اجلا بنا دیا۔ راون، پاپی برہمن، اور اس کا سارا پاپ نذر آتش کر دیا گیا۔ نیکی ضمیروں کی پناہ گاہ سے نکل آئی اور میدان عمل میں چھا گئی۔ ہمالہ نے سنا راجہ رام کی جے! مہابیر کی جے! رام راج کی جے!

اور پھر ایک بار اندھکار چھا گیا۔ سپنے کے اندھیرے اجالے! تار حریر دو رنگ! اور یہ ہوا کہ لوگوں نے سونے کے بت بنائے اور سونے کو ہی دیوتا بنا لیا۔ پتلوں کی روحیں سونے سے مڑھ دی گئیں۔ پریم کے سوتے سوکھ گئے۔ سونے میں جکڑی ہوئی روحوں کو عیش و عشرت کے دیوتا کے سامنے سجدے کرنے پڑے۔ ہر طرف ظلم تھا، ہر سو لوٹ کھسوٹ۔ روحیں سونے کی قید میں گھٹتی رہیں اور بدن موٹے ہوتے رہے۔ موٹے پتلوں نے دبلے پتلوں کو کھانا شروع کیا اور خوب موٹے ہوتے رہے۔ اچانک ہمالہ کی ایک وادی میں سونے سے مڑھی ہوئی ایک روح مضطرب ہو اٹھی۔ روح کی آنچ سے سونا پگھلنے لگا۔ سنہرے خول کی پرتیں گرنے لگیں۔ روح آزاد ہو گئی۔ اس مہا آتما نے طلائی زنجیروں کو کاٹا اور زریں دیواروں کو ڈھا دیا۔

عظیم روح نے خواب کے پردوں کو اٹھا کر ماورائے خواب دیکھا۔ جہاں دکھ نہ تھے، بڑھاپا نہ تھا، موت نہ تھی، جہاں زندگی کا خواب نہ تھا، عدم کی حقیقت تھی، یزدان تھا،

سچیتا نند تھا۔ لیکن جب عظیم روح اس سراپا بدھ پتلے کو چھوڑ کر چلی گئی تو لوگوں نے رفتہ رفتہ خواب کی حقیقت کو بھلا دیا اور غفلت کے گھٹا ٹوپ اندھیرے صدیوں چھائے رہے۔ لمحہ کو ابد سمجھا گیا اور اس کج فہمی کے نتیجہ میں ظلم اور خون آشامی ہر طرف پھیل گئی، اور ہمالہ نئی صبح کے پرکاش کے انتظار میں کھڑا رہا۔ ساکت، جامد، چشم براہ!

الو ہی خواب کے دھوپ چھاؤں کی ایک اور کہانی سنئے۔ یہ قصہ در قصہ ہے، قصوں کے لچھے۔ خواب کی کہانی مربوط نہیں ہوتی۔ خواب منظم نہیں ہوتے۔ خواب ناک زندگی میں تنظیم و ربط نہیں، تراشیدگی نہیں، تعمیری ہم آہنگی نہیں، بس موج در موج کہانیاں ہی کہانیاں، ازل و ابد کی مرتعش لہریں، نشیب و فراز، رات اور دن، زوال و عروج، موت و حیات! ہمالہ نے اپنے عقب میں جھانک کر دیکھا۔ لق و دق کوہستان، صحرا، ریگستان، میدان و سبزہ زار، کاہستان و کشت زار، برفستانوں تک پھیلے ہوئے تھے۔ سین وطاسین کی دنیا، غدار دنیا۔ ہمالہ کو سکتہ سا لگ گیا۔ صرف ناک کی سیدھ میں دیکھنا کتنا پر فریب ہوتا ہے۔ ہمالہ نے سمجھا کہ وہ تو صرف ایک بلند مینار مشاہدہ ہے۔ عالم مشہود چاروں طرف پھیلا ہوا ہے۔ وہ عالم کتنے جاہل تھے، جنھوں نے گنگ و جمن سے آگے نہیں دیکھا اور کنویں کو سمندر سمجھ لیا۔ برہما کا خواب جہانگیر ہی نہیں، کائنات گیر ہے اور کائناتیں ان گنت ہیں۔۔۔ ستاروں سے آگے جہاں اور بھی ہیں۔

ہمالہ نے دیکھا کہ عالم شمالی بھی پتلوں سے بھرا ہوا ہے۔ زرد پتلے اور سرخ و سفید پتلے، ڈھال کی طرح چپٹے چہروں والے پتلے اور تلوار کی طرح تراشیدہ اور کٹیلے پتلے۔ اتری دیش میں بھی رست خیز اور لغزش و افتاد کے ہنگامے برپا تھے، وہاں بھی شائستہ و ناشائستہ کی جنگیں تھیں، وہاں بھی خون بہتے تھے مگر وہاں بھی کوئی ذوالقرنین امن و سلامتی کے لئے مضبوط ظاہری و باطنی سد بناتا تھا۔ ہمالہ نے دیوار چین کو مڑ کر دیکھا اور اسے اپنی

اہمیت کا اندازہ ہوا۔ ہمالہ نے تاد اور کنفیوشس کے نغمے بھی سنے اور اس نے محسوس کیا کہ کرشن کی بانسری ہر جگہ بجتی ہے۔ رام راکشش سے ہر جگہ لڑتا ہے۔

چین کے پیلے پتلے شہد کی مکھیوں سے زیادہ محنتی اور ذہین نکلے۔ انھوں نے نئ نئ ایجادیں کیں اور تہذیب و تمدن کو کاغذ کی ایجاد سے پر لگا دیے۔ ہمالہ نے دیکھا چینی تہذیب پورب، پچھم، اتر، دکھن تمام پھیل گئی۔ اس سے سورج کے گھر، پوربی ٹاپو، جاپان میں بھی اجالا ہوا اور پچھمی کالا ساگر تک سبھی دیش روشن ہوئے۔ منچو اور منگول بھی شائستہ ہونے لگے، روس کو بھی فیض پہنچا، ایران و توران کے علاوہ ہندوستان نے بھی حکمت چین سے گیان سیکھا۔ گیان اور عرفان! برہما کے سپنوں کے گورکھ دھندے! حسن کی خود بینی! نقاب کے اندر اپنی آئینہ داری آپ! سپنے کے حجاب! کبھی اپنے آپ سے بھی چھپ کر آرائش جمال کے لئے دزدیدہ نگاہی!

اور چین نے بھی ہند سے گیان سیکھا۔ چین کا دل بھی بڑا ہے اور دماغ بھی۔ عظیم چین نے بودھ کے پرکاش کو اپنے سینہ میں سمیٹ لیا اور اس کے ایک خاقان نے ملک کی سرحدوں سے باہر جھانکا اور دیکھا کہ برہما کے خواب کی پہنائی زمان و مکان کی حدبندیوں سے آگے ہے۔ چین کے آگے بھی ایک بڑا چین ہے، 'طاسین' یعنی عالم غرب میں رومۃ الکبریٰ کی عظیم قیصریت۔

ہمالہ دنیا کا بلند ترین مینار مشاہدہ۔ ہمالہ نے چین اور روما کی شہنشاہیتوں سے پہلے بھی حیرت خانہ ہستی کو دیکھا تھا۔ اس نے بابل و مصر کی سحر سامانیوں کا مشاہدہ بھی کیا تھا۔ اس نے دیکھا تھا کہ برہما کے خواب کے کئی پتلے اتنا پھولے اتنا پھولے کہ انھوں نے اپنے آپ کو ساری کائنات سمجھ لیا۔ اتنا سر اٹھایا کہ بساطِ خواب وخیال پر نقش فنا ہونے کے باوجود خود کو برہما ہی سمجھ بیٹھے۔ نمرود و فراعنہ برہما تو خود سندر تا ہے، روشنی ہے، حسنِ کامل ہے

اور حمد کامل کا مستحق۔ وہ خود معیار حسن وحمد ہے لیکن اس کے خواب کے پتلے عجیب و غریب ہیں۔ نفسی پیچیدگیوں میں مبتلا وہ ذہنی گتھیاں سلجھاتے، جذباتی عقدے حل کرتے اور احساسات وحواس کی گرہیں کھولتے رہتے ہیں۔ وہ خود مخلوقات خواب ہیں اور تعبیر خواب ہیں۔ مشغول بھی۔ کہانیاں اسی طرح پیدا ہوتی ہیں۔ علوم وفنون اسی ڈھنگ سے جنم لیتے ہیں۔

ہمالہ نے دیکھا، نمرود محض نفس امارہ کی ایک سرکش لہر تھا اور ابراہیم نفس مطمئنہ کا مظہر، برہما کا اوتار۔ ابراہیم نے دجلہ و فرات کی وادی میں ابھرنے والے پتلوں کے نفس لوامہ کو بیدار کر کے انھیں آزادی اور جنگ کی راہ دکھانی چاہی۔ ابراہیم بہت ہی پیارا، بہت پیار کرنے والا، نہایت مخلص، بڑا ذہین اور مستقل مزاج تھا۔ ابراہیم کی چار کتھائیں، وہ سندرتا اور سچائی کا کھوجی تھا، اس کے دیس والے چاند تاروں اور سورج کی پوجا کرتے تھے مگر اس کی نظر ستاروں سے آگے دیکھتی تھی۔ آئینہ کو نہیں، محبوب کو دیکھتی تھی۔ ٹمٹماتے ہوئے تاروں نے اسے اشارے کئے۔ وہ پیارے پیارے، اونچے اور چمکیلے تھے۔ ابراہیم نے محسوس کیا کہ یہ بہتوں کا دل موہ لیں گے۔ مگر اس کی ذہانت نے پایا کہ ان کی روشنی کامل نہیں۔ چاند نے جب اپنی جوت جگائی تو تارے ماند پڑ گئے، چاندنی کا جادو چل گیا۔ ابراہیم کے ذہن نے سوچا کہ یہ بھی حسن سر راہ گذر کا فریب ہے اور حسین فریب چل جاتے ہیں۔

ایسا بھی ہو سکتا ہے کہ اسی دمکتے ہوئے چاند کو لوگ حقیقت منتظر سمجھ بیٹھیں۔ لیکن چاند کی چاندنی بھی ماند پڑ گئیں اور اس کی تنک تابی نے مہر درخشاں کا پیام دیا۔ آفتاب نکلا اور باآب و تاب نکلا۔ اس کی جہاں تابی خیرہ کن تھی۔ حرارت وحیات کا منبع سورج۔ ابراہیم کے فکر نے پرواز کی۔ اسے خیال آیا کہ نارسا ذہن چڑھتے ہوئے سورج کے سامنے

سیس نوائیں گے۔ اس نے سوچا کہ شکر ہے سورج ڈوبتا بھی ہے، وہ حاظر و ناظر نہیں، وہ مجبور زوال ہے، وہ سر چشمۂ قوت و حیات کس طرح ہو سکتا ہے؟ ابراہیم کے ذہن رسا، فکر بلند اور نگاہ دور بیں نے نورالانوار کو حجابات نور کے اندر دیکھ لیا اور اس کی روح رب العالمین کے سامنے سجدہ ریز ہو گئی۔

ابراہیمؑ ایک دانشور تھا۔ وہ ذوق سلیم اور مذاق لطیف رکھنے والا بھی تھا۔ اس کی حکیمانہ باتوں میں مزاح و طنز کا عنصر پایا جاتا تھا۔ اس کا گھر صنم سازوں کا خانوادہ تھا۔ اس نے مکری کے دیوتا دیکھے اور ہنس پڑا۔ ایک دن اس نے چند چھوٹے بتوں کو توڑ پھوڑ دیا۔ دیوتا کی دوکان میں خلفشار مچا، دیوتا کو کس نے توڑا؟ ابراہیم خاموش تھا۔ لوگوں نے کہا، اسی نے بت شکنی کی ہوگی، اس کے ایسے لچھن ہیں۔ گھر کے بزرگوں نے ڈانٹ کر پوچھا۔ ابراہیم نے بن کر جواب دیا، بڑے بت سے پوچھ لو، اسی دیوتا نے چھوٹے دیوتاؤں کو بھسم کر دیا ہوگا۔ سب لاجواب ہو گئے۔ گونگے اور بے بس۔ دیوتاؤں کی کثرت کتنی مضحکہ خیز چیز ہے! پہلے ابراہیم کا دماغ جاگا اور پھر اس کا دل بیدار ہوا اور تیسری کتھا میں اس کے ہردے کی جاگ کی کہانی ہے۔

اور ابراہیم نے اطمینان قلب حاصل کرنا چاہا۔ وہ حیات و موت کے راز جانتا تھا۔ وہ ابدی زندگی کی فکری حقیقت سے واقف تھا لیکن حقائق جب تک واردات نہ بن جائیں، بے جان رہتے ہیں۔ ابراہیم کی آتما نے برہما سے پوچھا، ہے برہما! تو نے سرشٹی کو رچا، تو خالقِ اکبر ہے، بتا موت کے بعد تو کس طرح زندگی نو عطا فرمائے گا؟ برہما نے جواب دیا، میں پرماتما ہوں، آتماؤں اور پرماتما کے درمیان پریم کا سمبندھ ہے۔ پریم کی ڈور میں بندھی ہوئی ساری روحیں میری طرف کھنچی آئیں گی اور مجھ میں حیاتِ تازہ پائیں گی۔ ابراہیم کو حکم ہوا کہ وہ چند پرندے پالے، انھیں کھلائے پلائے، سدھائے اور ان سے پیار

کرے۔ جب پرندے اس سے ہل مل گئے تو حکم تو اکہ انھیں دور پہاڑوں پر چرنے چگنے کے لئے چھوڑ آؤ۔ ابراہیم نے ایسا ہی کیا۔ پھر حکم ہوا کہ انھیں چمکار کر آواز دو۔ پرندے بیتابانہ اس کی آواز سن کر دوڑے ہوئے آئے، اور ابراہیم کے دل کی کھڑکیاں کھل گئیں۔ اس کے ہر دے میں یہ بات گھر کر گئی کہ اس دنیا میں مردہ روحیں محبت سے ہی نئی زندگی پا سکتی ہیں اور اس عالم میں بھی یہی محبت کی بجلی انھیں جی اٹھنے کے قابل بنا دے گی۔ عشق حیات عالم ہے۔ محبت روحِ کائنات ہے۔

اور ابراہیم کی چوتھی کتھا شروع ہوتی ہے۔ ابراہیم حنیف کا دل گہوارۂ محبت بن گیا تھا، مگر ابھی عشق کے امتحاں اور بھی ہیں۔ علم بھی آگ ہے اور جہالت بھی آگ، محبت بھی آگ ہے اور نفرت بھی آگ۔ علم اور عشق آتش روشن ہیں اور جہل و نفرت آتش تاریک۔ آگ آگ کو جلا نہیں سکتی مگر روشن آگ تاریک آگ کی ظلمتوں کو دور کر سکتی ہے۔ ابراہیم کے دل میں شعلۂ عشق بھڑک رہا تھا۔ جاہلوں نے اسے اپنی مخالفت اور نفرت کی سیاہ آگ میں جلانا چاہا مگر ابراہیم کو یہ کالی ناگن ڈس نہ سکی۔ آگ ٹھنڈی ہو گئی اور ابراہیم کے لئے سلامتی ہی سلامتی تھی۔ محبت سلامتی ہے! محبت امن ہے! محبت حیات ہے!

ہرگز نہ میرد آنکہ دِلش زندہ شد بہ عشق
شبت است بر جریدۂ عالم دوام ما

اور ہمالہ نے دیکھا! نسل ابراہیمی نیل کے ساحل سے لے کر تابہ فرات پھیل گئی اور پھیلتی ہی چلی گئی۔

آلِ ابراہیم۔۔۔؟ جیسے سمندر کی لہریں۔۔۔!

آلِ ابراہیم۔۔۔؟ جیسے ریگستان کے ذرے۔۔۔!

آلِ ابراہیم۔۔۔؟ جیسے آکاش کے تارے۔۔۔!

اور ہمالہ نے دیکھا، ابراہیم کی مشعل جلتی ہی رہی، اندھیرے شکست کھاتے ہی رہے، محبت مردوں کو زندہ کرتی ہی رہی۔ ابراہیم کی محبت یوسف کے حسن میں چمکی اور اس نے مِصر کو نظام دیا۔ ابراہیم کا عشق موسیٰ کے ید بیضا میں تاباں ہوا اور اہرام سجدہ ریز ہوگئے۔ ابوالہول سکتہ میں آگیا۔ مصر کے پتلے ابدیت کی تلاش میں، اپنی لاشوں کو حنوط شدہ بناتے رہے لیکن ان کی روحیں اہرام کے ظالمانہ بوجھ تلے سسکتی ہی رہیں۔ موسیٰ نے کہا حیات اہرام مصری میں نہیں، زندگی سحر سامری میں نہیں، ضرب عشق میں ہے، عمل پیہم میں ہے۔ موسیٰ نے حسن کی آگ کو سر طور روشن دیکھا اور اس کے جلووں سے اپنے دل کو معمور کرلیا۔ اس نے اسی آگ سے ایک مردہ قوم کو زندہ کر دیا اور اہرام مصر کی بلندیاں غرق نیل ہوگئیں۔

اور ہمالہ نے دیکھا، ابدیت حنوط شدہ لاشوں میں نہیں، سقراط کے زہر پینے میں ہے۔ حسن صداقت ہے، محبت حقیقت ہے۔ محبت نہ آگ میں جلتی ہے، نہ زہر سے مرتی ہے۔ محبت، حسن اور صداقت ابدی ہیں۔ خواب کے پتلے فانی ہیں۔ حقیقت اور ابدیت ماورائے خواب ہیں۔ یہ تو عشق کی جرأت رندانہ ہے جو سارے پردے اٹھا کر، برہما کے خواب میں رخنے ڈال کر، ماورائے خواب ابدیت کو جھانک کر دیکھ لیتی ہے۔ ابراہیم، موسیٰ، سقراط، کرشن، رام اور بودھ نے برہما کے خواب کے گورکھ دھندے سے آگے برہما کے ہر دے کو دیکھ لیا اور وہیں ابدیت تھی، حسن تھا، عشق تھا مگر ابھی برہما کے خواب کا ارتفاع باقی تھا۔ وہ دور بھی آیا جب خواب کے ایک پتلے نے برہما کے دل میں جگہ پالی۔ آہ برہما کے خواب کی پر پیچ راہیں! اس مقامِ معراج کے پہلے بھی صلیب اور بعد بھی صلیب۔ خواب کے پتلوں کا راستہ پر خار و پر خوں ہے۔ برہما خود تو کامل ہے لیکن وہ ناتمامی

کے خواب دیکھتا رہتا ہے، اور داغ و درد نا تمامی کو مٹانے کے لئے آرزو مندانہ طور پر سعی پیہم بھی کرتا رہتا ہے۔

وہ فانی پتلوں کی بندگی کے درد جگر کا درماں بھی پیدا کرتا ہے اور کبھی درد لا دوا بھی بخشتا ہے۔ وہ خواب وجود میں اہرمن آفرینی کرتا ہے اور پھر اہرمن شکاری بھی۔ غالب و قادر ہونے کا احساس و اظہار اسی طرح ہوتا ہے۔ ناکامل کو کامل بنانے اور شیطان کو شکست دینے میں اسے لذت ملتی ہے۔ مگر حقیقیت تو صرف یزداں کی ہے۔ حسرتیں تو اس کی خواب میں ہی پوری ہوتی ہیں۔ آرزو مندانہ خواب! جاگتے ہوئے تو اسے شعور کمال اور کمال شعور حاصل ہوتا ہے۔ یزداں اپنے اوپر خواب طاری کرتا ہے۔ وہ روزہ رکھ لیتا ہے تاکہ افطار کرکے اپنی قدرت کاملہ کا ایک نئے پہلو سے اظہار کرے۔ خواب میں اس کی حسرتیں جاگتی اور پوری ہوتی ہیں۔ وہ پتلوں کی تکمیل کے لئے کڑھتا ہے اور کس حسرت سے کہتا ہے، تم اپنے رب کی نعمتوں میں سے کس کس کا انکار کروگے؟ بیداری میں برہما ماورائے حسرت وارمان ہے۔ احد ہے، صمد ہے۔ اس کے جلوہ احدیت کی کسے تاب ہے! نہ کائنات کو، نہ فطرت کو، نہ حیات کو۔۔۔!

اور ہمالہ نے دیکھا، موسیٰ نے غلام بنی اسرائیل کو ظالم فرعونوں کے پنجہ سے نجات دلائی۔ سمندر شق ہوا اور موسیٰ کی بھیڑیں سلامت نکل گئیں۔ مگر فرعون اور اس کے لشکر کو بحر احمر نے نگل لیا۔ موسیٰ صحراؤں میں تعمیر ملت کرتا رہا اور یونانی، رومی، مصری، عاشوری، بابلی، کلدانی، میدی اور ایرانی دست قدرت کی عجوبہ کاریاں حیرت سے دیکھتے رہے۔ اور موسیٰ نے کہا، قیدار کے خیموں میں بھی زندگی دوڑے گی، صحرائے عرب میں بھی قیامت آئے گی، اور میرے بھائیوں میں سے خدا مجھ سا ایک نبی پیدا کرے گا۔ خدا فاران سے طلوع ہوا اور شعیر پر چمکا۔ وہ دس ہزار قدسیوں کے ساتھ آیا اور ایک آتشیں

شریعت لایا۔ اور موسی کے دوسرے خلیفہ یوشع بن نون کو یہودا نے ارض موعود عطا کر دیا۔ کیونکہ وہ اسرائیل اور ابراہیم کا خدا تھا۔ اس کے حمد میں داؤد نے نغمے گائے۔

زمین رب العزت کی ہے اور جو کچھ اس کے اندر ہے، اسی کا ہے۔ ساری دنیا اور اس کے تمام باشندے اسی کے ہیں۔۔۔ اے پھاٹکو! کھل جاؤ۔ اور اے ابدی دروازو! وا ہو جاؤ۔ وہ صاحب جلال و جبروت بادشاہ آرہا ہے۔ یہ ملک ذوالجلال کون ہے؟ رب العزت، قوی و عزیز جنگ میں غالب، رب الافواج!

اور داؤدؑ کے بیٹے سلیمان نے میراث داؤد کو مستحکم بنایا اور یروشلم میں ہیکل تعمیر کیا۔ اس نے حسنِ منتظر محبوب خدا کو کشف میں دیکھا اور اس کی نعت میں نغمۂ نغمات پیش کیا۔

میرے محبوب! تو سراپا حسن ہے، بے داغ! ایک محفوظ باغ' ایک مستور چشمۂ صفائی، ایک مختوم فوارہ!

میرا محبوب سرخ و سفید ہے۔ وہ دس ہزار اصحاب کے درمیان سر بلند ہے۔ اس کے لب و دہن شیریں ہیں۔ محمدیم، سراپا حسن و توصیف! یہی میرا محبوب ہے، یہی میرا دوست ہے اے یروشلم کے بیٹو!

اور پھر خطاکاروں اور فاسقوں نے یروشلم کے تقدس کو اپنے گھناؤنے اعمال سے گرد آلود کر دیا۔ ارض موعود، نبیوں کی پاک سرزمین ٹکڑے ٹکڑے ہوئی۔ یروشلم کا دودھ خشک ہو گیا۔ یہودا کے باغہائے زیتون و نارنج ویران ہو گئے۔ صہیون کی پہاڑیاں سخت اور چٹیل ہو گئیں۔ اور اسرائیل اغیار کے قدموں تلے روندا گیا۔

یسیماہ نبی نے کشف میں دیکھا، بیل بھی اپنے مالک کو پہچانتا ہے اور گدھا بھی اپنے آقا کو جانتا ہے، مگر بنی اسرائیل نہیں شناخت کرتے۔ انھوں نے رب العالمین کو بھلا دیا

اور اس کے غضب کو بھڑکایا۔ یہودا نے اپنی محبوب قوم کو ایک انگوری باغ دیا اور اسے ثمر ور بلندی پر قائم کیا۔ اسے دیواروں سے محفوظ بنایا گیا۔ اس میں اعلیٰ قسم کے انگور کی بیلیں لگائی گئیں اور نفیس انگوری شراب نچوڑنے کی بھٹی تعمیر کی گئی۔ توقع تھی کہ اس باغ میں اعلیٰ درجہ کے انگور پھلیں گے لیکن اس میں جنگلی کھٹے انگور لگنے لگے۔ آخرش باغ سے حفاظت کی جھاڑیاں کاٹ دی گئیں اور چاردیواری کی دیواریں ڈھادی گئیں۔ جانوروں نے بیلیں چرلیں اور کیاریوں کو روند دیا۔ باغ ویران ہو گیا۔ اس میں خاردار جھاڑیاں اور کانٹے اگنے لگے۔ یہودا نے بادلوں کو حکم دیا کہ اس باغ پر اب نہ برسیں۔

اور جانتے ہو رب الافواج کا انگوری باغ کیا تھا؟ خانوادۂ اسرائیل اور یہودا کے لوگ اس کے پودے تھے اور ان پودوں نے ناحق بغاوت کی، قانون کو توڑا، سبت کے دن کا احترام نہ کیا، توبہ کی اور پھر اسے فراموش کر دیا۔ یہاں تک کہ یہودا کا جلال ظاہر ہوا اور اس نے بنی اسرائیل کو عاشوریوں کا شکار بنا دیا۔ بے انصاف خاکی پتلوں کا انجام! محتاجوں کو رد کرنے والے، اور یتیموں کو لوٹنے والے عاشوری، خدا کے غضب کی لاٹھی، اس کی ناراضگی کا ڈنڈا! فتنہ عاشور سے بچے کھچے لوگ معارف کر دیے گئے، ان کی اصلاح ہو گئی اور ان میں منصف، ذہین، دور بین اور خدا ترس فرماں روا پیدا ہوئے۔ یہودا تعریف کا مستحق ہے۔ وہی نغمۂ مسرت ہے، وہی راہِ نجات ہے۔ عاشوری طاقت توڑ دی گئی مگر آلِ اسرائیل پھر بگڑ گئے۔

اے بابِ یروشلم زاری کر! اے شہر رو! اے فلسطین تو برباد ہو گیا۔۔۔! کبھی عاشوریوں اور مصریوں میں جنگ ہوئی اور کبھی صلح۔ فلسطین مرکزی حیثیت سے پھلا پھولا اور پھر اپنی خطاؤں کی آگ میں آپ جل گیا۔

ہمالہ نے سنا، یسیماہ اور یرمیاہ نے اسرائیل، یہودا اور صہیون کو نصیحتیں کیں۔ ان

نبیوں نے یروشلم کو ڈرایا، مگر متکبر گردنیں نہیں جھکیں، سخت دل نہیں پگھلے۔ یہودا نے کہا، پس میں اس سرزمین سے تمہیں نکال باہر کردوں گا اور بیگانہ علاقوں میں تم غلامانہ زندگی بسر کروگے۔ مچھیرے آئیں گے اور تمہیں پکڑلے جائیں گے۔ شکاری حملہ آور ہوں گے اور تمہیں نشانہ بنائیں گے۔ تمہیں کہیں پناہ نہیں ملے گی۔ میں نے زمین و آسمان بنائے ہیں۔ میں سارے آدمیوں اور تمام مخلوقات کا خالق ہوں۔ میں اپنی قدرتِ کاملہ اور وسیع اختیارات کے تحت جسے چاہتا ہوں، زمین کا وارث بناتا ہوں اور اب میں نے ارضِ فلسطین اور بہت سارے ملک بخت نصر شاہ بابل کو عطا کر دیے۔ بادشاہوں اور قوموں کو اس کی اطاعت کرنی پڑے گی۔ آلِ اسرائیل اسیر کئے جائیں گے اور بابل کی غلامی کریں گے تا آنکہ ستر سالہ مدت پوری ہو جائے گی اور پھر میں ان کی رستگاری کی طرف متوجہ ہوں گا۔

اور ایسا ہی ہوا۔ یہودیوں کا بادشاہ صدیقیاہ اپنی تمام قوم کے ساتھ مفتوح اور اسیر ہوا، اور پابہ زنجیر بابل کو لے جایا گیا۔ یہودا نے اخوت، مساوات اور آزادی کی تعلیم کو بھلایا۔ اپنے بھائی، اپنے ہمسایہ اور یہودا کے کمزور، غریب و محتاج بندوں کا حق ادا نہ کیا۔ یہودا کا غضب بھڑکا اور اب اس نے تلوار، وبا اور قحط کو آزادی دے دی کہ وہ اسرائیل کی فربہ بھیڑوں کو تباہ و برباد کر دیں۔ بخت نصر نے ایک خواب دیکھا اور اسے بھول گیا۔ اس نے اپنے وزیر دانا کو بلایا اور حکم دیا کہ مملکت کے سارے کاہنوں، رمالوں، ساحروں، نجومیوں، فلسفیوں، مذہبی پیشواؤں اور عالموں کو بلاؤ/ اگر وہ بھولا ہوا خواب نہ یاد دلا سکیں اور اس کی تعبیر نہ سنائیں تو سب کے سر قلم کردو۔ سلطنت بھر میں سنسنی اور خوف پھیل گیا۔

لوگ دانیال کے پاس آئے اور وحشت ناک خبر سنائی۔ دانیال بادشاہ کی خدمت

میں حاضر ہوا اور اس نے تعبیر خواب کے لئے وقت مانگا۔ سارے عقلا اپنے عجز کا اعلان اور اپنی بے بسی کا اقرار کر چکے تھے۔ بادشاہ نے دانیال کو مہلت دے دی۔ دانیال اپنے گھر واپس لوٹا اور اس نے اپنے ساتھیوں کو یہ ماجرا کہہ سنایا۔ ان سبھوں نے فیصلہ کیا کہ وہ خدائے ارض وسما کے آگے سجدہ ریز ہو کر دعائیں اور التجائیں کریں گے تاکہ وہ علیم وقدیر اس بھید سے انھیں آشنا کر دے اور ان سب کی جانیں بچ جائیں۔ آخرش اللہ تعالیٰ نے دانیال پر اس راز کو منکشف کر دیا۔ اس نے خدائے بزرگ وبرتر کی تحمید وتوصیف کی اور اس کا شکر ادا کیا۔ پھر دانیال بادشاہ کے دربار میں حاضر ہوا اور اس نے عرض کیا، "اے شہنشاہ! جس بھید کا پتہ عقلا نہ پاسکے، اس بھید سے خداوند عرش نے مجھے آگاہ کر دیا ہے تاکہ میں عالی جاہ کے حضور خواب اور تعبیر خواب دونوں بیان کروں۔ وہی صاحب عروش وکرسی علام الغیوب ہے، وہی اپنے بندوں پر رازہائے سربستہ کا انکشاف فرماتا ہے۔

اے شہنشاہ! حضور والا نے خواب میں ایک عظیم الجثہ مجسمہ دیکھا۔ یہ تاباں اور مہیب پیکر حضور کے سامنے استادہ نظر آیا۔ اس کا سر خالص سونے کا تھا۔ سینہ اور بازو چاندی کے تھے۔ پیٹ اور جانگھ پیتل کے۔ ٹانگیں لوہے کی اور پاؤں لوہا اور مٹی کے آمیزہ بنے تھے۔ حضور عالی اسے دیکھتے رہے تا آنکہ ایک پتھر بغیر کسی ہاتھ کی مدد کے پہاڑوں سے کاٹ کر علیحدہ کیا گیا اور بت کے پاؤں پر دے مارا گیا۔ پاؤں چکنا چور ہو گئے پھر سارا بت ریزہ ریزہ کر دیا گیا اور بھس بنا کر اڑا دیا گیا، اور جس پتھر نے مجسمہ کو ٹکڑے ٹکڑے کر دیا تھا وہ بہت بڑا پہاڑ بن گیا اور ایسا معلوم ہوتا تھا کہ تمام روئے زمین پر وہ پھیل گیا ہے۔

یہ تو جناب والا کا خواب ہوا، اور اب میں اس کی تعبیر عرض کرتا ہوں، اے بادشاہ! آپ بادشاہوں کے بادشاہ ہیں۔ خدائے عرش نے حضور عالی کو سلطنت عظیم، اقتدار اعلیٰ

اور قوت و جبروت کی نعمتیں بخشی ہیں۔ حضور اس شہنشاہیت عظمیٰ کے فرق زریں ہیں۔ حضور عالی کے بعد اور حکومتیں ہوں گی جن کی مثل چاندی کی ہے۔ وہ حضور والا کی سلطنت سے فروتر ہوں گی۔ بعد ازاں تیسری حکومت پیتل کی مانند ہو گی۔ چوتھی لوہے کی طرح مضبوط ہو گی۔ دوسروں کو توڑے گی اور جب خود ٹوٹے گی تو اپنا ہاتھ آپ مجروح کرے گی، اور پایان کار پانچویں حکومت آئے گی۔ یہ بٹی ہوئی ہو گی، کچھ کمزور کچھ مضبوط۔ منظم و مربوط نہ ہو گی۔ اس دور آخر میں غیب کا ہاتھ ایک نئی سلطنت کی بنیاد ڈالے گا اور اسے مستحکم و طاقتور بنائے گا۔ وہ ساری حکومتوں کا خاتمہ کرنے والی حکومت ہو گی اور زمانۂ دراز تک قائم رہے گی۔ خدائے ذو الجلال نے بادشاہ کو مستقبل کی خبر دی ہے اور حضور کو بتایا ہے کہ سلطنت بابل کا انجام کیا ہو گا۔ یہ سچے خواب کی سچی تعبیر ہے۔"

بادشاہ نے اقرار کیا کہ اس نے یہی خواب دیکھا تھا اور کہا، بے شک تمہارا رب رب الارباب اور ملک الملوک ہے۔ وہ علام الغیوب اور کاشف الحقائق ہے۔ بخت نصر دانیال پر مہربان ہوا۔ اس نے خدا کے پیارے کی قدر کی تو خدا نے اس پر رحم کیا۔ ایسا ہوا کہ اس سے سلطنت چھن گئی مگر خدائے غالب نے بخت نصر کو پھر تاج و تخت دلوا دیے اور دانیال نے ایک اور رویاء دیکھی۔

دانیال نے دیکھا کہ وہ دریائے اولائی کے کنارے پر ہے۔ سامنے ایک دو سینگوں والا مینڈھا کھڑا ہے۔ سینگ بہت بڑے بڑے ہیں لیکن ایک نسبتاً چھوٹا ہے۔ پہلے چھوٹا سینگ سامنے آتا ہے پھر بڑا سینگ۔ مینڈھا مغرب، شمال اور جنوب کی طرف سر مارتا ہے، کوئی جانور اس کے مقابلے کی تاب نہیں لاتا اور کسی کو اس سے نجات نہیں ملتی۔ وہ اپنی من مانی کرتا جاتا ہے اور بڑا بنتا جاتا ہے۔ اچانک ایک بکرا مغرب سے آ نکلا اور تمام

روئے زمین پر چھا گیا۔ اس کی آنکھوں کے بیچ میں ایک بڑا سا سینگ نمایاں تھا۔ بکر امینڈھے پر غضب ناک ہو کر حملہ آور ہوا، اس نے مینڈھے کے دونوں سینگ توڑ دیے، اسے زمین پر دے مارا اور پاؤں سے خوب روندا۔ بس بکرا بہت عظیم الشان بن گیا اور ابھی وہ طاقتور تھا ہی کہ اس کا سینگ ٹوٹ گیا۔ پھر چار اور سینگ نکل آئے۔

ان میں سے ایک سینگ کے اندر ایک اور چھوٹا سا سینگ پھوٹا اور بہت بڑا ہوتا گیا۔ یہ جنوب کی جانب، مشرق کی جانب اور ارض نشاط خیز کی طرف بڑھتا رہا، اور رفتہ رفتہ بہت عظیم الشان بن گیا، اور آسمان تک جا پہنچا۔ یہاں تک کہ اس نے چند مخلوقات سماوی اور چند تاروں کو زمین پر گرا لیا، اور انھیں پاؤں تلے روندا۔ اس نے اپنی کبریائی کا دعویٰ کیا اور آسمانی بادشاہت کے شہزادے پر حملہ آور ہوا، عبادات کو بند کیا اور مقدس مقامات کو مٹایا۔ اس کے اندر ظالم افواج کی طاقت تھی۔ دانیال کو پھر مکاشفہ ہوا۔ اس نے مقدس ارواح کی باتیں سنیں اور اسے خواب کی تعبیر بتائی گئی۔

اسے معلوم ہوا کہ آخری زمانہ کے اس فتنۂ عظیم سے مکمل رستگاری دو ہزار تین سو سال کے بعد ہو گی۔ جبریل نے بتایا کہ مینڈھے اور اس کے دو سینگوں سے مراد ہے مید یا اور فارس کے بادشاہ، اور بکرے سے مراد ہے یونان کے بادشاہ۔ دونوں آنکھوں کے درمیان والے طاقتور سینگ کا مطلب یہ ہے کہ یونان کا پہلا شہنشاہ عظیم طاقتوں والا ہو گا۔ چار سینگوں کی تعبیر ہے چار سلطنتیں، جو یونانی تہذیب کی پروردہ ہوں گی مگر پہلی شہنشا ہیت سے کمزور ہوں گی اور مغربی یونانی تہذیب کے دورِ آخر میں دجل و ظلم کی انتہا ہو گی، اور ان میں ایک مہیب بادشاہ پیدا ہو گا۔ اس کے تاریک عقائد ہوں گے۔ وہ قوت و جبروت کا مالک ہو گا۔ تخریب کا دیوتا بن جائے گا۔ مضبوط اور مذہبی لوگوں سے دشمنی کرے گا۔ اس کے نظام کی ترقی سے صنعت و حرفت کو بڑا فروغ حاصل ہو گا۔ وہ امن کا

نام لے کر لوگوں کو تباہ کرے گا، اور روحانی شہزادۂ شہزادگان کے خلاف کھڑا ہوگا۔ آخرش کرامات کے ذریعہ وہ توڑا جائے گا۔

دانیال کو شمال اور جنوب کے مختلف بادشاہوں اور سلطنتوں کے درمیان جنگوں کا ایک سلسلہ کشف کے ذریعہ دکھایا گیا۔ اسے بتایا گیا کہ یہ سلسلہ آخری زمانہ تک پھیلتا جائے گا، تا آں کہ شمال کی سلطنت میں ایک آمر مطلق رونما ہوگا۔ وہ ساری پرستیدہ ہستیوں سے اپنے کو بلند و بالا قرار دے گا اور رب الارباب کے خلاف حیرت ناک باتیں کرے گا۔ وہ اپنے آبائی مذہب کا انکار کردے گا اور کسی ماورائی طاقت کا قائل نہ ہوگا لیکن اپنی مملکت میں وہ طاقت کے دیوتا کی عبادت کرے گا اور بالکل نئے تصورات کی پوجا میں لگ جائے گا۔ قوت و جبروت، چاندی اور سونا اور مادی لذات کو اپنا معبود بنائے گا۔ وہ منفعت کے لئے زمینوں کی تقسیم کرے گا اور بہتیری قوموں پر جابرانہ حکومت کرے گا۔ جنوب کے بادشاہ سے اس کی لڑائی ہوگی اور اہلِ جنوب پر وہ طوفان کی طرح چھا جائے گا اور ارض مقدس تک جا پہنچے گا۔ مصر کے خزائن پر بھی اسے قدرت حاصل ہوگی۔ اچانک شمال اور مشرق سے اس کے لئے بری خبریں آئیں گی اور اسے اپنے علاقہ کی طرف لوٹنا پڑے گا۔ آخر الامر وہ تباہ کر دیا جائے گا اور بے یار و مددگار اپنے برے انجام کو پہنچے گا۔

خواب کے پتلے بھی خواب دیکھتے ہیں۔ یہ سارے سپنے برہما کے من کی موجیں ہیں۔ یہی من موجی سپنے حقیقت کا روپ دھارتے رہتے ہیں۔ سپنے بھی اس کے سپنوں کا دیس بھی اسی کا۔ سپنوں کے پتلے بھی اسی کے اور تعبیریں بھی اسی کی۔

ہمالہ نے دیکھا، آخرش میڈیا اور فارس کا بادشاہ خورس اعظم ذوالقرنین یعنی دو سینگوں والا مینڈھا بنا، اور اس نے مشرق و مغرب میں اپنی حکومتیں قائم کرلیں، اسی کے

ہاتھوں بابل کی سلطنت برباد ہوئی اور آل اسرائیل اسیری سے آزاد ہوئے اور یروشلم پھر آزاد ہوا۔ فارس کی طاقت کو سکندر یونانی نے پاش پاش کر دیا۔ بکرے نے مینڈھے کو مار گرایا۔ سکندر یونان کے مرکزی سینگ نے دارا کی دارائی توڑی مگر ایام شباب میں ہی اکھیڑا گیا۔

ہمالہ نے دیکھا، ستر سال کے بعد آل اسرائیل کو بابل کی قید سے رستگاری حاصل ہوئی اور یہودا یروشلم میں واپس آیا۔ دخترانِ صہیون نے خوشیاں منائیں اور رقص کناں ہوئیں۔ زکریا اور یحیٰی نبی کی دعاؤں کے سایہ میں بنی اسرائیل پھر پروان چڑھنے لگا۔ کچھ دنوں بعد یہودیوں نے پھر شریعت کی بے حرمتی کی۔ علماء یہود ہی بگڑ گئے۔ وہ صراطِ مستقیم سے ہٹ گئے اور ان کے ہاتھوں قوانین توریت کی مٹی پلید ہوئی۔ آخرش یہودا نے ان کو بھی رسوائے عالم کر دیا۔

رومی شہنشاہوں نے انھیں کچلا اور ان کی فوجوں نے انھیں پاؤں تلے روندا۔ بنی اسرائیل اپنے گھر میں اسیر ہوگئے۔ غلامی ان کی قسمت میں لکھ دی گئی۔ خدا کی رحمت جوش میں آئی اور آلِ اسرائیل کی حیاتِ ملی کی شام کے وقت اچانک روشنی ہوئی اور صدق و محبت کا ستارہ طلوع ہوا۔ رومی بادشاہ ہیروڈ کی آنکھیں خیرہ ہوگئیں اور اس کے ہوش اڑ گئے۔ یہودیوں کا بادشاہ پیدا ہوا۔ بپتسمہ دینے والے جَون نے اعلانِ عام کیا کہ آسمانی بادشاہت قریب ہے۔ توبہ کرو تا کہ بخشے جاؤ۔ صحرا بہ صحرا اس مرد خدا نے منادی کی اور شہزادۂ امن کے لئے راستہ صاف کیا۔ عیسیٰ مسیح کا نزول ہوا۔ آسمانوں کے دروازے کھل گئے اور روح سماوی فاختہ کی شکل میں اس پر نازل ہوئی۔ خدا کے اس پیارے نے یہودیوں کو درسِ محبت اور دعوت اخلاص دی۔ اس نے فقیہوں اور فریسیوں کو ظاہر داری اور مکاری سے روکا، اور صدیقیوں اور ربیوں کو مادہ پرستی اور سنگ دلی پر

ٹوکا۔ اس نے بتایا کہ انسان روٹی کے سہارے نہیں بلکہ محض خدا کے فضل سے جیتا ہے۔

عیسیٰ نے کہا، برکت والے ہیں عاجزی کرنے والے، کیوں کہ وہی زمین کے اصلی وارث ہیں۔ برکت والے ہیں رحم دل کہ ان پر ہی رحم کیا جائے گا۔ برکت ہوئی مخلصوں پر کہ وہی خدا کا دیدار کریں گے۔ صاحبِ برکت ہیں اہلِ صلح کہ وہی خدا کی اولاد کہلائیں گے۔ برکت والے ہیں وہ جنھیں صداقت کی خاطر ظلم و ستم سہنا پڑے، کہ وہی آسمانی بادشاہت میں داخل ہوں گے۔ اے مظلومو! تم زمین کا نمک ہو۔ دیکھو اپنے مزے اور مزاج کو قائم رکھو۔ تم اگر بدمزہ ہوئے تو تمہاری بدنمکی بھلا کون دور کرے گا۔

تم سارے جہان کی روشنی ہو۔ اپنے نور کو مینارِ روشنی کی طرح بلند و باقی رکھو۔ اے لوگو! تم کامل بنو جیسے تمہارا آسمانی باپ کامل ہے۔ مگر افسوس یروشلم نے اس کی نہ سنی اور برادرخت برا ہی پھل لایا۔ بدبخت یہودی نے ہیرے کو پتھر سے توڑا، اور امن و محبت کی روح کو سولی پر چڑھوایا۔ کون گنہگار تھا رومی گورنر پائلٹ؟ یا لانبی داڑھیوں والے شقی القلب یہودی علماء و فقہا؟

ارض و سماء کانپ اٹھے۔ روحِ محبت صلیب پر سے پکاری، ایلی ایلی! لما سبقتنی؟ اے میرے خدا! اے میرے خدا! تو نے کیوں مجھے چھوڑ دیا؟ طور کی چٹانیں پھٹ پڑیں، ہمالہ کی بلندیاں لرزیں۔ خدا نے اپنے پیارے کو نہیں چھوڑا مگر اسے آزمائش کا تلخ پیالہ پینا پڑا۔ اس کی نشاۃ الثانیہ ہوئی اور پھر وہ اپنے گیارہ حواریوں سے جھیل گلیلی کے کنارے ملا۔ بعض نے اس کی حیات نو پر شک کیا۔ عیسیٰ نے انھیں نصیحت کی۔ کہا، ساری قدرت مالک میں ہے۔ اسی نے مجھے زمین و آسمان کی طاقتیں بخشی ہیں۔ سخت دلی اور بے یقینی کی عادتیں ترک کرو اور جاؤ قوموں کو تعلیم دو اور ان کے لئے برکت کے دروازے کھولو۔ بعد ازاں وہ بادلوں میں غائب ہو گیا۔

یہودیوں پر خدا کا غضب بھڑکا اور وہ ذلیل بندر بنا دیے گئے۔ انگوری باغ کے مالک نے یہ امانت ان سے چھین لی اور اس نے باغ کی نعمت دوسرے مالیوں کو دینے کا فیصلہ کر لیا۔ اسرائیل کا درخت بے ثمر کاٹا گیا۔ فلسطین برباد ہوا، اور رومیوں نے بد خصال غلاموں کو سارے عالم میں رسوا ہونے کے لئے بکھیر دیا۔ داؤد کی پیش گوئی کا ایک حصہ پورا ہوا، اور وعدۂ آخر تک کے لئے اسرئیل کی سلطنت نابود ہو گئی۔

ہمالہ کی بلند چوٹیوں نے ابنِ آدم کی بے قرار دعاؤں کی گونج سنی تھی۔ وہ اپنے آسمانی باپ سے رو رو کر دعائیں کرتا تھا۔ چشموں کے کنارے، خاموش وادیوں میں، بلند پہاڑوں پر مقام بہ مقام، گام بہ گام۔ ولی طوما انھیں دعاؤں کی بازگشت سن کر اپنے آقا کی تلاش میں دیارِ ہند میں آیا۔ آسمانی باپ نے ابنِ آدم کو برکتوں پر برکتیں دیں اور شرق و غرب میں اس کی امت پر روحانی اور مادی نعمتیں نازل کیں۔ اصحابِ کہف اور صاحبانِ رقیم بھوکے شیروں کے سامنے ڈالے گئے، ریچھوں نے انھیں پھاڑ کھایا، سیافون نے تالیاں بجانے والے درندہ صفت رومی تماش بینوں کے سامنے ان کا خون بہایا، ان کی تکا بوٹی کی، مگر وہ کانٹوں کا تاج پہننے والے مصلوب، بندۂ خدا کی سچائی کا اور آسمانی باپ کے وجود کا برملا اقرار و اعلان کرتے رہے۔ وفاداروں نے انعامِ وفا پایا۔

بھگوان کی لیلا عجیب! اس کے سپنے نرالے! ایشیا کے ایک شہید نے اپنے خون سے یورپ کی سرزمین کو سینچا لیکن ہمالہ نے دیکھا کہ عیسیٰ کو اپولو کے مندر میں بٹھا دیا گیا۔ صلیب کا خون سوکھ گیا اور محض ایک چوب خشک ہو کر رہ گئی۔ پھر چاندی اور سونے کی صلیبیں گڑھی گئیں، مگر خون کا بدل کچھ نہیں، خون بے بہا ہے۔ خون زندگی ہے۔ خون الوہیت کے چہرے کا غازہ ہے۔ ہر شخص کو اپنی صلیب آپ اٹھانی پڑتی ہے۔ اپنا خون آپ بہانا پڑتا ہے۔ روحانیت سچی قربانی چاہتی ہے۔

پولوس ولی نے کہا تھا، میں جانتا ہوں میرے چلے جانے کے بعد درندہ بھیڑیے تمہیں چیر پھاڑ کر کھائیں گے اور گلہ پر تباہی آئے گی، نیز تمہارے اندر بھی ایسے لوگ پیدا ہوں گے جو گمراہی کی ساحرانہ باتوں سے شاگردوں کے دل موہ لیں گے اور انھیں اپنا پیرو بنالیں گے پس ہوشیار رہو۔ ہمالہ نے دیکھا، سارے سنسار میں گھرا اندھیرا چھا گیا۔ خود ہمالہ طبق در طبق گھپ اندھکار میں لپٹ گیا۔ ایک اتھاہ رات ٹوٹ پڑی۔ ستارے بے نور ہوگئے۔ چاند کالی ٹکیہ کی طرح کالا پڑ گیا۔ سورج طلوع ہوتا تھا مگر روشنی نہ تھی۔ آکاش اور پرتھوی ایک ننھی سی کرن کے لئے بھی ترس رہے تھے۔

ابراہیم کی دعائیں ایک تاباں صبح نو کے لئے تاریک فضاؤں میں لرزاں تھیں۔ کرشن کی بانسری کے بول نیا اوتار لینے کے لئے اندھیرے میں لرز رہے تھے۔ طور اور ہمالہ اور بہتیری بلند پیشانیاں نئے سورج کی کرنوں کا صندل ملنے کے لئے بے قرار تھیں۔ موسیٰ کی تمنائیں ایک آتشیں شریعت کے فروغ کے لئے دیدۂ و دل فراش کئے ہوئے تھیں۔ عیسیٰ کے انگوری باغ کا مالک بنی اسرئیل کے بھائیوں کے نخلستانوں میں ظاہر ہونے والا تھا۔ ابن آدم ایک طویل سفر پر روانہ ہو چکا تھا، اس نے اپنے ملازمین کے سپرد مکان کی حفاظت کر دی تھی اور ہر شخص کو اس کے کام سے آگاہ کر دیا تھا۔ س نے چوکیداروں کا حکم دیا تھا کہ نگہبانی کرتے رہیں۔

پس تم سب نگہدار رہو۔ تمہیں کیا معلوم مکان کا مالک کب آجائے۔ سرشام، آدھی رات کو، مرغ کے بانگ دینے کے وقت یا علی الصباح۔ ہوشیار رہو، ایسا نہ ہو کہ وہ تمہیں سوتا اور غافل پائے۔ لیکن اس روز سعید، اس مبارک گھڑی کی کسی کو بھی خبر نہ تھی۔ نہ کسی آدم زاد کو اور نہ فرشتوں کو۔ خود ابن آدم بھی بے خبر تھا۔ بس ایک آسمانی باپ اس راز سے آگاہ تھا۔ اس نے ارض بطحا میں ظہور کیا۔ وہ شعیر سے طلوع ہوا اور کوہ

فاران پر چمکا۔ دس ہزار قدوسی اس کے جلو میں تھے اور وہ تخت نشیں ہوا۔ اس کے داہنے ہاتھ میں ایک کتاب عظیم تھی۔ سات مہروں سے سر بہ مہر اس کا ہاتھ ید بیضائے کلیم سے زیادہ روشن تھا۔ اس میں سات ستارے تابندہ تھے۔ اس کی آواز میں پر شوکت آبشاروں کا نغمہ تھا۔ اس کی گفتار تیغِ دو دم تھی۔ یہ تیز و براں دو دھاری تلوار باطل کو پاش پاش کئے دیتی تھی۔

اس کا چہرہ آفتابِ عالم تاب کی طرح درخشندہ تھا۔ اس سراج منیر کی پیشوائی کے لئے سات سنہری شمعیں روشن تھیں۔ شمعوں کے اس جھرمٹ میں ایک مرد خدا ابنِ آدم کے مماثل کھڑا تھا۔ بردبار مثیل ابن آدم نے بڑھ کر اس پر جلال صاحب تخت و نگیں کے دستِ رحمت سے کتاب مبین کی نعمت پائی۔ فرشتے نے کنوارے کومل گیت گائے اور مثیل ابنِ آدم کی تحسین کی۔ اے آسمانی روح! تو اس کتاب عظیم کی حامل برحق ہے اور تجھ سے ہی ساتوں مہریں کھلیں گی اور ایک مقدس نے پکارا، داؤد کی ذریت میں ایک مرد کامل اٹھے گا، جو سات مہروں کے معارف بیان کرے گا۔ پس تم زاری مت کرو اور خوش ہو جاؤ کہ اب لوگ کتابِ عظیم کے معارف سے محروم نہیں رہیں گے اور سراج منیر کی روشنی تا قیامت پھیلتی رہے گی۔ اسے ملکِ لازوال اور شوکت بے مثال دی گئی ہے۔

شہنشاہ یثرب و بطحا آ گیا۔ خواجۂ بدر و حنین کا پرچم فضاؤں میں لہرایا۔ ماہِ عرب و عجم نے طلوع کیا۔ رحمتِ عالم، فخر آدم ظاہر ہوا، اور اس کا فیض بے کراں جاری و ساری ہو گیا۔ آسمانی بادشاہت کا استحکام و استقلال منتظر آنکھوں نے دیکھا۔

دس کنواریاں دیا جلائے دولہا کے استقبال کے لئے نکلیں۔ ان میں پانچ عقل مند ثابت ہوئیں اور پانچ بے وقوف۔ جو عقل کی کوری تھیں انھوں نے تیل ساتھ نہیں رکھا،

مگر جو ہوش مند تھیں، انھوں نے دیے کے ساتھ اپنی کپیوں میں تیل بھی لے لیا۔ دولہا کے آنے میں دیر تھی۔ ساری کنواریاں سو پڑ رہیں۔ آدھی رات کو شور اٹھا، دیکھو دیکھو دولہا دروازہ لگ رہا ہے۔ جاؤ اس کا سواگت کرو۔ دس کنواریاں جاگ پڑیں اور انھوں نے بتیوں کو تیز کیا۔ بے وقوفوں نے عقل مندوں سے کہا، ہمیں اپنے تیل میں سے تھوڑا دو، ہمارے دیے بجھ گئے ہیں۔ خرومندوں نے کہا، نانا ایسا نہیں، ہمارا تیل گھٹ جائے تو؟ جاؤ بازار سے خرید لاؤ! وہ ادھر خریدنے گئیں اور ادھر دولہا آگیا۔ جن کے دیے روشن تھے، دولہا کے ساتھ تقریب میں شاداں و فرحاں شریک ہو گئیں اور دروازہ بند ہو گیا۔ پیچھے آنے والیاں محروم رہ گئیں۔

حسین دولہا تخلیق کا شہکار تھا۔ خود خلاق اس پر ریجھا۔ فن کار اور فن کے ازلی دائرے، دو کمانوں کی قابیں مل گئیں۔ منزل قرب اور عالم وصل نزدیک تر ہو کر ابدی عشق میں تبدیل ہو گیا۔ نوشاہ شہنشاہ لولاک بنا، امین انسانیت، نگینِ نبوت۔ موسیٰ کے کشوف کی رسائی مقامِ محمد کے حاشیہ تک ہوئی تھی، بعد ازاں موسیٰ اور انسانِ کامل میں دور فراق شروع ہوا۔ مجمع البحرین پر دونوں علیحدہ ہو گئے۔ مشاہدات محمد یم بہ یم، دریا بہ دریا، جو بہ جو، اور تا قیامت اس کی آبرو۔ شہنشاہ لولاک نے انسانیت کے نفس امارہ کو قتل کیا، یتیم قوموں کی گرتی ہوئی دیواریں اٹھا دیں، اور اپنی امت کو شکستہ کشتی پر ظلمات حیات پار کرنے کا سلیقہ سکھایا۔ محمد کا نظام اخلاق کامل، نظام سیاست کامل، نظام اقتصاد کامل، اس کا نظام روحانی ارفع و اکمل۔ محمد یزداں کا تابندہ ترین شعل، یہودا کی کامل ترین تجلی، برہما کا سب سے سندر سپنا۔

ہمالہ نے دیکھا، پچھم دیش سے ایک سورج نکلا۔ وہ چاند تاروں کے جھرمٹ میں تھا۔ ہمالہ نے ایسا پرکاش کبھی نہیں دیکھا تھا۔ ایسا پرکاش کبھی نہیں دیکھے گا۔ ہمالہ نے یہ

بھی دیکھا کہ سورج کی کرنیں ذروں پر پڑتی تھیں اور وہ سلگ کر جگنو، تارے اور چاند بن جاتے تھے۔ اندھیرے کافور ہوئے جاتے تھے۔ ہر طرف جوت جاگ اٹھی تھی۔

ہمالہ نے دیکھا، شرارِ بولہب شعلہ بن کر اٹھا اور بگولہ بن کر سورج کا مقابلہ کرنے بڑھا۔ شیطان نے انسان کو ابو جہل و ابو لہب بنایا۔ ان دونوں اہرمن زادوں نے مکہ اور طائف کی گلیوں میں سورج کو خراماں پایا اور بھڑک اٹھے۔ ابنِ آدم کے دشمن بھی جی اٹھے اور گدھوں کی سیرت و صورت کے ساتھ سورج کی طرف منہ اٹھا کر رینکنے اور خرمستیاں دکھلانے لگے۔ آفتابِ خراماں کی راہ میں کانٹوں کے جنگل بکھیرے گئے مگر اس خورشید درخشاں کے لہو سے کچھ تو گلستاں بن گئے اور کچھ اس کی آتش عریاں سے جھلس کر فنا ہو گئے۔ فرق آفتاب پر شور پشت اونٹوں نے اپنے مکر و کید کی اوجھڑیوں کی کمندیں پھینکیں مگر وہ سب ان کی متکبر گردنوں میں پھانسی کی رسیاں بن گئیں اور نیر اعظم کا روئے زیبا تاجِ افتخار سے اور جگمگا اٹھا۔ سورج آکاش پر تھا۔

ہمالہ نے دیکھا، فرعون وہامان کی ممیاں بھی اٹھ بیٹھیں۔ سامری کا سحر بھی جاگا۔ ان سبھوں نے مل کر سورج کو نگلنا چاہا مگر ایک شہاب ثاقب نے ان سے کو بھسم کر دیا۔

ہمالہ نے دیکھا، نمرود، بخت نصر، ہیروڈ اور نیرو کی روحیں بھی مہر روحانیت کے گرد ابر سیاہ بن کر منڈلانے لگیں لیکن آخر تار عنکبوت کی طرح پارہ پارہ ہو کر بکھر گئیں۔ کنس اور کوروں کی آتماؤں نے بھی اوتار لیا اور سارے راکشش ان کی مدد کے لئے اٹھ کھڑے ہوئے۔ گھمسان کا رن پڑا جو دھرتی سے لپٹے ہوئے تھے، انھوں نے آکاش کے سورج اور تاروں پر تیر پھینکے۔ آکاش کی کرنوں نے بھی حملہ آوروں پر اپنے بان برسائے اور سارے راکشش دھرتی میں دھنس گئے۔ اب کے پانڈو نے جیت کر راج گدی چھوڑی نہیں بلکہ ساری پرتھوی پر سورج اور اس کے چاند تاروں نے راج کیا۔

ہزار سال تک اندھیرا پاتال میں منہ چھپاتا پھرا، لیکن برہما کے سپنے میں اندھیرے نے ہمیشہ اجالے پر حملہ کیا۔ اندھیرے اور اجالے کی لڑائی ازل سے تا ابد جاری رہے گی اور خود برہما ازل اور ابد سے پرے رہے گا۔ ازل اور ابد برہما کے ان گنت گنوں میں سے دو گن ہیں، یا یہ اتھاہ برہما کو ناپنے کی ایک چھچھلی سے کوشش ہے۔ سپنے کے پتلے حقیقت کے کسی گوشے، کسی زاویے، کسی سطح، کسی پرت کو ہی جان سکتے ہیں اور وہ بھی بے حد ادھورے طور پر۔ حقیقت تو صرف برہما کی ہے اور سب کچھ بے حقیقت۔ سب کچھ محض خواب وخیال!

برہما اور بندو کی کہانی میں سب سے اجیالے بندو کی جیوتی پر بھی اندھیارے نے آکرمن کیا۔ پہلی فتح کے ہزار سال کے دور میں بھی دوبار روشنی پر تاریکی نے حملے کئے۔ پہلے حملہ اتر پورب دیش سے ہوا اور دوسرا حملہ اتر پچھم دیش سے۔

ہمالہ نے سنا، سبا کے لئے ان کے اپنے ملک میں ایک بڑی نشانی موجود تھی اور وہ دو باغوں کی صورت میں تھی، جن میں سے ایک دائیں طرف اور ایک بائیں طرف۔ اور ہم نے اس سے کہہ رکھا تھا کہ اپنے رب کے رزق کو کھاؤ اور اس کا شکر ادا کرو۔ تمہارا شہر ایک خوب صورت شہر ہے اور تمہارا رب بہت بخشنے والا ہے۔ پھر بھی انھوں نے حق سے پیٹھ پھیر لی۔ تب ہم نے ان پر ایسا سیلاب بھیج دیا جو ہر چیز کو تباہ کر جاتا تھا اور ہم نے ان کے اعلیٰ درجہ کے باغوں کی جگہ انھیں دو ایسے باغ دیے جن کے پھل بدمزہ تھے، اور جن میں جھاؤ پایا جاتا تھا یا کچھ تھوڑی سی بیریاں تھیں۔ یہ سزا ہم نے ان کی ناشکری کی وجہ سے دی تھی اور ناشکروں کو ہی ہم ایسا بدلہ دیتے ہیں۔

ہمالہ گواہ ہے کہ شجر ابراہیم کی دونوں شاخوں کے ساتھ ایک جیسا سلوک ہوا۔ پہلی شاخ کے انجام سے دوسری شاخ نے عبرت نہیں حاصل کی اور دونوں شاخیں برباد

ہو گئیں۔

ہمالہ گوش بر آواز تھا، تم یقیناً اس ملک میں دو بار فساد کرو گے، اور یقیناً تم بہت بڑی سرکشی اختیار کرو گے اور جب ان دو میں سے پہلے کا وعدہ پورا ہونے کا وقت آیا تو ہم نے اپنے بعض ایسے بندوں کو تم پر مستولی کر دیا جو سخت جنگجو تھے اور وہ تمہارے گھروں کے اندر جا گھسے اور یہ وعدہ پورا ہو کر رہنے والا تھا۔ اس کے بعد پھر ہم نے تمہیں دشمن پر حملہ کی طاقت عطا کی اور ہم نے مالوں اور بیٹوں کے ذریعہ سے تمہاری مدد کی اور ہم نے جتھے کے لحاظ سے بھی تمہیں زیادہ کر دیا۔

سنو! اگر تم نیکوکار بنو گے تو نیکوکار بن کر اپنی جانوں کو ہی فائدہ پہنچاؤ گے اور اگر تم برے اعمال کرو گے بھی تو اپنی جانوں کے لئے برا کرو گے۔

پھر جب دوسری بار والا وعدہ پورا ہونے کا وقت آ گیا، تاکہ دشمن تمہارے معزز لوگوں سے ناپسندیدہ معاملہ کریں اور اسی طرح تمہاری مسجد میں داخل ہوں جس طرح وہ اس میں پہلی بار داخل ہوئے تھے اور جس چیز پر غلبہ پائیں اسے بالکل تباہ و برباد کر کے رکھ دیں تو یہ بات بھی پوری ہو گئی۔ اب بھی کچھ بعید نہیں تمہارا رب تم پر رحم کر دے، اور اگر تم پھر اپنے غلط رویہ کی طرف لوٹے تو ہم بھی اپنی سزا کی طرف لوٹیں گے۔

ہمالہ نے یہ بھی سنا کہ داعیِ اعظم نے پکار کر کہا کہ اے میری امت کے لوگو! تم بنی اسرائیل کے قدم بہ قدم چلو گے۔ یقیناً وہ ایک بزرگ رسول کا کلام تھا اور اس نے غیب کو افقِ مبین میں دیکھا تھا۔ سورج نے کہا تھا کہ ستاروں کو قیصر و کسریٰ کی سلطنتیں ملیں گی اور انھیں سونے کے کنگن پہنائے جائیں گے۔ پس یہ پیش گوئیاں پوری ہوئیں۔

برہما کی لیلا! اندھیروں نے اپنی یلغار جاری رکھی۔ اجالے اپنے کو تابناک نہیں رکھ سکے تھے۔ زرد جواہر کی جوت ہوئی مگر دل کی روشنیاں بجھ گئی تھیں۔ دل ہی کو خون کرنے

سے خاک کے ذرے ستارے بنتے ہیں۔ خوارزم و بغداد، قرطبہ و غرناطہ کے روشن محلوں میں اندھیرا تھا۔ دل کے الحمرا ازر دپڑ گئے تھے اور باغِ داد باغِ بے داد تھا۔

ہمالہ نے دیکھا، شمال مشرق اور شمال مغرب سے اندھیرے کا طوفان اٹھا اور سورج کی دنیاوی سلطنت کو گہن لگ گیا۔ ستارے سوکھے پھولوں کی طرح جھڑ گئے، لیکن پھر پرانی ٹہنیوں پر نئے پھول کھلے اور نئی صبح طلوع ہوئی اور ہزار سال بیتنے پر شیطان پورے طور پر آزاد کر دیا گیا۔

ہمالہ نے سنا تھا، اور چاند کو خوف لگے گا۔ سورج اور چاند دونوں کو ایک حالت میں جمع کر دیا جائے گا۔ ستارے ماند پڑ جائیں گے اور آسمان چاک ہو جائیں گے اور پہاڑ اڑا ئے جائیں گے۔ نورِ آفتاب کو لپیٹ دیا جائے گا۔ وحشی اکٹھے کئے جائیں گے۔ دریاؤں کو ملا دیا جائے گا۔ نفوس جمع کئے جائیں گے۔ کتابیں پھیلا دی جائیں گی۔ آسمان کی کھال اتاری جائے گی۔ جہنم کو بھڑ کا یا جائے گا اور جنت کو قریب کر دیا جائے گا۔ زمین پھیلا دی جائے گی اور جو کچھ اس میں ہے اسے نکال پھینکے گی۔ یاجوج ماجوج کے لئے دروازہ کھول دیا جائے گا اور وہ پہاڑی سلسلوں، سمندری اور ہوائی لہروں کو پھاندتے ہوئے دنیا میں پھیل جائیں گے اور سچا وعدہ قریب آجائے گا۔ جب اس کے پورا ہونے کا وقت آئے گا تو اس وقت انھیں ایک دوسرے کے خلاف جوش سے حملہ آور ہونے کے لئے چھوڑ دیا جائے گا اور بگل بجایا جائے گا۔ رات اس کی گواہ ہے جب وہ کالی ناگن کی طرح کسمساتی ہوئی گذر جاتی ہے، اور صبح تاباں بھی جب وہ ہولے ہولے سانس لینے لگتی ہے۔

ہمالہ نے رسولِ امین کے پیش خدمت عیسیٰ، خرقیل اور دانیال کی وعیدوں اور بشارتوں کو بھی سنا تھا۔

اور جب تم جنگ کی باتیں سنو گے اور جنگ کی افواہیں تمہیں لرزہ براندام کریں گی،

اس وقت تم مت گھبرانا کیوں کہ ان امور کا برپا ہونا مقدر ہے۔ قیامت ابھی تم سے دور ہوگی۔ ایک قوم دوسری قوم پر چڑھائی کرے گی اور ایک حکومت دوسری حکومت پر۔ مختلف مقامات پر سخت زلزلے آئیں گے اور قحط پڑیں گے۔ مصائب کی زنجیریں تمہیں جکڑ لیں گی، اور یہ درد و غم کا محض آغاز ہوگا۔ سورج تاریک ہو جائے گا اور چاند ماند پڑ جائے گا اور آسمان کے تارے جھڑ جائیں گے اور آسمانی طاقتوں میں حرکت پیدا ہوگی اور تب لوگ ابنِ آدم کو بدلیوں کے اندر سے بہ جلال و جبروت طلوع ہوتا ہوا دیکھیں گے۔ اور ایک حاملہ عورت سورج کی کرنوں کا لباس، چاندنی کے پاپوش اور تاروں کا تاج پہنے رونما ہوگی مگر اس بار آور وجود کو ایک سرخ اژدہا نگل جانے کے لئے خوف ناک طور پر حملہ آور ہوگا۔ یہ ہفت سرہ، دس سینگوں والا اژدہا، صاحب ہفت تاج بھی ہوگا اور یہ اپنی طاقتور دم سے آسمانِ دنیا کے ایک تہائی تاروں کو جھاڑ کر زمین پر گرا دے گا۔

لیکن جو قوموں کی رستگاری کے لئے معبوث ہونے والا ہے، اس حاملہ عورت کے بطن سے پیدا ہوگا اور اقوام پر حکومت کرے گا۔ وہ خدائے ذوالجلال کے تخت سے لپٹا ہوا ہوگا اور آسمان پر فرشتوں اور شیطانی اژدہے کے درمیان جنگ ہوگی۔ فرشتے اسے زمین پر دے ماریں گے اور پھر ایک پر شوکت آواز منادی کرے گی کہ اب خدا کی بادشاہت زمین پر بھی قائم ہوگئی اور نجات کے دروازے کھل گئے۔

اور دانیال نے خواب میں دیکھا، چوطرفہ ہوائیں چلنے لگیں اور وسیع سمندر میں لہریں اٹھنے لگیں، اور چار بڑے بڑے عجیب و غریب جانور سمندروں سے نکل کر باہر آئے۔ یہ چاروں مختلف کینڈے کے تھے۔ پہلا جانور شیر ببر کی طرح تھا اور اس کے عقابی پر لگے ہوئے تھے۔ یہ ساری دنیا پر چھا گیا لیکن انجام کار اس کے شہ پر غیب کی طاقتوں نے توڑ دیے اور اس کی بہیمیت دور ہوئی، اس میں آدمیت پیدا ہوئی اور وہ مادیت کو ترک

کر کے آسمانی برکتوں کی تلاش میں آدم زاد کی طرح اٹھا۔ آخرش اسے قلبِ مومن عطا ہوا۔

اور دیکھنا ایک دوسرا جانور رونما ہوا، بالکل ریچھ کی طرح کا۔ وہ محض ایک پہلو سے اٹھا۔ اس کے منھ میں پسلیاں تھیں۔ وہ انھیں دانتوں سے کڑکڑا رہا تھا اور لوگوں نے اس سے کہا! اٹھ اور خونخوار بن اور بے حد گوشت چبا ڈال! پھر ایک تیسرا جانور چیتے کی طرح چالاکی سے نکلا۔ اس کی پیٹھ پر چار پر لگے ہوئے تھے۔ اس کے چار سر بھی تھے اور اسے سلطنتِ عظیم بھی بخشی گئی۔ اور آخر الامر ایک چوتھا خوف ناک جانور گرجتا ہوا نکلا۔ بڑا مضبوط۔ اس کے لوہے کے بنے ہوئے بڑے بڑے دانت تھے۔ اس نے خوب خوب خونخواری کی۔ وہ مختلف جہتوں میں حملہ آور ہوا، اور خلقت کو روندتا رہا۔ اس کی دس سینگیں تھیں۔ ایک چھوٹی سینگ تھی جس میں آنکھیں تھیں، اور آدمیوں جیسی آنکھیں، اور ایک منھ جو بڑے بول بولتا تھا۔

اس وقت آسمانی تخت بھی بچھ چکا تھا اور دنیا پر فرشتوں کا نزول شروع ہو گیا تھا۔ حکم وعدل آچکا تھا۔ فیصلے کا دن قریب تھا۔ حساب کے دفاتر کھلے ہوئے تھے۔ آخرش معجزانہ طور پر وہ عجیب الخلقت جانور قتل کر دیا گیا۔ اس کا بدن ٹکڑے ٹکڑے ہوا، اور اسے آگ میں جھونکا گیا۔ تکبر اور بڑے بول کا نتیجہ! اور بقیہ جانوروں کا حشر بھی بڑا عبرت ناک ہوا۔ ان کی سلطنتیں ان سے چھینی گئیں۔ مگر انھیں کچھ اور مہلت ملی۔ اور ایک ابنِ آدم کا مثیل آسمانی ابر پاروں کے ساتھ نازل ہوا۔ وہ قدیم وقدیر طاقت کے آگے جھکا۔ اسے ملک لازوال اور طاقت باکمال بخشی گئی۔ مختلف نسلیں، قومیں اور زبانیں اس کی سلطنت میں شامل ہو گئیں۔

دانیال کو بتایا گیا یہ چار جانور چار سلطنتیں ہیں، اور آج برہما کے خواب کے پتلے یہ

سوچ رہے ہیں کہ آئینہ ایام میں ہم نے یہ جانور دیکھے ہیں۔ آمریت کے دسوں سینگ ٹوٹ گئے اور آگ میں آہنی دانت پگھل گئے۔ سمندری شیر ببر کی ہوائی طاقت کمزور ہوگئی اور اب وہ آدمیت کی طرف مائل ہے۔ ابھی دل کا آپریشن ہونا باقی ہے اور اس کی نسل کا چیتا؟ بیکراں ہوئی طاقت والا، صاحب ملک و دولت! اسے بھی مہلت ملی ہے۔ اور خوں خوار ریچھ؟ خوں ریزی کے لئے اسے بھی مہلت دی گئی ہے۔ خوں خوار ریچھ اور خون آشام چار سرہ پر دار چیتا دونوں ٹکرائیں گے اور ان کی طاقتیں غیبی قوت و جبروت سے توڑی جائیں گی۔

خرقیل نے خواب وکشوف میں دیکھا تھا کہ یاجوج ماجوج کی خوف ناک جنگوں کا آغاز اس دور سے ہوگا، جب بنی اسرائیل ارض مقدس میں جمع کئے جائیں گے۔ اے خرقیل پیشین گوئی کر! اور انھیں بتا کہ خدائے قدیر تمہاری قبریں کھول دے گا اور تم ان سے نکل کھڑے ہوگے۔ وہ تمھیں سرزمین اسرائیل میں لائے گا، تمام دیار کفر و ضلالت سے سمیٹ کر تمہارے اپنے ملک میں اکٹھا کرے گا۔ تم اسرائیل کی پہاڑیوں پر چڑھوگے اور تم جانوگے کہ تمہارا یہود اکتنا صاحب طاقت و جبروت ہے۔ اور تصدیق کرنے والی کتاب مبین نے بھی یہ عظیم پیش خبری کی کہ امت مرحوم کے دوسرے زوال کے دور میں بنی اسرائیل ارض مقدس میں لائے جائیں گے۔ پھر جب دوسری بار کا وعدہ آپہنچے گا تو ہم تم کو جمع کر کے وہاں لے آئیں گے اور ہمالہ نے دیکھا پیشین گوئیاں پوری ہوئیں اور خواب حقیقت بن گئے اور خرقیل نے ایک عظیم الشان ندا سنی،

اے ابنِ آدم! یاجوج اور سرزمین ماجوج کے خلاف نبوت کر مسہک اور توبال کے آمر قاہر کے خلاف نبوت کر اور کہہ خدائے رب العزت فرماتا ہے۔۔۔ سن اور دیکھ! اے یاجوج! اے مسہک اور توبال کے بڑے حکمراں میں تیرا مخالف ہوں۔ اور میں تیرا

منھ توڑ دوں گا اور تیرے جبڑوں میں آنکڑے ڈالوں گا۔ اور میں تجھے اور تیری قاہر فوج کو نکال باہر کر دوں گا۔ تیرے بے پناہ اسلحے، آلات حرب وضرب اور آہنی زرہ بکتر اور دوسرے حفاظتی سامان تیرے کوئی کام نہ آئیں گے۔ ہوشیار رہ۔ تیرے ساز و سامان، تیری دوست قومیں، تیرے حلیف جتھے سب برباد کر دیے جائیں گے۔ عرصہ دراز کے بعد تو پوچھا جائے گا۔ تو ایک ایسی سرزمین پر حملہ آور ہوگا جو تسلطِ غیر سے آزاد کی گئی ہوگی اور جہاں مختلف قوموں میں سے جمع کئے ہوئے لوگ آباد ہوں گے۔

تو اسرائیل کی پہاڑیوں پر ٹوٹ پڑے گا۔ تو طوفان کی طرح اٹھے گا۔ تیری حلیف قومیں اور تیری افواج ممالک پر ابر سیاہ کی طرح چھا جائیں گی۔ اور ترشیش وشابددروان کے سوداگر تجھ سے پرسش کریں گے کہ کیا تو مال لوٹنے نکلا ہے۔ کیا تو جتھا جمع کر کے شکار کے منصوبے سے باہر آیا ہے۔ وہ شیر بچے تجھ سے سوال کریں گے۔

پس اے آدم زاد! یاجوج کے خلاف پیشین گوئی کر! تو اپنے شمال ملک سے خروج کرے گا اور اپنے جتھے کے ساتھ اسرائیل تک بڑھتا آئے گا۔ تیرا لشکر عظیم و قوی منحوس بادل کی طرح خیمہ زن ہوگا۔ یہ ساری باتیں آخری زمانہ میں رونما ہوں گی۔ اے یاجوج! یہ ظہور اس لئے ہوگا کہ مظاہر پرست دہریے بھی مجھ خدائے قادر پر ایمان لائیں۔ اس وقت اللہ تعالیٰ کا جلال ظاہر ہوگا اور ارض اسرائیل میں سخت زلزلہ آئے گا۔ اس وقت پانی کی مچھلیاں، ہوا کے پرندے، میدانوں کے جانور، سطحِ ارض پر رینگنے والی ساری مخلوق، اور روئے زمین پر بسنے والے تمام آدمی خدا کے حضور کانپیں گے۔ پہاڑ گر پڑیں گے اور بلند مقامات دھنس جائیں گے اور ساری دیواریں زمین پر آرہیں گی اور یاجوج کا زبردست مقابلہ کیا جائے گا۔

سارے عالم سے اس کے خلاف تلواریں اٹھیں گی۔ قوموں میں خانہ جنگی اور

برادر کشی ہو گی اور میں یاجوج وماجوج اور ان کے ساتھیوں پر بلائے ناگہانی نازل کر دوں گا۔ سخت خوں ریزی ہو گی۔ موسلا دھار پانی برسایا جائے گا۔ بڑے بڑے اولوں کی مار پڑے گی۔ آگ اور انگارے برسیں گے۔ اس طرح بہت سی قومیں مجھے پہچانیں گی اور میری تقدیس کریں گی۔ اور ماجوج پر ایک آگ برسے گی۔ ان پر بھی، جو بے خوف جزیروں میں رہتے ہیں، اور وہ بھی خدا شناسی پر مجبور ہوں گے۔

دیکھ اور سن! وہ انقلاب آیا اور خدا کی بات پوری ہوئی۔ ہمالہ نے سنا اور کانپ گیا۔ اس کی وادیوں میں ایک اور آواز گونجی۔ راوی کے کنارے اور ساحلِ گنگ و جمن تھر تھرانے لگے۔ قیامت کے مشابہ ایک زلزلہ آنے والا ہے۔ اے مجرمو! آج تم الگ ہو جاؤ۔ حق آیا اور باطل بھاگ گیا۔ یہ بشارت ہے جو نبیوں کو ملی تھی اگر چاہوں تو اس دن خاتمہ!

سپنوں کے دیس میں یاجوج ماجوج موجیں مارنے لگے۔ کوہ قاف کے دیوزادوں نے آکاش اور پرتھوی پر قبضہ کر لیا۔ سندباد جہازی کے سفر الف لیلوی دنیا سے باہر نکل آئے۔ دجل و فریب کا عفریت اپنی مٹھیوں میں دوزخ و جنت لئے دنیا کو ناپنے نکلا۔ اس نے ذرے کو آفتاب ساماں بنا دیا۔ اہر من کو مادہ پر قدرت حاصل ہوئی اور دجال نے خدائی کا دعویٰ کر دیا، مگر جوہر مادہ تک رسائی مادیت کی شکست بھی تھی۔ مادہ اناری نہیں، ازلی و ابدی نہیں، اصل توانائی ماورائے مادہ ہے اور خود اہر من کے ہاتھوں مادہ اور مادیت کے لات ومنات ٹوٹ گئے۔ عفریتوں نے طلسمی گولے لے کر ایک دوسرے پر حملہ کرنا شروع کر دیا۔

عالمِ نو نور افشاں بھی تھا اور ہوش ربا بھی۔ بڑی سخت کش مکش پیدا ہوئی۔ سخت تصادم رونما ہوا۔ بھیانک دھماکے ہوئے۔ کائنات لرزہ براندام ہوگئی۔ خواب کے پتلے فنا

ہونے لگے۔ سپنوں کا سنسار تحلیل ہونے لگا۔ شاید بندو اور برہما کی کہانی ختم ہو رہی تھی۔ یہ عظیم دماغ کا ایک لمحہ تھا یا ابدیت کی ایک کڑی؟ کون جانے عظیم دماغ خلفشار عالم سے بیدار ہو رہا تھا۔ برہما کی نیند دھماکوں سے اچٹ گئی تھی۔ سپنوں کا سنسار چھایا! خواب کی دنیا مایا! کیا عظیم دماغ انگڑائی لے کر جاگ اٹھے گا؟ کیا برہما اپنے سپنوں کا سنسار رچے گا؟

* * *